中公文庫

夢声戦争日記 抄

敗戦の記

徳川夢声

中央公論新社

目次

夢声戦争日記　抄

敗戦の記

四月

一日

（日曜　快晴　温）〔所沢歌舞伎座第一日〕

国分寺駅カラ、ガソリン車デ行ク。待タサレルノデ大イ一ウンザリスル。車窓風景。武蔵野ノ名残リ、大平原ナリ。梅、黄色ク埃ノ中ニ咲ク。麦ハ出来悪シ。昼ノ部四分ノ入リ。夜ノ部八分ノ入リ。黒田嬢ノ扮装（田舎娘）漫談ガ大受ケ。山野君ト顔見合セテ嘆息。

帰リハ西武線、高田ノ馬場へ出ル。

帰宅、ウィスキー。

惜しいと思い出すと、片はしから惜しくなる。この頃電車の中や、歩廊で待つ間を、専ら芥川全集で埋めている。若い頃に読んだのと、違った味が感じられて中々面白い。これだけのものを、焼いて了うのは勿体ないと思う。書庫には、同様勿体ない本が無数にある。いっそ全部焼けてしまえば、返ってなんでもないのかもしれないが、斯うして手にとって眺められる状態にあると、惜しくてならなくなる。

本も然り、道具も然り、書画も然り、旅行の度に集めた諸国玩具然り、庭木の類も然りである。

家屋の焼けることはあまり苦にならない。これは今更動かそうとしてもそう行かないせいだろう。いや何より惜しいのは、斯うして毎日せっせと書いている日記を焼くことだ、――これだけは何とかしよう。

警報　夜一回出ル。

（大本営発表）十五時、沖縄本島に敵上陸。

二　日

（月曜）〔所沢歌舞伎座第二日〕
今晩のＢ29は、また変った戦法で来た。始めて照明弾なるものを用い、時限爆弾を用いた。二階の窓から見ていると、西西南の空から北の空へかけて、十八ぐらい光っている時があった。これが思い思いの高さで、それぞれ螢のように息をして、殆んど停止しているかのような速度で、少しずつ下って行く。月夜であるせいか、その光りは黄色味を帯びていたが、暗夜であったらもっと凄い色であったろう。壮大な狐火。爆弾の破裂で、硝子戸が鳴り、地震のように家が揺いだ。どうも武蔵野中島工場、田無中島工場を襲っているかに見えた。

高射砲は、中々好いところ迄行くのだが、滅多に当らないものらしい。敵機は四千から三千ぐらいのところを飛んでると見えて相当大きく見え、時々青く全反射をして南方から北方へ、二機くらいずつ組んでは次々に投弾し、次々に逃げて行く。先夜見えた、ポヤポヤと上って行く新兵器（高射機銃か？）も活躍したが、これも月夜のせいか、火の粉がスーッと上って行く感じで、先夜のように美しい光の珠が、水族館の空気珠みたいに燦然と上昇する派手さは見えない。味方機が、ポチリと煙草の火くらいの光を見せながら、B29をグングン追いかけ、竟に追いついて攻撃するのが見えた。体当りしたのかもしれない。一機のB29は、田無の上空と思われる辺で、二回ほど火花を吹き、撃墜されたようであった。一機のB29、これは不思議であった。真赤になって、逆コースで飛んでいる。一緒に見ていた静枝が、あら新兵器かしらと言った。どうも走り方はB29なんだが、あんな真赤になって、あんなに飛べるものだろうか、まるで細長い金魚が泳いでいるようだ。暫くして、急に頭を下げ、解体の気配を見せたので、やっぱりB29と認めた。

とにかく敵は来る毎に、何かしら新手を用いるのだ。感心と言えば感心である。今夜は幸いと風が無かったので、小さな火の手が二カ所西の空に見えたきりで終った。

新宿、四谷、渋谷、川崎などという密集地帯が残っているのに、敵は何をあんなに大車輪で爆撃して行ったのだろうか、――中島工場など、あらかた疎開している筈なのに、奇妙千万である。

ユカタの上に春の外套を羽織っただけなので、私は寒くなり、残りのウィスキーを飲んで寝た。

正午ノニュースヲ聴キ、家ヲ出ル。国分寺デ待タサレルコト二時間。西武電車モ、武蔵野電車モ、空襲ノタメ不通。選リニ選ッテ、大変ナ時ニ所沢出演デアル。竜之介全集ハ斯ウイウ時大イニヨロシ。山野君ヒョコリト国分寺駅ニ現ワレル。劇場ニ着イタノハ十五時半頃。

昼ノ部ハ休演。コノ前世話ニナッタ家ニ行キ、休息スル。飴玉ナド出テ相変ラズ歓待ナリ。

今回ノB29ハ少々滑稽デアッタ。爆弾ノ大部分ハ畑ノ中ニ落チ、ソノ飛沫ヲ喰ッテ農家ガ沢山ヤラレタ。中島工場ト所沢飛行場ヲ狙ッタラシイ。ソノ結果ハ到ッテ凄味ノナイモノデアル。タダ時限爆弾ガ、午前八時頃マデ、一時間ニ二発グライ、ボンボント鳴ッタノデ、土地ノ人々ハ面喰ッタヨウダ。

夜ノ部開演。山野、徳川二人会トナル。黒田雅子女史ノ他出演者来ラズ。二人会故二人デ二席ズツ喋ル。始メテノ経験ナリ。客席四分ノ入リ、軍人多シ。

生レテ始メテりやかあニ乗り、闇ノ田舎道ヲ行ク。転覆シタラ大怪我デアル。路ノ左右ニ爆撃サレタ農家ガアル。未ダ其辺ニ時限爆弾ガ残ッテイルカモ知レナイ。秋津駅カラ少々線路ヲ歩イタ所ヨリ、武蔵野電車ニ乗ル。

警報　2時、9時、14時。

（大本営発表）B29五十機来、十五機撃墜、三十機撃破。

三日

（火曜　快晴　温）〔所沢歌舞伎座第三日〕

七時ノニュースト共ニ起キル。春ノ朝ハ佳キカナ。味噌汁ニ鼠ノ尻尾ホドノ大根ヲ二本抜キ、青葉ヲ刻ミ浮カセル。犬ノ荒ラシタ所ヲ平ニスル。豌豆ノタメ柿ノ枝ヲ一本去ル。石田来テ共ニ所沢行。国分寺デ待ツコト二時間。実ニウンザリデアル。所沢ノ町ニハ市ガ立ッテイタ。

夜ハ満員トナル。興行師喜ンデ、明晩ハ一杯御馳走スルト言ウ。

昨夜、あれからまたボインと来た時限爆弾があったと言う。吾々がリヤカアで通った辺のやつかもしれない。危険信号とも言うべき張縄を、幾個所も越えて来たのだから、そう思える。山野君と私と、どちらが言い出したか分らないが、この「時限」を「寿限無」と呼び変える。落語のジュゲムジュゲムから来ている。どうもあのジュゲムバクダンてのはイケヤセンてな風に語ると、至極可笑味がある。

武蔵野電車全通したと言うので、吾ら（山野、牧野、石田、千太、万吉、平出、小生）大いに喜び、真暗な歩廊で待つこと暫し。二台連結がやって来て、それッと乗りこむ。どうも方向が少し可笑しいなと思いつつ。一同上機嫌で喋りつつ、全然逆な方向へもって行かれる。稲荷山公園なるところで下車、池袋行を待つ間の愚かなる可笑しさ。

警報　11時10分出ル。

四日

（水曜　曇　雨　冷）

所沢カラ帰ッテ来テ一杯ヤリ、飯ヲ喰ッテルト、ポート来タノデ、終ニ四時半マデ眠レズ。オマケニ至極冷エテ来テヤリキレナイ。春外套ヲ着込ンダママ寝テ了ウ。時限爆弾ノ轟音モ、ネムイ時ハ恐ロシクナイ。家ガ響キデ揺レタノハ、今暁ガ一番ダロウ。

おぼろ夜の一番鶏や敵機来
おぼろ夜の時限爆弾鳴り続き
壕口に娘首出すおぼろかな
おぼろ夜のB29に耳立つる
おぼろ夜の照明弾の息吹かな
おぼろ夜の火事の遠近計るかな

北側の一方を除き、三方とも何かしら燃えたり光ったり鳴ったりしている。雲が低くたれているので、照空燈も活躍せずただ敵機の爆音を聴くばかりだ。いや照空燈ばかりでなく、味方の高射砲も殆んど沈黙している。友軍機は活躍しているんだろうか、それもさっぱり分らない。頭上を通過して行く爆音を、たしかにこれは友軍機と思っていると、あとで敵機だと分ったりする。それにしてもいつものB29の音と、まるで違う音だった。ラジオの言葉によると、どうもB29らしいが、などと思ってるうち、ボオンボインと爆弾を落すので、いよいよ敵機と分る。同じ路を、同じように何機も何機も通過して行く、――始めは外れている感じで、次に頭の直上に迫り、また旋回して外れて遠のく感じである。この頭上に迫る音の時、私はおぼろ夜の庭を行き、防空壕に入る、――音が旋回するとすぐ飛び出す。入ってる時間は十秒ぐらい。

「もう行っちゃったよ」と南の防空壕に知らしてやる。ここには静枝と高子と明子とが、トタン板の蓋を閉めて、潜り込んでいる。富士子は自分の部屋で蒲団に寝たまま、決して出て来ない。

三人の娘、三様の防空態度、面白いと言えば面白いが、困ったもんだと言えば、その逆りでもある。高子は無暗に悲鳴をあげる。敵機が近づいたり、爆弾音が聴えたりする度に、泣声を出し、救いを求め、大騒ぎである。それでいて、時限爆弾が未だボンボンやってる最中に、遠く陸橋の所まで一人で出かけて、火事を見物して来たから妙である。

明子は終始防空壕の中に音なしく入ったまま、ウンともスンとも言わない。これは一番感心であると思っていたら、なアに徹頭徹尾グーグー鼾をかいて寝込んでいたというから呆れる。よく、勇士豪傑が物凄い爆音の中で鼾をかく大胆さを世間で云々するが、明子もその点だけはエラいものである。

富士子に到っては、母親からいくら注意されても、てんで防空壕に入らない。ジャンジャンと退避の半鐘が鳴ると、不承不承に出てくるが、あとは何があろうと自分の部屋で蒲団にくるまっている。

一体にこの頃の娘は空襲を恐れない。いろいろ理由もあろうが、一つの大きな理由は、彼女たちに乙女らしき夢が無くなったせいであろう。つまり乙女的虚無感に支配されているからであろう。


朝ハ雨トナル。ニュースニヨルト中央線ハ、大久保、武蔵境間折返シ。山ノ手線ハ、エビス、池袋間不通トアル。コレデハ所沢へ行ク途ガ、三方トモダメ。五反田ノ女学校行モコレデダメ。実ハ大イニ助カッタ感ジダ。

昨日ノ所沢往復デ大疲レノ上、今日五反田行デ、所沢昼夜デ、ソノ上飛行隊ノ出演ト来テハ身体ガ堪ラナイ。坊ヤノ言葉ヲ以テスレバ、即チぐっちゃデアル。

今暁ノ、ピカピカ、ドンドン、バリバリナドデ、私ハ立川カラ川崎方面、新宿渋谷方面トニランデイタガ、ソノ通リダッタラシイ。

今日ハ新聞ガ来ナイデ了ウ。セメテ風呂ニデモ入ルベシト、昼カラ焚カセル。春雨ヲ聴キツ入浴シテイルト、戦争ガ嘘ミタイナ気ガスル。

春の雨韮行儀よく植ゑてあり
掩蓋のはうれんさうや春の雨
春雨の上より敵機偵察す
煎り豆を煎り直し喰ふ春の雨
何もせで夕となりぬ春の雨

何となく窓開けて見ぬ春の夕
春の夕桃咲ききりて雨の中
下町の焼野原なる春の雨
海軍カラ電報ガ来テ、四月十日ニ誰カ佐世保ニ行カネバナラヌコトニナル。英霊ヲ抱エテ、列車ニ乗ルノハ、華々シイケレド、私ニハ出来ナイコト。おやムセイだよナド、他ノ乗客ニ言ワレテハ相スマン訳ダ。静枝ヲヤルコトニスル。
警報　1時ヨリ4時半マデ、10時、12時。
（大本営発表）Ｂ29八十機来襲。

五日

（木曜　晴　温）（午前十時小磯内閣辞表捧呈）
十一時頃早昼ヲ喰ベテ、海軍省ニ行ク。人事局第何課トカニ行ッテ訊ネルト、此ノ係リハ日吉ニ行カネバダメト分ル。
日比谷公園ヲヌケル。Ｂ29ノ残骸。アノジュラルミンデ弁当箱ヲ造ッタラ。
事務所ニ寄ル。新橋駅ヨリ地下鉄。東横デ日吉行。
引き倒す家の庭なる辛夷かな
屋根伏して辛夷は咲けり高らかに
疎開跡辛夷意外に多きかな

疎開とて少女樹のぼり桃の花
がらん洞の家の庭なる桃の花
皇都半ば焼土と化して桜かな
司法省焼けて人なき桜咲く
焼けのこる外壁を背に桜咲く

世にも無残なものは、強制疎開で引き倒された家々の姿であろう。中央線の両側、東横線の両側、まことに惨憺たるものだ。焼野原を見るのと違った地獄絵である。解体するのでない、文字通り破壊するのである。柱も天井も、ただの木屑となる。柱に鋸を入れて、エンヤエンヤと引き倒すのであるから、瓦屋根も、トタン屋根も、上からペシャンと蓋をしたようになっている。一寸大地震の後みたいである。長年住みなれた家が、斯んな最期をとげるのは、見ていて辛かろうと思われる。

他人事ではない、六月頃は第何次かの強制で、私の家などもこの目に遇うかもしれない。まことに同情にたえない風景である、——と同時に、私はこの風景を見て一種の痛快も感ずるのである。ものを壊すということは、たしかに一種の快感である。眺めるだけでも愉快なのだから、あれをエンサエンサと縄で引っ張ったら、ズズスンと壊れる時は、きっと素晴しい快感だろうと思う。今日、銀座の事務所で遇った安藤君も言っていた「そりゃ面白いことは面白いですよ。だけど下敷になっちゃ合いませんや」と。

慶応義塾ガ、海軍省分室ニナッテイル。

ココへ、慶応出身ノ若キ士官ノ殉職（戦死？）ノ件デ来ル。身分証明書ト、列車ノ割引券トヲ貰ッテ帰ル。本省ト言イ、分室ト言イ、女バカリノニハ驚ク。柿木坂へ寄ロウカト思ッタガ止ス。帰宅シテ見ルト、正夫サンガ来テ居タ。静枝ト一緒ニ九州ニ行ッテクレルノデアル。北海道カラ送ラレタ納豆デ、ウィスキーヲ飲ム。

六日

（金曜　晴　曇　温）〔終日在宅〕

朝床ノ中デラジオヲ聴イテルト、小磯内閣辞職、鈴木貫太郎大将ニ大命降下トアル。コンナ突然ナ内閣更テツハ始メテダ。浮島ノ婆サン来ル。一日中縁側デガラクタノ整理ヲシテイル。素敵ナ毛糸足カバー貰ウ。豌豆ニ孟宗竹ノ杖デ支柱ヲ与エル。大根ヲ蒔クタメ土ヲ二条掘ル。リリアン嬢手伝ッテクレル。

生垣越シニ、伊馬母堂ニ話シカケラレル。伊馬氏応召ノ由。

毎朝庭へ出ては、何かしら味噌汁の実を見つける。昨日は韮の新芽を摘みに出て、ふと蕗の薹を発見、胸のときめく思いで、これを千切る。もっともこの薹既に花咲かんとしていたが、構わず庖丁で刻んで、味噌汁へ入れた。韮と混って、面白い香りがした。庭中に唯一本出たものだけに珍重である。今朝は、青木の莟を用いて見た。青木の実は毒になると聴いているので、少々気になったが、青木の若葉を漬物にする随筆を読んでいるので、まア大丈夫だろうと、ムシャムシャやった。青くさいばかりで、少しも美味くない。沢山集めて、胡麻よごしにでもしたらいけるのではないかと思われる。

午後、ジンマシンのような痒さが、首や、腕のところに起った。まさか青木の花のせいではあるまい。昼飯に喰った鰯の干物がゴザリ加減だったから、そのせいだろう。

庭の桜チラチラ（チラホラに非ず）咲きかける。豌豆のため、黄水仙一輪、ヒアシンス一本、血祭りにあげ生花とする。スコップで球根を手荒く刺す。豌豆をその地点に蒔いたのが悪いので、球根たちの責任ではないが、斯うなると一株の莢豌豆でも増産せねばならぬ。

静枝柿木坂行。入浴、頭髪ヲ刈ル。出来ルダケ短クスル。無念無想デ、ジョキジョキハ好イガ、アトデ寒クテ弱ッタ。

四月四日暁ノ空襲ニ就テ、全然戦果ノ発表ナシ。

十九時頃カラ、ウィスキーヲ飲ム。鰯ヲ焼キ、煎餅ヲ焼キ、天竜川ノ鮒ヲ焼ク。

切符手ニ入ッタガ、汽車大々混雑ラシイノデ静枝ハ佐世保行中止。

七日

（土曜　晴　寒）〔終日在宅〕

霜ガ下リテイタ。寒イ筈。

朝カラ警報、一時間ホド後ニ本土到着ノ予想トアル。

友軍機ガ空ニ美シイ。中型浴衣模様ヲ絵ガク。

家族、静枝、明子、富士子ノ他ニ、阿野サン、英子、浮島ノ母アリ。甚ダ賑ヤカダ。

春蘭、咲ク。椿、三分咲キ。

南の空から大編隊、二十一機編隊、十一機編隊など次々にやってくる。映画「大地」の蝗群が空を蓋うてやってくるのに似ていた。一瞬、敵味方を超えた壮絶さがある。

方向が外れているので、皆見物した。四番目かの編隊だけが少しく危なかったので、その時だけ家族のものは壕へ入った。私は例により畑の壕（掩蓋に韮、ほうれん草が作ってある）の入口に立ち、万一に備えたが、これも外れていることが分り、再び見物である。

絵に描かれた色が嘘でないと知る、――碧い空に明るい朱の焔、――B29が四分五裂して墜落する時、その鮮やかな色彩に感嘆した。これは高射砲にやられて自分の抱えている爆弾が破裂したらしい。今日始めて姿を見せた大型四発機（P51だと誰か言っていた）は、B29よりコテコテした感じ、西洋の甲冑みたいである。硫黄島から来たに違いない。これに向って、小さな味方機が迫って行ったが、忽ち火花を発し（射たれたのである）錐もみ状態で落ちて来る。チェ残念と思いながら見ていると、間もなくその後を追うように、この大型機一機も錐もみとなる。つまり刺し違えた訳である。そのうち味方機からは落下傘が飛出した。敵機はだらしなく裏表をクルリクルリと見せながら落ちて行く。

吉祥寺か三鷹あたりの南の方へ落ちた。通りへ出て見ると、その地点から灰色の煙が盛んに上っている。その左の方に黒々とした煙が上っている、――これはB29の煙であろう。

墜落する時の飛行機というものは、妙に模型じみた気のするものである。今日は大層華やかにやって来たが、少しも凄味のない空襲ぶりであった。

一寸無気味に思えたのは、敵機が落して行ったキラキラ光るもの、顕微鏡で見るスピロヘータのような長い銀色のものであった。妻は焼夷カードだと判定する、――これはあとで電探妨害の錫のフィルムと分った。

とにかく来る度に、何かしら新手をうつところ感心である。翌日の新聞によると、大型四発はやはりB29らしい。私の見たところでは確かにB29と違うものであった。B24ではあるまいか。P51は単座戦闘機と分る、これは見かけなかった。


空襲ノ合間、大根畑ノ溝ヲ拡ゲル。

静枝、英子ヲツレテ東京駅ニ行ク。佐世保往復ノ切符ヲ誰カニ譲ルタメ。

母ハ、薪製造。今日浮島ニ発ツ予定ガ空襲デ延ビタリ。リリアンさん午後三時頃来ル。

蚯蚓《ミミズ》ヲ池ニ入レテヤル。靴ノ修繕ヲスル。万吉君ニ貰ッタ釘ヲ用ウ。静枝切符売レズニ帰宅。二百円トイウ金ハ中々持ッテイナイモノラシ。

入浴。ブドー酒トウィスキー。裕彦君少々ノブドー酒デ真赤ニナル。明子静枝モ少々飲ミ、気焔上ル。

天竜川ノ鮒、配給ノ鰯罐詰ナド肴。早ク寝ル。

警報　10時、14時。

八日

（日曜　曇　寒）〔終日在宅〕

今日ハ富士子ノ誕生日。

佐世保往復切符、荻窪駅前デ待チ合セ、取引スルトテ静枝出カケル。待チ呆ケデ帰ル。

鈴木貫太郎内閣顔ブレ発表。聊カ期待外レ。寧ロ平凡デアル。決戦最終内閣ト新聞デ銘ウッテイルガ、コレデ最終ニナレルカドウカ。

鎌倉の久米家でいとう句会がある。久しぶりで同人に会いデマなど交換したいと思ったが、今夜事によると放送があるかもしれないというので、行きそびれる。大戦果の発表があると、番組が急に変更され、この前一度放送したことのある「海陸協力」という物語を、私がやる段取だ。夕方までそれが決定しない。鎌倉に行ってもこれでは二時間ぐらいしかいられない。そこで鎌倉行は中止して、折角造ったお握りを昼飯に喰い、富士子にオワイを汲ませ、大根畑の底肥にした。馬鈴薯と、豌豆とにも少々施す。まだオワイを汚ながってるようでは、甚だ相すまん次第だ、――とは思うが、ハネカるのはどうもいけません。手につくぐらいは平気と相成った。

リリアンさんの沸かした熱い湯に入り、うだって床にもぐる。夕五時ニュース、それっとばかり聴耳をたてたが、どうもあまりパッとした戦果でない。放送局へ電話をかけて問い合せると、今日の番組は変更なしという返事だ。つまり番組を変更するほどの、大々戦果ではなかったという次第。

斯んな事なら鎌倉へ行けば好かった、とも思うが、一方また放送待機のお蔭で、オワイ事業を充分にすることが出来た訳。それに、今夜は静枝が信州へ出立するのであるから、何かと主人たる私が一日中家にいた方がよろしかった。

昨日来、元気のなかった妻が、今日は一日昼寝したのですっかり持ち直し、潑剌として、荷物をコテコテもって出かける。めでたしめでたしである。

花冷えの妻信州へたてりけり
沖縄沖海戦ノ大本営発表アリ。鈴木首相ノ放送ヲ聴ク。モノタラヌ感。

今夜デ北海ウィスキー飲ミ尽ス。明日ヨリマタ当分禁酒ノツモリ。

静枝、二十二時四十分新宿発デ、信州へ行ク。景気ヨク玄関ニ送リ出ス。高子ハ二時間前ニ出テ、一列ニアリ。

九日

（月曜　曇　小雨）〔焼跡見物〕

十カ所バカリ、南瓜ノ床穴ヲ掘ル。雨ポツポツト到ル。

昨年喰イタル南瓜ノ種ヲ、膳ニ並べテ見ル。幾種類モアル筈ダガ、頓ト区別ガツカナイ。

信州行湯ケ原行切符ノタメ銀座事務所行、ソノ次手ニ錦糸堀浅草ナドノ焼野原見学。

中央線左右の家々、打ち壊しで、奇観、壮観なり。瓦屋根、トタン屋根、軒並に伏し、その上に子供など上りいる。到る所に濛々と紅き煙の満てるは、今倒れたるばかりの家あるなり。引き倒す太縄もてる人々、みな何やら面白気なり。兵隊の一団、学徒の一団、女の多き隣組の一団など、みな壊すことに壮快を感ずるものの如し。疾走の車窓より見物する吾もまた、なかなかに面白く思う。とは言え、木口など選びたる好家屋の、心ききたる文化住宅の、建具取り除きて、今にも引き倒さるるを待つものの如き風情は、あわれ無残なり。

町家など、眼の色変えて疎開騒ぎをバタバタとなせるは、見るも憂鬱なれど、人立ち退きて後の打っ壊しは、あまり憂鬱ならず。

山脈の如く、累々たる屋根屋根の間に、桜は三分咲き、桃は満開、土煙を揺るがすもまた春の風たり。

錦糸堀駅の歩廊に立ちて、四方の焼野を見る。精工舎と覚しき大工場、青き芽に囲まれて残りいる他は、一面の焼色なり。江東劇場、本所映画館も焼残れる如し、但し、ガラス戸は殆んど破れていたり。見渡す限り褐色と黒色とのゴミゴミの中、鋪装道路のみ春雨に濡れて青白く光る。金庫というもの、意外に多きもの、これだけは頑固に焼け残りて、物欲の墓石の如し。

地下鉄で浅草に行く。五重塔が焼けて、黒き材のみとなりいたるが、何より淋し。本願寺のガラン洞になりいるは寧ろ痛快を感ず。

浅草観音ナド見事ニ何モ無クナル。

十四時頃帰宅。野菜汁ニ英子持参ノ牛肉ヲ焼キ、雑炊ヲ喰ウ。英子曰ク、昔ハ好カッタ

好カッタ。

夕食ハ、軟カイ焼飯。今夜ハ酒ナシ。ブドー酒アレドモ飲ム気ニナラズ。

前線向放送ヲ聴ク。好太郎ノ浪曲劇愚劣。

十日

〔火曜　雨　冷〕〔終日在宅〕

来ルコトヲ断ワラレタ筈ノ、リリアン嬢今日フラフラト現ル。芋ノ干物ト平目ヲ土産ニ持参。

方々ヘハガキヲ書ク。練馬飛行隊ヘ贈ル「五ツの海」ヲ小包ニスル。入浴。

ショパンの名曲「雨だれ」プレリュードを、富士子が毎日練習している。毎日練習と言っても、毎日何時間か練習というのでなく、ひょいと思いついては、十分ぐらい同じところをやってるのである。ちっとも進歩しないようだが、少しずつは巧くなって行くのであろう。何でも、近いうちに見事弾けるようになって、私に聴かしてくれる、という意気ごみだ。流石に名曲だけあって、この練習中のタドタドしい一くさりにも、こちらの魂まで、ちょいと揺ぶられるような一瞬がある。大したものだ。

ピアノが三円と聴いて以来、急に富士子はピアノをいじり始めたようである。三円に対する、彼女の公憤が、ピアノへの熱情を呼び起したのかもしれない。

名曲の同じところや春の雨

野良猫の孕みて鳴くや春の雨
河合中尉来ル。戦艦ヤ巡洋艦ガ特攻隊ニ出ル話。
富士子調理ノ晩飯ヲ出ス。肉馬鈴薯ト平目煮。
丸山定夫君来、九州ニ二カ月行カヌカトイウ話。ブドー酒ヲ出ス。リプトンヲ出ス。二十時頃マデ語ル。

十一日

（水曜　曇　晴　温）

終始物凄キ烈風。コレデB29ガ大挙来タラ大変。リプトンガ利イタセイカ、風ノヤイカ、三時半頃マデ眠レナイ。朝、雨止ミ風静マル。

十時過、銀座事務所ニ行キ、信州行往復切符二枚受ケトル。石田ヨリ所沢三日分受ケトル。

新宿駅歩廊ニテ、裕彦君ニ切符渡ス。明子初メテ信州行。

なるほどこれは凄いサイレンである。かねて丸山章治君から、このサイレンの物凄さを聴いていた。近所の人々空襲よりもこのサイレンを恐れているくらいだとか。丁度、新宿駅甲州街道口で、切符を買おうと一列に並んでいると、ワンワンと鳴り出したのである。まったく大変な音だ。味も素気もなく、無暗にデカくて、無慈悲千万で、野蛮人の如く健康な、ハチキれそうな音である。少し馬鹿馬鹿しいくらい、ものものしい音である。

なるほど、これでは近所の人々が戦々兢々たるのも無理はないと、私は一列に並んでいながら、可笑しくなったのであった。正にB29以上の恐怖であろう。これはアメリカ政府から賞金を出して然るべきサイレンである。

オワイヲ汲ミ入レ、南瓜種ヲ播ク。

入浴。富士子ト高子ト三人キリノ夕食。

寝テ、貞鏡ノ「富士」ヲ聴ク。面白シ。大前田英五郎ト田崎草雲ノ話ナリ。

警報　11時40分。

十二日

（木曜　晴　霞　温）

朝日ノ光赤ク、春がすみ。

朝飯、ウド味噌汁。昼飯、納豆葱入。晩飯、肉入焼飯。三食トモ上々也。砂糖ト、鰹節ヲ費イスギルヨウナルガ、欠点。

雪柳、真盛リ。柿ノ木ノ下ノヒアシンス黄色イノガ一房咲ク。山椿見頃、樹下ニ紅点々。桜ハ満開スギ、今年ハ色冴エズ。

今日ノB29ハ、春霞ニ隔テラレテ、異様ナ感ジ。水中ヲさよりノ群行クガ如シ。各編隊トモ、少シ西ヘ外レテ行ク。

昼ノ空襲デ一番人数ノ少イ経験。即チ、高子、富士子ト私ノ三人ノミ。高子ダケ防空壕ニ入ル。
私ハ空ヲ見ナガラ、情報ヲ聴キナガラ、土ヲ掘ル。茶ノ間前ノざくろ樹ノ下ニモ二ツ穴ヲ掘ル。南瓜ヲ生ヤシ屋根ヘ這ワセル計画。

さて此所へ何を作るかなと、土を深く掘っているところへ、非常用裏木戸からヒョコリと入って来た老人がある。見ると老人ではない彼である。表が大疎開跡なので迷いこんで来た訳だ。それにしては酷く老けたもんだ、この前会った時は未だ青年じみていたのに、俄然ヨボヨボの爺さんになっている。年齢を改めて訊ねてみると、四十四歳だという。関節リョーマチと、歯がぬけたので、急に老けたのだ、と当人は言うが、それだけではない。頭の毛なども至極薄く、五分刈の半白毛頭は、禿頭のような色をしている。

彼は嘗て、新宿武蔵野館の楽屋で、三分《プン》くらい洗面器（バケツだったか）の水の中へ顔をつっこみ、一同を脅やかし、当人もフラフラになって退却した事がある。人間はどのくらい息を止めていられるかという論から、彼は三分説を主張し、そんなら君やって見ろ、よしやりましょう、というので、そんな羽目になったのである。そういう羽目に落ち入るくらいだから、性質は一口に云って愚直。

彼の故郷は中国の福山で彼の父は女郎屋を経営していて、彼はその女郎屋が不快でたまらず、家を飛び出し（家にいれば若旦那でラクに暮せた）、何と思ったものか映画説明者学校に入学した。彼は大変なトツ弁で、凡そ説明者には最も不適任な男なのである。勿論モノになる訳がない。私の楽屋で暫くウロついていたが、諦めて故郷に帰って行った、――それが十五年ほど前だ。

するとと、数年前またフラリと現れて、今度は時計の修理工として働くと言う。こんな不器用な男に、そんな細かい仕事が出来るだろうかと、私は半信半疑であった。所が、今日聞くところによると、あれからずっと六本木の時計屋で、修理専門でやって来たという。

何か私に頼みたい事でもあって来たのかと思ったが、そうでもないらしい。何しろ対談していると、こちらがダンダンやりきれなくなる人種なのだ。口のききようが、実に、まだるっこく、言葉の選択がまた至極慎重で、低能なる横光利一というところだ。この男と話をしていると、私はすぐ疲れて、すぐ退屈してしまう。

それでも凡そ二時間ぐらい対談していた。彼も戦局を大いに憂えていた。これは中々しっかりした事をいうので私は驚いた。どうにもやりきれなくなって、私は急に用があるような顔をして、一緒に表へ出た。電車の中でも聴えないような声で、ブツブツ私に話しかける。新宿で彼と別れ、ホッとする。その足で神田へ出て、「天然記念物調査報告—植物」六巻を買った。思えば、彼なども天然記念物の資格がある。

午後K君ヤッテクル。共ニ家ヲ出ル。市ケ谷カラ都電。麹町ノ焼跡ヲ見ル。

神田ノ本屋街半数ハ開店シテイル。ドノ店モロクナ本ナシ。

講道館ニ行キ、斯道ニツキ教ヲ乞オウカト思ッタガ、今日ハ止メル。

明大ガ兵舎ニナッテイル。

お茶の水カラ電車デ帰宅。英子来テイル。風呂屋カラ貰ッタボタ餅二ツ喰ウ。ソレカラ夕食ノ焼飯。中々ヨク食ウ事デアル。
入浴。
娘二人、蓄音機ヲ聴イテイル。英語ノ唄ハ不快デアル。
二十一時就床。
警報　9時30分ヨリ11時マデ。
（大本営発表）B29百機帝都来。

十三日

（金曜　晴　温）〔旗ケ丘学校工場慰問〕

誕生日の祝いとして「天然記念物調査報告―植物」の第一輯を読みいるうち、蚤がいるらしいので、猿股をぬぎ調査していると、ポーが鳴り出した。九時五分也。庭へ出て見ると、一機西の方から頭上へやってくる奴があった。始め迎撃に出た味方機かと思っていたが、四条の航跡雲でB29と分る。富士子も出て来て（彼女は湯殿で、椿の花を生けていた）私と並んで見上げる。B29は私たちの左方へ少し外れていたが、暫くすると一直線上になり、また暫くすると右方へ外れ、そのまま大きな円を描いて北の空へ見えなくなる。

で、今日は私の誕生日なのだ。誕生日の祝いとして「天然記念物」も妙な言葉であるが、近頃はそんな方法で祝うより仕方がないのである。

酒もなければ、御馳走もない、お菓子もなければ、果物もない。第一、今日が私の誕生日と気がついている人間が、私一人とある。人間が何月何日に生れたかなぞということは、とりたてて云々するほどの問題でなくなったのであろう。現にこの四月八日は富士子の誕生日であったが、当日になって、今日は私の誕生日よ、と当人が言って、あッそうだったか、と私が感心する始末だった。せめては、何か祝って品物でも与えたいが、それも厄介なので、私は妻に向い「お祝いに少し金でもおやりよ」と金一封を命じたが、妻は鼻であしらっていたから、果して実行したかどうか分らない。

昨日、神田をうろついて「天然記念物調査報告―植物之部」六冊を発見、買おうか買うまいか迷った――というのは、本なぞ何時焼けるか分らない此の頃――、けれども、私は竟に買った。

――誕生日の祝いに、これを買って、明日はゆっくり楽しんでこれを展げて見よう。

斯う考えたからである。

五十二歳の誕生日、吾ながらよく此処まで生きて来たものと感心する。戦争のお蔭であるとも考えられる。もしも、昔のままで、佳い酒があり、美味い食物があり、だったら、とっくに酷い病気になって死んでいたかもしれない。

頭は益々白く、歯も益々弱り、皮膚もだんだんカサカサになり、足首の関節もギシギシとなり、眼も光を失い、まさに老人らしくなって来たが、精神は近来潑剌たるものがある。もっとも年がら年中ハツラツたる訳には行かない、時々は爺らしく考えこむこともある。然し、概して好調である。

所で、「天然記念物」第一輯の、最初に出て来た植物が長野県上伊那郡の「しだれ栗」だったのは、奇縁と言うべしだ。静枝も、坊やも、俊子も、裕子も、目下、上伊那郡にあり、やはりこの本は私の買うべき本であったという気がする。

　警報も解除となった。どれ、これから二階の座敷を掃除し、きちんと取りかたづけ、おもむろに天然記念物三昧に入ることにしよう。（十時五分）

　ところが、座敷の取片づけをするうち、急にハガキ三枚手紙一通を書く気になり、そこへ就職口依頼の妙な爺が訪ねて来たり、いろいろするうち昼飯となり、腹一杯喰べてねむくなり、二時間ほど昼寝をして了い、十五時には稼業で外出、結局ロクに天然記念物に親しんでいられなかった。

　何気ナク放送ヲ聞イテイルト、ルーズベルトガ死ンダ、トイウヨウナ事ヲ言ッテイル。アレアレト思ウ。始メハ私ノ聴キ損イカト思ッタ。傍ニ富士子ガイテ〝アラ〟トコレモ驚イテイル。ザマヲ見ロデアル。

　十六時半頃、旗ケ丘立正学園ニ行ク。学校工場トシテ今回始メテ軍需大臣カラ表ショーサレタノデ、ソノ祝賀式デアル。少女タチニ向ッテ「ルーズベルトガ死ンダカラト言ッテ、喜ブニハ当ラナイ。寧ロ、残念デアル。彼奴ヲ生カシテオイテ、日本ノ勝ツ所ヲ見セテヤリタカッタ」ト語ル。

　映画渡来話ヲシテ、別室ニ案内サレル。会社ノ重役連祝酒ニ大酔シテイル。監督官モ酔ッ払ッテイル。校長モ酔ッテイル。大変ナ騒ギダ。甘イブドー酒デ酔ッタノダカラ、大分荒レテイル。トコロテンヲ肴ニ、私モガブガブト飲ム。無理ニ飲マサレタノデアル。校長ハ日蓮宗大学ノ学長デモアルソウダガ、コノ坊サンハ中々面白イ。

帰宅シテ、ウィスキーヲ飲ンデ寝ル。

静枝ガ信州ヨリ帰ル。マタ起キテ、飲ミナガラ、坊タチノ消息ヲ聴ク。ヒロ子丸々ト肥リ顔ガ崩レタ由。

警報　23時。

〔大本営発表〕Ｂ29百七十機来襲。

十四日

〔土曜　晴　薄暑〕〔放送「姿三四郎」第三回〕

昨日の誕生日は大したものであった。酒もないもの諦めていると、北海道のウィスキーが到着し、立正学園では無茶に葡萄酒と日本酒を飲まされ、信州から妻が帰って来て、五平餅その他御馳走も湧いて来た。そこへもってきてルーズベルト急死の放送はあるし（日本時間の十三日午前五時頃死んでるから、丁度私が生れた頃死んでる訳だろう）、夜はまた夜で、Ｂ29の大空襲、東北から東南にかけて、華々しく火の手は上る、誕生日としても甚だ異色ある一日であった。その代り午前二時半頃まで、ルーズの御通夜をさせられた訳である。電気止り従ってラジオ止り、水道止り、電話止り、新聞は来らず、静枝曰く「こんな事で、こんな風になるなんて、日本は野蛮国だ」と。

焔ガチラチラト見エタカラ、相当近イナト思ッタガ、高円寺ノ所ガ大々的ニ焼ケテイタニハ、近スギテ驚イタ。東大久保、大久保ノ辺ニモ大爆撃。

焼野原ニ赤イ太陽ガ沈ム風景。大久保、新宿間徒歩連絡デアル。品川廻リデ放送局ニ行ク。

大塚、池袋ノ辺、板橋、赤羽、牛込ナド、相当焼ケタラシイ。

放送ハ七点五分ノ出来。

十五日

（日曜　晴　薄暑）〔放送「姿三四郎」第四回〕

味噌汁ニ菁菜ヲ刻ミコム。

二階デ「三四郎」ノ稽古。

信州カラ貰ッテ来タ青芋ヲ植エル。下肥ヲ用イズ。

汗ガ出テ好イ心モチ。春ラシキ好天気デアル。チューリップ一輪咲キ始メル。

桜の幹、地上五寸ほどの所へ、鋸でグルリと目を入れ、その筋の一部はマキリで　寸幅ぐらいに、樹皮を削り取る。桜の樹の痛みが、よく分るような気がした。初めの鋸を入れる時、吾子を手術する外科医者の気もちに近い心の痛みを味った。

約二十年も前に、苗木を買って来て、自分で植えたものである。馴染みの深い樹である。私はこの染井吉野を主人公にして小説を書いた。その小説の結びは、日本が米国を打敗かすまで、この樹は切るまい、という言葉であった。それを私は切るのである。気がとがめる。然し、昨今の空襲では、近々吾家も焼かれる公算甚大である。どうせそうなれば、助からぬ樹であろう。

また来六月頃、第七次の強制疎開があるが、各家がそれにかかれば、この桜もいずれ処分せねばならない。樹が大好きで、色々の木を植えてあるだけに、そうなった時の処分が厄介である。それなら早手廻しに、吾家で一番丈の高い、この桜など切っておくとよかろうという訳だ。

万一吾家が焼けなかったとしてだ、また強制疎開にかからずとしてだ、この桜切らずにおいてはどうかということにもなるが、それならそれで、尚更切らねばならぬ理由がある。つまり庭を出来るだけ農場化しなければならぬ今日、この桜の枝は大きな傘となって、作物へ当る日光を邪魔する。

どっちへ転んでも、気の毒だが、この桜は無きものにせんければならんのである。桜よ、勘弁しろ。

昼飯、配給ノ鰯トマト煮罐詰、運送屋デ貰ッタ牛肉ナド。

広文庫ソノ他、志賀蔵ニアズケル。餅あられヲ副食物ニシテタ食。

安成二郎氏来ル。徳富蘇峰ヲフンガイシテイル。

中央線全通ス。時計ヲ忘レル。

放送七点グライノ出来。源之助道場破リノ条。

帰リノ車中デ警報ガ出ル。

東部軍情報ヲ聴イテルト今度コソ凄ソウダ。

始メテ東ノ壕ニ荷物ヲ蔵ウ。スワト云エバ泥ヲカケル用意ヲシタ。

警報　22時発令。

（大本営発表）Ｂ29二百機京浜南西部来襲。

十六日

（月曜　好晴　温）〔放送「姿三四郎」第五回、航空計器慰問〕

急イデ十一時狛江着。歩哨ノ立チイル工場。寮ト寮トノ間野天ニテ、マイクナシ。太陽は温かすぎるくらい、頭上から照らしつけている。風上に演壇がおかれ、左右の寮の建物に挟まれた空地が客席で、寮の窓も二階一階桟敷代りとなる。

野天でやる始めての「宮本武蔵」だ。気合だけは思うさま大きな声でかけられる。その代り話術の細かい味は出せない。聴衆は青少年少女の工員、それに兵隊、学徒など。中々熱心に聴耳をたててくれる。

この工場の本社は、今暁のＢ29で襲撃され、三分ノ一ほど破壊されている。陸軍の直監工場で、入口には歩哨が立っている。中食に出された箱弁当は、留置場を思い出させる態のもの。

比較的快よく四十分ほど宝蔵院の条を喋る。喋り終って大欠伸をした工員が　人あった。

新宿駅歩廊デ釜サンニ会ウ。桜上水ノ家四万円デ売レタリト。

静枝柿木坂へ出カケル。但東横不通。

二階デ放送稽古。今日ハ眠タクテ困ル。ほうれんそう胡麻和エデ夕食。

十九時放送局着。嘱タク契約書ヲ渡ス。放送出来七点位。

アラレ肴ニ日本酒二合。

十七日

（火曜　晴曇　温）（終日在宅）

味噌汁ニ茎立テル菁菜刻ミ入ル。

昼ノ菜ハ人参、牛蒡ノ煮タノ。

一日楽シミテ土ト遊ブ。堆肥ト糞ヲコネ、七条ノ溝ニオキ、胡瓜、人参、春菊ヲ播ク。桜樹大シテ弱ラズ。

下肥を汲むつもりで、掃除口を開いて見たが、きれいに汲み取られている。失望した。人参の種、胡瓜の種を播くのに、どうしても要る（と独りぎめでそう思ってる）。孟宗竹の林（七本しか立っていないが）の傍に、埃捨用の大穴があり、そこに黄色い蠅が沢山とまっている。一昨日だったか汲みに来た爺さんが、この穴に捨てたらしい。シャベルを入れると、夥しい糞塊がある。これを掬って、堆肥の泥とこね合せる。妻がそこへ来て「凄い臭いね」と言う。「まったく鮮かな臭いだ」と私も言う。生垣の向うで高崎の婆さんが、このアザヤカで笑い出した。

が、私の感覚も、このごろ大分変って来た。以前はただ汚ないものとしか感じなかった糞尿が、この頃では至極親しめるものになって来た。糞尿のしみこんだ土を見ると、なんとも言えぬ頼もしさを感ずる。

電話夕ヨリ通ズ。

入浴、髭ソリ。

南瓜ノ種ヲ焼キ、日本酒二合。ウィスキー二杯。

警報　4時、10時、14時。

十八日

（水曜　晴　薄暑）〔五反田品川電気分工場慰問〕

春の朝（五時半頃）二階から見ると

太陽は檜林に赤黄金色

檜林のこちらは吾庭の柿若葉（芽がほぐれ）

八重桜酸い紅さでチラリ咲き始め

鼈甲の葉漸くうつ然たらんとしている

遥か八幡社のあたり松林には霞かかり

欅の淡緑もぼやけにじみ

眼下の畑に菁の菜の花咲き始め
芋を植えた土は全く濡れている
雀頻りに鳴き姿は見えず
鳩二羽舞い来り舞い去る

コノ頃ノ味噌汁ハ大イニ美味イ。庭ニ青イモノガアルコトモ一ツノ因。富士子ガ惜シゲモナク鰹節ヲ使ウセイモアリ。

自分の著書と、日記だけ、持出そうとズックのスーツに入れる。このスーツは二階の開き戸の奥に、まるで秘密の塊みたいに放りこんであったものだ。中には若き頃の手紙だの、愚かなる文章だの、妖しき証文だの、いろいろ詰めてある。その妖しき諸々を出して、前記の著書日記を入れる。

さて、これらの妖しくも愚かなる品々、一寸読み返してみると、もう捨てるのが惜しくなってくる。誠に私という奴は、これらの証拠物件を通じて見るに、実以ってイヤな若者であった。イヤなところが然し、また今から追想すると、懐かしくもあるのである。

特攻隊の若い士官たちが、いかにも人間が出来ているので、私は驚くのであるが、私のその年頃の手記など見ると、私という人間は今日とあまり変っていないようだ。ただ今日では脂がぬけただけの違いだ。

人間というものは、二十歳ごろから二十三歳ごろまでに、略々出来上ってくるものらしい。それがたまたま特攻隊の人々は不純なものの影響を受けず、澄み切った心境で、一つの崇高なる大目的に脇目もふらず進んでいくのであるから、四十、五十の爺が見てその立派さに頭が下がる訳だ。私など若者のころは、世の中が宜しくなかったので、その影響を多分に受け、混沌たる心境で何一つ第一義的の目的を有せず、フラフラとただ自分一個の幸福を焦っていたのだから、大変な相違である。まったく月とスッポンである。しかも私など、同じスッポンにしても、ケチなスッポンであった。

自分一人で読んでいても、恥かしくなるような事が、いろいろと書いてある、その手記を、脂のぬけた今日、まだ捨てかねているのだから、実に愛想のつきた男である。スッポンは、臭い泥の味が忘れかねるものと見える。

捨てかねる一つの理由は、やがてこれらを材料にして、純文学（長篇小説）を書きたい、という気があるからである。恐らく今日の情勢では、私の生涯に、そんな小説を書く時はもう与えられまいと思う、――書いたにしたところで、それを出版する機関が未だあるまい、――出版したにしたところで、そうした種類の小説なぞ、もう読む人間がいまい。

愚かや愚かである。

いっそ、ドカンパリパリと来て、それらの一切が灰になれば、返ってサバサバするかとも思う。

十一時半工場着。警戒警報ガ出タケレド構ワズ始メル。

聴衆ハ百名タラズ、女ノ子ガ多イ。鯨ノ話ヲスル。大喜ビデアル。男ノ子女ノ子タチノ中ニハ、沖縄ノ子ガ多イトイウ。五反田ノコノ辺ハ工場ガ多イ。イズレハコノ辺モヤラレルデアロウ。

山ノ手線混ムコト甚ダシク、二列車乗リ損イ、諦メテ反対ノ方向ニ乗ル。大崎カラ田町、浜松町ヘカケ未ダ被害ガ見ラレナイ、コノ次ハ新宿カラコノ辺ニカケテ危ナイ。

車内ハリュックサックノ人多シ。蒲団ヲ背負エル、罹災者ラシキ人モ沢山アリ。

北海道ヨリノ使者ウィスキー二本持ッテクル。使ノ青年ニ、「五ツの海」ヲ呈ス。正宗得三郎著「富岡鉄斎」ヲ亀雄兄ニ送ル。

那須婆サン疎開ヲスルトテ別レニ来ル。戦争ノオ蔭デアル。

本日大井航空隊行ノ予定ナリシモ、東海道線故障ノ為中止トナル。

古イ年賀状代表的ナモノヲ二百枚ホドトッテオキ、アト全部風呂場ニ持ッテ行キ、片端カラ焚イテ、コレデ沸カソウトシタ。ソノウチ夕飯ノ支度ガ出来タノデ薪ヲクベル。

信州デ坊ヤガ採ッタのびるノヌタト、ぎぼしノオシタシデ、ウィスキーヲヤロウトスルト、ラジオ沖縄沖ノ大戦果発表。五十円ヲ三人ノ娘タチニ分ケテヤル。メデタシ。ウィスキーダト思ッテ飲ンデミルト、リンゴ酒ダッダ。コレハ、失望。

十九日

（木曜　曇天烈風）〔終日在宅〕

五時ノ放送デ目ヲサマス。

葱ノ味噌汁ウマシ。古手紙ノセイリ。からし菜ヲ三ウネマク。

土管ノ中ニ、コップソノ他ヲ追加入レル。

自分の家も何時焼かれるか分らない、と思いつつ、焼かれるまでピンと来ないものらしい。焼かれて見なければ焼かれる味は分らないものらしい。ともすれば、吾家は永久に無事であるような感じがしている。静かに考えてみると、吾家は早ければ今日中に、遅くともこの秋頃には無いものと見るのが至当である。それが斯うノホホンでいてはいけない訳だ。もっとも、現在吾家にある物品は、書物も、家具も、装備品も、仏像も、ピアノも、みんな焼いて了うつもりではいる。無理をせずに疎開出来る品は、いざ焼ける迄にボツボツ処分するつもりでもある。今日も、カットグラスのコップ、土瓶など、先日の瀬戸物類に追加して、穴へ入れた。そんな支度を、至極不精たらしく、ノロノロとやってはいるが、心の何所かに、吾家は焼けないさ、という気もちがある。

昼夜ハ味噌汁ノ残リニ、卵入リ。

ハガキ、手紙、屑木デ湯ヲ沸カス。風ノ為、煙突逆流シ、家中煙ダラケトナル。

「馬酔木」一月号、「週刊朝日」来ル。

リンゴ酒ヲコップニ一杯半ノム。少々酔ウ。

警報　9時30分発令。

（大本営発表）B29三機、P51五十機来襲。

二十日

（金曜　雨　風　冷）

深夜大雨。雨の間風止る。何度となく目ざめ、電気をつけて時計を見る。今夜この雨で空襲は困る、と思いつつ時計を見る。一時、二時、三時を過ぎた、もう来ないであろう。雨が止むと、また風が出る。忌々しきガラス戸の音。

五時の情報を聴いて起きる。庭の土は好い色に湿っている。大根の二葉は一夜のうちに大きく延びた。大通りへ出て見る。誰も通らない見通しは壮大でよろしい。左の方をズボン下駄履き防空頭巾弁当抱えの女が行く。駅には未だ電気がついていた。新聞をとり、二階へ上り、一服やって、また窓から庭を眺める。一晩中喫わずにいた煙草の味はこまやかである。風に揺れる八重桜今が見頃である。今年は一つ八重桜の葉を喰って見よう。

朝味噌汁大根韮刻入レ。

寄贈サレタル書、二十冊ホド、文士ヨリノ手紙ト箱入レ。非常持出用也。

昼飯白米。

富士子苺苗買帰ル。

就職ニ依頼ノ母子連レ来ル。

写真分類シテ、スーツニ入レル。非常持出用也。

更紗ノ残リ布デ、手提ゲヲ縫ウ。

晩食、豆粕飯ナレド、茶飯ニシテ美味。

入浴髭剃。

二十一日

（土曜　晴）〔放送録音「石ころ」吹込〕

五時二十分起。今朝ハモウ新聞来テイル。二階デ新聞読ム。耳ノ入口ニ長イモアリ。抜ク。朝寒ケレド快晴。

うどの味噌汁である。何か青いものをと庭へ出る。韮、菁、今日は止めて、八重桜の若葉若芽をあしらってみることにする。手の届く下の枝を三本折り、青磁の瓶に挿し、その時むしりとった葉を刻んで、汁に浮かせる。うどの香りと、桜の香りと面白い調和をする。さくら餅を頻りに想い出す。軽く盛った汁碗を、二杯替える。静枝はすすめても、絶対に頭を振って、うどの香りがあるのにムダだと言う。富士子は少し入れて見て、ああ美味しい、と言う、――本当にオイしかったかどうか分らない。然し私はこの香り高き汁に大満足で、豆かす飯を三杯平げた。桜は今日の方が昨日より、一段と美しく見える。

今日録音ノ支度ヲスル。山本周五郎著短篇集ノ内「石ころ」ヲ選ブ。二十分ニ切リツメルノガ厄介デアル。

「大洋」誌来ル。小笠原澄隆君ヨリ来葉。

昼飯ハ蕎麦がきヲ作ル。始メテ作ッタガ巧ク行ク。韮ノ薬味ガ利キスギタカ、途中デ眼ガ廻ル。含宙含宙、冗談ジャナイ。

省電矢鱈ニ混ム。事務所ニ寄り、日立行ノ事ヲ訊ネル。未ダ未確定ラシ。

木下ぼく児君の町では、百五十人の人間の中百三十五人ぐらい焼死んだそうだ。一割が生き残った訳であるが、その十五人の生残りの中に、盲目の按摩が四人もいたとは妙である。

も一つ木下君の話に、熊谷の近くとかで、友軍機が火達磨となって落ち、ガソリンの小タンクに打つかり、ザッとガソリンを浴びたら、火が消えた、という実に神変不思議な報告があった。

谷天郎君は、千円もかけて闇トラックを雇い、荷物を疎開させたところ、B29の焼夷弾で、その荷物はパアとなり、放っといた元の家（ここが強制疎開で立退）の荷物は何ともなかった、という。

十四時二十分放送局行。録音三十五分グライト聴イテ、狼狽テテ青鉛筆ニ赤線ヲツケ、復活サセル。

コノ前ノ放送デ、白皙ヲ私ハハクテツト読ミ誤り、部長カラ注意サレル。甚ダ赤面デアル。中学時代ニ漢文デ白皙《セキ》露歯ト源義経ノ形容デ習ッテイタノニ、イヤハヤ。録音ハ時々舌ガモツレタガ、大過ナク終ル。

海軍艦政本部ガ、コールターヲ塗ッテイタ。国木田独歩ガ籠ッテイタ、新古文林社ノ古イ建物ガ、エイサエイサト縄デ引カレテイタ。

十七時過帰宅。運送屋カラ貰ッタ牛肉デ、林檎酒ヲ一杯ヤル。

夕方帰宅して見ると、染井吉野が頭の方を刈りとられて、大きなパチンコの柄みたいになっている。お隣りの風呂屋さんに頼んで、切って貰ったのだそうだ。根元の周囲に、鋸を入れたり、鉈で削ったりしても、若葉の勢が中々落ちないので気にしていたところなので、これで清々した。桜には気の毒であるが、片づくものは片づかないといけない。小さな毛虫が無数にいたそうだ。これで空の面積がカラリと殖え、畑への陽当りが大変よくなった。敵機が見易くなった。

そこで私は、もう一段と空を殖やすため、桜の傍の月桂樹を地上五尺ばかりのところから、鋸でゴシゴシやり出した。この樹は母校一中から贈られた大切な樹であるが、斯うなれば仕方がない。幹は意外に軟らかく、鋸の深く入って行くのが、人間の足でも切断する感覚である。鋸屑が芳香を放つ。枝の先には白い莟が開きかけていた。

二十二日

（日曜　快晴　温）〔海軍少佐森田竜夫葬儀〕

五時半起。味噌汁ニ大根双葉アシラウ。南瓜ノ穴二カ所掘ル。

高子梯子ヲカケ、八重桜剪ル。コレハ竜夫君ノ英霊ニ供エル為。静枝、足先ニ行ク。

丸山定夫君来。九州行ノ件、断ワル。十一時頃家ヲ出ル、柿木坂行。

北村邸に見舞に行く（わざわざ行ったという訳でなく、竜夫少佐の葬儀に、坊主の来ようが遅れたので、一寸中座して出かけた）。果して蒲田工場は全焼であったという。北村氏は喜んで、早速ウィスキーなど出し、罹災の模様を話してくれた。あの会社は、この四月一日から組織を変えて、北村氏が社長になった、とたんに焼かれたのであるそうだ。前社長は株を売って八十万円ほど懐に入れた、とたんに焼けた訳で、至極運が好かった。北村氏の方は運が悪かった訳だが、それを面白そうに話してくれた。蒲田方面の各工場は全滅であると言う。

工場の焼けたのは構わないとして、それがため特攻隊の要る飛行機が出来なくなったらコトである。大体今日まで、あんな所にゴチャゴチャ工場が集まっていたということが、馬鹿馬鹿しい失態である。

同家ニ町田金嶺君ガ居タノハ意外。十四時森田家ニ帰ル。（註　金嶺君ハ古キ浅草ペラ優。）

握リ飯デ、野菜ノ煮タノデ昼飯。

坊サン十六時頃来ル。有難クナイ読経ブリ、英霊ニ対シテ悪イヨウナ気ガスル。

慶応を出て、海軍航空隊に入り、三年間ほどで少佐になったのだから凄い速力である。今年になって大尉になったばかりだから、殆ど二階級特進に等しい。

この英霊に香を焚き、恭々しく冥福を祈る面々、一人としてマトモな人間がいない。五・一五事件で入獄をした男（故人の義兄）、大闇で大罰金をとられた男（故人の従兄弟）、某故大臣の影武者で大臣に金儲けをさせ自分も大儲けをした男（故人の従兄弟）、機械のブローカーで、闇で儲ける紳士（故人の従兄弟）、これに漫談屋インチキ芸能人の私である。一番マトモなのは、故人の従兄弟で、銀行勤務で、空襲手当が月百五十円になると喜んでる先生であろう。

夕食、ビールガ出テ野菜ヌタ、五目寿司ナド精進料理ノ他、故人ガ家ヘ運ンダ燻製鮭、数ノ子、ゴマメナド出ル。

私ハ一足サキヘ帰ル。裕彦君、志賀君来テイル。入浴。静枝帰リテ、リンゴ酒、一合。

警報　午前中三回出ル。

二十三日

〔月曜　快晴　温〕〔故竜夫少佐告別式〕

静枝一足サキニ出ル。十時半頃森田家着。一同、私ヲ待ッテイタトコロ。

近所ノ人、数名来タダケノ告別式。

坊主が来て、霊前で形式的にお経を読んで、皆がしかつめらしくかしこまっている、という事がどうも馬鹿らしくて困る。

第一、故人は仏教信者でもなんでもなかった。

第二、故人の母は天理教の信者である。

第三、居並ぶ親戚一同、一人としてお経を有難がるものがない。

第四、本来はこの遺骨（と言っても白木の箱には飛行機の破片があるきりだが）の納まるべき、四谷笹寺の住職が来るべきだが、住職応召中なので、その代理の何所かの坊さんが、一稼ぎやりに来ている。

第五、お経の文句が日本語で、ありふれた死生観みたいなことを唄ってる。英霊の殉職死とは藪にらみなり。

渋谷カラ都電。溜池へ引キ返シ、六本木カラ塩町行、新宿へ出テ家へ帰ル。赤坂、四谷ノ罹災地ヲ検分ノタメ。

赤坂ノ被害ハ大シタコトナシ。四谷相当。

高子ノ支度シタ夕飯ヲ喰ウ。

警報　正午ゴロ一回。

二十四日

（火曜）

五時の情報、愈々ベルリンへロシア軍が侵入したとある。どうも仕方がない。小便に起きたまま私は起きる。家内中未だ眠っている。茶の間の電気をつけ、鵬翼を千切って妻の煙管で喫う。八時間喫わずにいた煙草は美味い。その代り少し目が廻る。庭へ出ようかと思ったが、娘たちの目をさますことになる、——年寄は早起きなど思われるのも厭だ、——そこで二階に上る。

北の窓から空地を見る。八重桜が五、六木ある。今が盛りである。八重も二種あって、紫赤色のと、白っぽいのと、これが風のない朝のしめっぽさに、じっとしている。まことに豊かな、艶やかな眺めである。吾家の屋根は露にぬれ、露の雨だれの音が時々聴える。東の窓をあける。太陽は柿若葉と檜林の向うに薄く光っている。左方の彼方松林のあたりは、靄がたちこめ、その中に八重桜がよどんでいる。

改めて吾庭の八重桜を見る。紫赤色の花が、今や壮観である。五本のうち、一本だけ残した樹であるから、一種特別の感情で私はこれを見る。よくも、この樹はこんなに花をつけるものだと思う。なんとなく、西洋じみた花の咲きようである。

眼をおとすと、菁の菜の花三分咲きの一列、その列のはずれに、白いチューリップが一輪、これから開こうとしている。

雀が鳴き、省線が響き、やがてラジオの体操が近所から聴える。

私は煙草の喫いかけを、電気マッチでつけて、大切そうに契う。目が廻る、盛んに目が廻るのである。

さて、今日のB29は如何であるか。

警報　8時20分—9時30分マデ。

二十五日

（水曜　晴　温）〔鹿沼行〕

蕪ノ跡ヲ耕ヤス。リリスノ真盛リ。八重山吹ノ美シサ。百日紅下枝芽出ル。

石田来リ、急ニ、本日出発トナル。海桜隊ノ仕事デアルガ、行先ハ何所ダカ分ラナイ。

二十歳前後の手記、いっそ空爆で消し飛んで了えばサバサバするであろうが、目を通して見ると、やはり屑籠に入れるのが惜しくなる。この御時世に何たることであるか、と自分を叱って見る。然し、万一この戦争が案外に早く終了し、再び文芸物など世に行わるるに到らば、私は長篇小説を一つ書きたい。扱う材料が至極危険なもので、下手をすると単なる邪恋小説になる恐れがある。

私はこれによりて、人間の悪行というものが、一代で止らず、それからそれへと子々孫々まで、糸を引くものであることを表現したい。などと理由をつけるものの、心の底を分析してみると、要するに若きころの甘き想い出を、この老年になっても捨てかねているのかもしれぬ。困った老人ではある。

十五時雷門駅デ待合セ、十六時半頃発車。車窓ヨリ焼跡ヲ眺メル。

二十時頃鹿沼着。三級旅館ニ泊ル。センベイ蒲団。

二十六日

（木曜　晴　温）〔鹿沼製麻工場第一日〕

三級旅館というものは、斯んな程度なのか、会社からの申込みがいけなかったのか、ひどい宿屋である。こんな薄い蒲団で寝た事は、生れて始めてである。おまけにどうも半風子がいたらしい。敷布も汚れっ放しである。丹前は出たが浴衣はなく、その丹前の襟が破れている。私は外套を着、外套の襟を丹前の襟に被せて寝た。寒いからそうするより仕方がないのである。

　つゆ草に日の当り来し垣根かな　正一郎
この句が床ノ間にかけてあったのは、こんな宿として奇蹟みたいである。

　空襲罹災者無料宿泊奉仕
右の看板が入口に立てかけてあった。一行芸人の内私以外は全部罹災者なので、ソンナラ皆タダカイ、と可笑しかった。

五時半起。「誰が罪」読了。中途大イニ感服シタガ、大シタモノデナイ。

粗末ナル朝飯。燕ガ巣ヲツクルトコロヲ見ル。

町ヲ歩ク。郵便局ノ建物特色アリ。川ノホトリノ工場ニ行ク。

聴衆殆ンド女バカリ。午前ラジオ話。

昼飯ハ赤飯ニ豚肉ノ汁ヨロシ。楽屋デ昼寝スル。

午後ノ部注射話、大受ケ。

鹿沼唯一ノ料亭ニ行ク。勤労課長ナドト会食。大御馳走也。地酒ノ酔モヨロシ。

二十七日

（金曜　晴曇　雨）〔鹿沼第二日〕
夜通シ足首ノ辺ヲ何カニ食ワレル。七時頃起床。
金物屋デ鋸ト蠟燭立トヲ買ウ。水神様ノ鎮座スル躑躅ノ岡ニ登ル。今年始メテノ蛇ヲ見ル。

午前モ午後モ客種砂利沢山。昼飯、美味キ汁。

軍旗祭、野天ノ催シニ出演。

会場は岡の上の広場で、此所に二カ所の舞台があり、同時に両方で何か開演中だ。私は兵隊さんつきそいのガソリン自動車で、現場へかけつけた時、オヤオヤと思った。野天の会場と聴いて、覚悟はしていたが、同時に二ツの舞台で開演とは思わなかった。見物はどちらでも面白い方を御覧下さい、という訳だ。少々情けない――斯んな事を情けながるのは恥かしいことだが――、やっぱり情けない気もちは動かせなかった。正直に言うと、私のような種類の芸人が出る幕ではない、早く言えばドサ廻りの、鎮守様の御祭礼用の、テキ屋風の、或は天狗連の適わしき場合なのである。事実そういう連中の演芸が、次々に御目見えしている、――その間に猫八と私とが挟まる。私が舞台に出た時、向うの屋台では浪曲劇のようなものをやっていた。見物は両方で六千人ぐらいであった。

コノ地ニ来テ初メテノ軍旗祭。近日前線行トアルカラ、最後ノ祭デモアル。

十六時半鹿沼発。雨降リ出ス。二十時半帰宅、入浴。軍隊折弁食ウ。

二十八日

（土曜　快晴　温）〔放送協会演芸委員〕

雨上りの柿若葉に朝日の輝く美しさ。吾一人起き、庭を歩き、南瓜の芽の出づるを見、新聞をとり、顔を洗い、二階に上り東の雨戸をあけ、この美しき柿若葉にうたれたり。

　柿若葉濡れて朝日に輝ける

　爆撃のありとは見えず柿若葉

五時半起。味噌汁ニ昨夜ノ折詰ノ豚カツヲ入レル。

古原稿清書。

十一時過、帝国ホテル着。放送協会演芸委員トカノ集リ。辰野隆博士、久保田万太郎、渋沢秀雄、宇野浩二、村岡花子、東京新聞土方、ヨボヨボ爺サン二人。

辰野博士が第一着、私が第二着。博士痩せたので一寸見違える。博士曰く「放送というものが、視覚を伴わないものである事を、完全に意識している芸人は、一人もいませんね」と。一人もいませんが誠に歯切れよく言われる。つまり私もハッキリ落第の訳であるが、少しも厭な気もちがしなかった。一人もいませんという言葉は、激しい言葉なのだが、実は聴く方はラクなものである。もっとも私自身は、相当聴覚専一にやってるつもりで、博士が何と言われようとも、或程度の自信は動かない。

　放送局側ハ演芸部長、大岡、ソノ他。昼食ガ出タガ、コレガ帝国ホテルカト呆レル。妙ナスープ、おしんこニ褐色ノ汁ヲカケタルモノ、コブ茶ノ如キモノ、以上三品。

　コレゾトイウ話モ出ナイ。徳富蘇峰コキオロシノ一幕アリ。

　日本で一番古い橋だという石橋を渡り、淡島様にお詣りして、私たちはベンチに腰をかけ、至極のんびりと豆を嚙った。左手には、焼けた国際劇場が見え、正面の公園入口からも、焼野原が見えているのだが、銀杏、欅、ヒマラヤ杉などの新芽新緑が、別天地を作っている。森閑とした、山奥にでもいるような感じである。陽もまた実にうららかである。浅草の観音様の境内にいるとは、どうしても思えない。豆は、南京豆と大豆で、これは渋沢氏が封筒に入れて持参したもの、久保田氏も私も、両手を出して受け、一粒ずつ味いながら喰う。しみじみと大豆の美味さが分る。

久保田氏ニ誘ワレテ、浅草ノ焼跡ヲ見ニ行ク。

隅田公園ノ墓標ノ林立ニハ一驚スル。名前ノアルノト、ナイノト半々グライカ。

不明氏ノ墓。

不名氏ノ墓。

ナド記シテアル。

三社様ガ残ッテイタ。二天門ト稲荷社モ残ッテ居ル。

本堂モ、五重塔モ焼失。

ベンチデ一休ミシテ、劇場街ヲ行ク。大都劇場ダケ開場シテイタ。五月ニ入ルト大分開場スルラシイ。

仲見世ノ焼跡ハ、赤クテ奇麗デアッタ。

地下鉄デ神田乗換、飯田橋下車。遺失物取扱イノ役所ニ行ク。

前代未聞のお座敷である。会場は更生物資購買所とか言う役所で、そこの課長さんが、横須賀海兵団に応召する壮行会であった。おカネで御礼は出来ないが、アルミの水筒、コーモリ傘、ボストンバッグなどをくれるという。江戸屋猫八が世話人で、私と一竜斎貞丈が出演する。礼金の代りにくれるというそれらの品物は、全部遺失物の流れである。所有主の出ない遺失物が、ここでさばかれる訳だ。

主賓の課長が真中にいて、その左右に所長始め所員、女事務員など居流れ、私が喋り始める時は、既にビールが卓に出ていた。私はカンネンのマナコを閉じ、鯨物語をやる。やってる最中にビールのお酌をして廻るハゲ頭の所員があったりして、相当の難行であった。水筒のため、コーモリのため、こんな所で一席やるのかと、浅間しくなった。聴衆は全部で二十五人ぐらい。

喋り終ると、私は課長の隣席に招じられ、ビールを盛んにすすめられた。生ビールを薬罐で酌するのである。肴は鍋に、醤油で煮た大豆である。

貞丈君は、貞山写しの「二度目の清書き」をやる。スラスラと義士の名を読み上げると、所員たちは恐ろしく感服していた。やがて、これも十五分ぐらいで終り、私の隣りへ来て飲み始める。

猫八が最後にモノマネをやる。故貞山の声色で、貞山が罹災して土左衛門になるところをやった。こいつは至極上出来であった。

私はいつの間にか、浅間しい感じを忘れて、大いに愉快になっていたのである。

新宿キリンビヤホールニ招待サレタガ、スタンド前ノ群集ヲ見テ、私ダケ失敬、帰ル。

吾家ニ一升瓶アリタルハ、望外ノ喜ビ。一本爛シテ飲ム。ビールノ気色悪シ、酔イヲ修正スル。

二十九日

（日曜　曇後晴　温）〔終日在宅〕

朝寒ノ中ヲ、浴衣一枚デ耕シ、堆肥ヲマゼル。筍ノ収穫アリ。馬鈴薯ノ間引キ根ヲ試ミニ植エル。コレデ収穫アラバ素敵。

小島君来、工場ノ方ハ軌道ニ乗リオル由、中島工場ノ徴用解除ニナラズト言ウ。彼ノ国民服ハ五百円。静枝ズボンノ布地四ヤール半ヲ進呈スル。

朝、庭に筍を発見！　とても嬉しかった。ニョキニョキと五本ほど一カ所から出ている。生れて始めて筍掘り――つけ根のところが頑固にとれない。大鋏でジョリとやる。一尺あまり一本、八寸、七寸、五寸各一本、四本の収穫。一番小さいのは一本だけ竹の健康のため残す。井戸で洗って仏前に供える。供えたのを眺める。なんとも言えない美しさがある。暗紫褐色の動物みたいだ。潑剌たる海老のようである。

夕食の時、煮て喰べたが、軟かくて小味で、非常にうまい。四本で普通の一本分しかないが、とにかく家内中で舌つづみを打つ。大変に幸福を感ずる。

数日前に掘り出したチューリップの根を、葱坊主と一緒にして、精進揚にする。これがまた珍味である。チューリップはシャキシャキとほのかに苦が味があり、葱坊主は軟かく甘味がある。皆は気味を悪がっていたが、私にすすめられて一口ずつ試食した。内心どうだか分らないが、一応は好評であった。

今日ハ天長節故、必ズ、ベー機ガ来ヤガルダロウト思ッテ居タガ、九州ノ方ガ忙ガシイラシイ。

薪割リヲスル。まきりノ使用法ガヤヤ上達スル。中々ニ面白シ。

台所ノ助手ヲヤル。葱ノあま皮ヲムイテ、ソノ美シサニ感嘆スル。

入浴シテ一杯ヤル。蒲焼アリ、卵トうどノ汁アリ、筍アリ、野菜天ぷらアリ、大御馳走デアル。

らんまんヲ啜ルヨウニ、二本飲ンデ私ハ大満足。

三十日

（月曜　晴　温）〔目白電気工場、鶴見硝子工場慰問〕

五時半起。大根苗間引キ汁入。晴天、雲団々。

空襲アリ。B29ノ他、小型機モ交ル。

庭へ出テ、色々仕事スル。大根苗間引完了。豌豆支柱、薪割リナドスル。

十時過、停電断水。所沢、立川方面ヤラレタルラシ。

十一時頃電気通ズル。海桜隊ヨリ電話アリ。

昼間空襲があると、定って庭いじりをすることになった。今日は大根の間引きを、妻とやる。馴れないから、元気の好い苗をぬいて了うらしい。ゴテゴテと葉の重なっているのが、さらりとなって、両方から土を根に盛ってやると、見るからに清々して、一本一本見事な大根が出来そうな気がしてくる。豌豆がグングン蔓を直上させて、とっかかるものが無くなっているところへ、支柱をさしてやる。ホッと安心した気もちが、豌豆にも感じられるようだ。強制疎開の屑材を、マキリで割るのは、なかなか力仕事であるが、好い加減に割っても、どうやら薪らしい外観となる。廃物が忽ち有用物になって見えるから面白い。

空襲が無かったら、こんなに農事を楽しむことが出来なかったであろう。

目白ノ電気工場ノ屋上デ新緑ト焼跡ヲ眺メナガラ譚ヲヤル。聴衆一千名。胡桃ト罐詰ミカンノ御馳走ニナル。ココノ厚生課ノ人無声映画ヲ懐シムコトシキリ。

十七時鶴見ノ朝日ガラス着。

目白から田端廻りで鶴見へ出たが、これによって十三日と十五日の大被害を見ることが出来た。池袋駅と目白の中間あたりから焼野原が始まり田端まで続いている。両側とも焦土である。土手と土手との間を走る時、緑の土手の上から黒焦の樹の梢が見えるので、そこもやられてると分る。こいつが十三日の分である。十五日の分は大森駅の辺から始まって、蒲田、川崎と舐めたようにやられ、鶴見に来て始めて、一団の工場街無事なるを見ることが出来る。大工場の工作機械が、焼けて累々としている光景は、慄然たるものがある。これで戦争はやって行けるか、という気さえする。

夕食ガ出ル。筍ニ黒豆。

映画今昔話ヲ私ガヤッタ後デ、「風流活人剣」谷天郎君説明。

二十時半頃帰宅。入浴。らんまん一本飲ム。

警報　8時20分、10時。

（大本営発表）B29百機立川来襲、P51百機平塚来襲。

註　蕪ト菁両方トモカブ也。

五月

一日

（火曜　曇）

曇り日とは言え、朝の庭は誠に快よい。畑の土が酷く干いているのは意外。晴天の方が朝露多いのかしら。

窓外に私の非常持出用スーツケース（中には私の著書、日記、写真など入れあり）、壕の中に大きな紙箱（中には著者より贈られたる署名入り本、文学者よりの手紙など入れあり）と、放り出されたままである。これには一寸イヤな気もちがした。

妻も娘たちも、それぞれ自分の包みやケースを、昨日の空襲でこの壕に入れたのだが、それを片づける段になると、私の品だけ放り出されの目に会った次第。あんまりハッキリしているので私は苦笑した。

昨日私は、空襲が終るとすぐ、電話で連絡があったので、目白の工場から鶴見の工場と廻って、帰宅したのは夜であった。家内中に誰か一人くらい、私の荷物をとりこんでくれる者があってもよさそうに思われる。

私は、朝飯の時、笑いながらそれを注意しておいた。

塀ノ外ニ畑ヲツクリカケ、砂利ガ多イノデウンザリ、中止スル。

一日ノ大部分、二階ニ上リ未定稿小説ヲ書キタメル。

松沢カラ電報アリ、五日ニ来テクレト言ウ。行カレヌト返電スル。

午後、オ茶ヲ飲マナイカトススメラレ、下リテ見ルトうどん粉トそば粉ヲ混ゼタドーナッツガ山盛リ。美味。夜一杯ヤル時コノドーナッツヲスチュー汁ノ中ニ入レ肴ニスル。らんまん三合ホド考エ考エ飲ム。

（新聞）ムッソリーニ銃殺さる。

二日

（水曜　雨　冷）

降ル雨ヲ眺メナガラ、コンナ雨ノ日ニB29ハ御免コウムリタイト思ウ。防空壕ハ池ダ。

自分デ沸カシテ入浴。

未定稿執筆。

夕方五時の放送を聴こうと、万年床に入る。奥の間のラジオはダメになったから、寝室の方のを聞くより仕方がない。さて、そこには床が二組並べて敷いてある。それが今日は上げてるヒマがない。

妻も専らこのごろでは、ラジオのニュースを気にするようになってるので、彼女もあとからやってきて黙って床にもぐる。

すると大変なニュースだ。かねて斯くあるべしと、おぼろ気ながら思っていたが、さて現実にその言葉を聞くと、やっぱり衝動を感ずる。

=ヒットラー総統死す!

これは寝たまま聞くべき放送でない。とは思ったが起きる気力もない。妻も寝たままで大きな溜息をつき、

「可哀そうに!」

と極く小さな声で言った。

詳しいことは放送されないが、多分自殺であろうと、私たちは語り合った。

ルーズベルト、ムッソリーニ、ヒットラーの三人が、僅か半月の間にバタバタと死んだ。

夜、英子ノ弟二人来ル。軍人臭キ軍人。但シ、四合持参ハ大出来。大イニ飲ミテ大イニ語ル。

三日

(木曜　曇天)

庭東北隅ニ筍三本出テイル。毛虫退治、長イ竿ニ新聞巻キ、燃ヤシテ巣ニツケル。フッ

トボールミタイ大キナ巣アリ。

今日モ未定稿ニカカリキリ。

豌豆ノ支柱シテヤル。

風呂ヲタキツケ、二回入浴。

昼飯ハそばがき、夕食ハ精進揚。

松沢ヨリ電報、五日ニ是非来イトアリ。

性交を恥ずべきこと、他人に見られてはならぬこと、場合によると一種の罪悪であるかの如く考えること、――これは人間以外には見られぬ現象である。

一体これは、人類の始まりの、どの辺からそう思うようになったのであろうか？　人類が未だ純然たる動物の域にあった時は、無論大ビラの行為であって、しかも他の動物なみにサカリの時期があったものに違いない。それが少しく進化して、いささか人間らしきモノの考え方をするようになって、これを隠れてやるようになった。年中ノベタラに行うようになったころと、隠れてやるようになったのと、大体同じ時代であったろうと思われる。だが、そもそも性交なるものに、恥ずべき点がある筈がない。況んや、罪悪などとはコッケイも甚だし。

他人に見られてはいけないということ、これは性交中他の動物（人間を含めて）に襲われないよう、本能的にそういう感覚を生じたのであろうから、こいつだけは理由があると言える。

（新聞）敵タラカン上陸、沖縄二万五千殺傷。

四日

（金曜　晴）

ヒットラー総統は、去る一日午後、武器を手に官邸の階段を下りるところを、敵弾に射たれて死んだと、ハンブルグ放送局から発表されたとある。これ以上劇的な最期はあるまい。自殺でなかったことは何よりである。自殺では今まで彼の言った勇ましい言葉が嘘になる。ゲッベルス宣伝相は自殺したと、ソビエット二日の公報である。ゲ氏の場合は自殺で立派である。最近のドイツは、専らゲ氏一人で国民を引きずっていた形であった。

あとを引き受けたデーニッツ提督が、これからの超難局をどうさばくか？　就任早々の宣言はまさか八百長ではあるまい。

ムッソリーニ氏は、妾と共に捕えられ、銃殺されて曝しものになった、というがこれは英米側の報道であるから疑わしい。メカケ云々はどうだか？

いずれにせよ、脳溢血で死ぬより勇ましい。

六時起。昨夜ノ精進揚入味噌汁。

自ラ風呂ヲ焚ク。

馬鈴薯、一部移植。オワイ肥料ヲヤル。大根ヲ妻ガ間引キ、コレニモオワイヲヤル。

リリアン嬢、渋谷・上野原間ノ定期ヲ買ッテクル。コレデ疎開シタ富田（弟）家へ、ポツポツ荷物ヲアズケルワケ。

筍デ昼飯。

十三時、事務所ニ行ッタガ、扉ガ閉ッテル。

放送局ニ寄リ、九日ノ前線へ送ル夕ノ打チ合セスル。

再ビ事務所行。信州行ノ切符買エズ。談譚会費一年九カ月分ヲ払ウ。

十八時帰宅。

鰊干物デ、雑炊ヲ啜ル。

（新聞）ベルリン陥落、二日午後三時独軍抵抗中止。

五日

（土曜　曇晴　少暑）〔川崎軍需工場慰問〕

六時起床。若女房ノ新聞配達ニ、御苦労サントトト声ヲカケル。金歯ヲ見セテ彼女ハ笑顔デ行キ去ル。

（註　若キ亭主兵隊ニ行ケルナリ。）

三ツ葉ノ味噌汁、香リヨシ。サレド、歯ニハサマルガ欠点ナリ。

板塀ノ前ニ丸木ヲオキ、細長キ畑ヲツクリ、いんげん豆ト時無シ小蕪トヲ播ク。

昼飯、リリアンさんノ赤飯。

柿若葉、藤若葉、あけび若葉、梅もどき若葉、みなとりどりに美しい。二階の窓のそよ風を楽しみつ、乏しき煙草をくゆらす長閑さは、極楽である。

躑躅の出来、今年もあまり好くないが、乏しき花の色はまた諸々の若葉の中に、目にしみる。真紅・紫・白、何の手入れも受けず、毎年咲くが可憐である。

昨日あたりのB29の偵察ぶりでは、今日あたりこの端午をあてて、大編隊が来るかもしれない。

朝のうち霧がたちこめ、疎開広場のあたり、東京とは思えぬ風景であった。今十時半、陽がのぞきかけて、青空が出て来そうである。

端午の鯉のぼりの代り、B29の大鯉やP51の小鯉が、空に泳ぐのもまた面白かろう。敵機よ、来るなら晴天の端午に来れかし。

車中、黄表紙ナルモノ始メテ読ム。馬鹿ラシクモ亦捨テガタシ。戯作者ノ神経、吾ト共通ナル所アリ。読者ニ心ノ楽屋内ヲ語ル点ナド然リ。

十四時半川崎着。工場マデ十町ホドアリ。控室デ藤村悟朗（古キ、オペラ役者）君ト初メテ語ル。オペラ時代ノ思イ出面白シ。くらがり二十年話ス。大受ケ。聴衆四百人ホド。

十八時過帰宅。赤飯ノ夕食。コレデ御節句ラシ。入浴。

浅川の山奥（駅より一里半）に頭山で部屋を借りてくれたそうだ。此所へも何か疎開させておこうと思う。鶴見の焼跡を歩いて、愈々疎開疎開と考える。本は既に一部志賀質店の蔵にあずけてあるが、その残りを三分して、一部を上野原の富田家に、一部を浅川山中に、一部を吾家におこうと考える。

その運輸が厄介千万であるが、狼狽てず騒がず、ボツボツと蟻の如くにやろう。ボツボツで間に合わず、パアとなればそれもまた仕方がない。

大東亜戦開始以来の新聞綴込み（南方旅行中のが欠けている）、スクラップ二冊、古プログラム、「錯覚」揃、「である」揃、「談譚」揃なども焼くのは惜しい。（註　三誌とも私が関係発行せるもの。）

だんだん考えると、だんだん惜しいものが殖えてくるが、さてまた焼けて了えば、それほどでもなしか？

警報　10時、23時40分発令。

六　日

（日曜　立夏　晴天）〔放送「姿三四郎」続キ〕

金沢デ買ッタ、大キナ万古焼。色ノ出カカッタ所デ誰カ口ヲ欠イテ了ウ。

夏立つや土瓶の口の欠けしより

南瓜二葉福来餅の如くなり

摘まみ菜のため剪らんかな藤若葉

総統の死体何所や躑躅咲く

世界みな敵となりけり柿若葉

出入の担ぎ呉服屋、麻布十番に住んでいて、丸やけだという。東側に山があり、此処は大丈夫と安心していたら、他愛なくパアとなる。「なんにも残らないもんですな」と感心している。今となっては、牛車一台千円でも何か運んでおくんだったと後悔している。足元を見て、ボラれる忌々しさより、焼いて了った方が好いような気がするが、これは平時の感情的贅沢のナマ残りかもしれない。

とにかく焼け出されたのは気の毒である。気の毒ではあるが、瀬戸物だの、櫛だのを、妻が与えるのを見ると、惜しいような気がするのは、情けない話である。


壕ノ掩蓋ニ、韮、豌豆、ほうれん草、からし菜ナド、栄養不良ニ作ラレテイル。

藤若葉ガ日蔭ヲツクリ、作物ノタメヨクナイ。ゴシゴシト剪リ捨テル。

古竹ヲ、タタキ割リ、風呂ヲ焚ク。

井戸調査ノ警官ニ、茶ト飴ヲ出ス。

荒井雅公来。コレカラ見合ニ行クト言ウ。配給ノ生鰊ト、見合会食用ノ牛肉ノ内少々トクレル。にしんハトテモ食エナイノデ肥料ニスル。

牛肉ハ、蕎麦ト一緒ニ煮ル。静枝真白ナ飯ヲ炊キ、コノ牛ソバ汁デ喰ウ。

夕七時四十五分ヨリ放送。村井半助ガ鰹ノ刺身ヲ喰イナガラ、娘ト話ストコロ。巧ク行ッタカドウカ、マズ六点五分。

帰途、間違エテ、大井町マデ行ク。

帰宅シテ音楽ノ順序ヲ考エル。

兵隊（下士官用？）編上靴、六百円也。買おうか買うまいかと煩悶したが、結局止めにした。仕上げが甚だ粗雑であるのがいけない。殊に土ふまずの辺が不細工極まる。踵底など薄い皮を何枚も合せてあるのが、素人の細工である。私が買わなくても、既に七百円とかで申込みがあるそうで、私も気安く断れた。然し、兵隊靴が、ドタ靴が六百円とは呆れた。みすみす半年たたぬうちに、安い買物となる事が分っていても、一寸手が出ない。あとで外出して、他人の足元を見ると、ボロ服を着た学生が、同じような編上げを履いていた。——ほう、この薄汚ない学生も六百円を足につけている訳だ。

警報　9時、11時30分発令。

七日

（月曜　晴曇）〔放送「姿三四郎」第七回〕

五時起。九日放送ノ台本ヲ書ク。三ッ葉味噌汁ニ、からし菜ノ双葉摘ミ入ル。

十一時約束通リ、丸山（鉄夫）氏原稿ヲ受取リニ来ル。十一時半頃書キ上ゲ、共ニ昼食ヲ喰ウ。ラジオノ故障器ヲ丸山氏ニ托ス。

今日、静枝病気。富士子工場ヲ休ム。

放送台本書イテル時、邦高君来。八日巻置時計、ヲルサムガラス蓋ヲ漉ス。

壺ノ腐水ヲ胡瓜トからし菜ノ苗ニヤル。

野口正章君来。久シブリノ快談。日常茶飯第一義ノ説ヲ吐ク。妻子ヲ疎開サセ、辻堂デ一人暮シノ由。野菜ト卵トノ土産貰ウ。

十六時頃ヨリ、放送下ヨミ一回。
牛肉トアスパラガスデ夕食。
十八時半、放送局音楽部デ台本書キ直シ。
十九時四十分ヨリ放送。五点五分クライノ出来。

1 管絃楽「太湖船」山田耕筰指揮
2 歌謡曲「月の光」
3 長唄「筑摩川」
4 童謡合唱「富士の山」
5 管絃楽「碧きドナウ」
6 管絃楽「コーカサス風景」
7 歌謡曲「祇園小唄」
8 歌謡曲「コンロン越えて」
9 アコージョン「巴里の屋根の下」
10 独唱「サンタルチア」藤原義江
11 民謡「大島節」
12 ヴァイオリン ソロ「ハンガリアン　ダンス」
13 女合唱「草津湯もみ唄」
14 尺八「追分」

15　歌謡曲「蘇州夜曲」
16　独唱「闘牛士の唄」藤原義江
17　男女合唱「阿里屋ユンタ」

（九日夜前線向放送）

十七の与えられた曲を、昨夜来苦心して、やっと右の順に並べ、その間をつなぐ台本を書き上げた。どうやら巧く行ったと思っていると、あとで「太湖船」が「未完成交響楽」に変更、藤原義江声が出なくて「闘牛士」は唄えないから、「スパニッシュセレナーデ」にしてくれなど変更あり、折角のつなぎの文句が死んで了って、甚だ弱った。先方は、勝手に曲目を変えるだけだが、全体として動かせないように組み立てたのだから、こちらの困惑することと一通りでない。これがため、放送局に行くと音楽部の部屋で原稿の書き変えである。そこへ加えて、軍需大臣の演説が予定より馬鹿に早く終ったので、私の「姿三四郎」は急にマイクに立つことになり、調子の出ない事であった。

（省電所見）

春日落つ炭となりたる森の中
焼跡にさんらんとして春日落つ
焼け残る並木若葉となりにけり

あまり出来のよくない放送に、湿った気分で帰宅する。家内中寝静まっている。配給鰊の冷めたのを箸でせせりつ、玄米飯を嚙みしめる。出がらしのぬる茶を飲み、黄表紙を読みて眠る。

警報　午前中二回、午後一回。

八　日

（火曜　曇　冷）〔放送「姿三四郎」第八回〕

朝煙草胸深く喫ひ柿若葉
妻病みて雨戸開くれば梅若葉
ヒトラーも羽左も死にけり柿若葉
たちばな屋若葉の宿に逝けるとや
柿若葉煙草の目まひ楽しめる

六時起。風邪気味。味噌汁うどニからし摘み菜入レ。
松沢ヨリ来簡。五日出ノ速達。古竹デ風呂焚入浴。
松木子子ヨリ電話、彼学校ノ先生ヲヤリオルト。
B29ヤP51ナド、霞ケ浦千葉方面来襲。

空襲も事なく去る。放送台本も一回稽古し終る。風邪気味で、寒気がして、頭が疲れて、厭な気分になったので、床へもぐって寝た。一時間半ほど眠って、散々悪夢を見て、さて起きようとしたが、中々起きられない。頭の一部が醒め、大部分が眠っているらしい。小便が出たくてならぬ。頭を無茶にふって、自分で眠りから離脱しようとする。醒めたなと思っても油断するとまた、ズルズルと眠りに引きこまれる。思わず声を出し、やっとこさと眼をさました。これは毎度ながら実に苦しい感覚である。隣りの床に寝ている妻が唸り声を聴いて気味を悪がっていた。

ふと考える。何かの調子で、斯んな状態が死ぬ前に一年も続いたら、それこそこの上なしの地獄だと思う。別に何所が痛いというのでないが、その中途半端におかれた苦痛はやりきれないものである。いっそハッキリした痛みなら痛みで、間もなく息が引きとれるなら、その方が結構である。

勿体ない話だが、特攻隊の死に方を、羨しくさえ思える。

人間の神経というものは、或程度以上の苦痛には堪えられぬものだというが、苦痛が限度に達した時、死んで了うとか意識が失われるとかいう設計は、一種の安全弁である。その安全弁が飛ばない範囲で、長く長く続かれては大変である。

昼飯、うど煮〆、臭キ鰊ハ少シ食イテ肥壺ニ入ル。

雨ポツポツ始マル。友軍機爆音頻リ。

昼寝スル。身体大イニダルシ。

夕食、富士子ノツクル三ツ葉ノ天ぷらデ玄米。

松木孑孑、放送局ニ訪ネ来テ、短冊ヲ買ワサレル。

ひとつかみ貰ひし葱もすでに花（孑孑）

十九時五十分頃ヨリ放送。檀ト戸崎ガ議論スル件。今日ノ出来ハ八点。

二十二時頃帰宅。河合中尉カラ貰ッタベイ機ノ図ヲ襖ニ張ル。ドイツヲ中心トシタ欧州地図ヲ外ス。フィリッピン図モ外ス。野口君ニ貰ッタ葡萄酒ヲ飲ミ、妻ト語ル。

警報　11時30分ヨリ12時30分マデ。

九日

（水曜　晴　少暑）〔構成「前線へ送る音楽会」放送〕

風邪益々風邪ラシクナル。朝床ノ中ノ身体ノダルサ。六時頃一応起キル。曇リ、庭ハ夜来雨ニヌレタリ。

からし菜苗一ツカミ味噌汁ニ入レル。風邪ナレド香リモ味モ分ル。玄米一杯。妻起キテ、パンヲ焼キ、バタヲヌリテ喰ウ。

太陽出テ来ル。初夏ラシキ光リ。

今朝の新聞、愈々日本一国で暴れぬかねばならぬという国民激励の文字で満ちている。今更ながらえらい事になったもんだと思う。ソ連、米、英、仏に四分されたドイツ地図を見ると、厭な気分になってくる。

必勝不敗を呼号している、日本の指導者たち、果して当人がその信念をもっているのだろうか。

とにかく、行くところまで行くより仕方がない。日本全土をあげてサイパンたらしむるような事になるかもしれない。そこまで行くべしである。

どうかした奇蹟の如きもので、勝つかもしれない、など甘い考えはもつべからず。

こんな日記なぞ書いていても、荷物など疎開させても、結局一切が灰になるかもしれない。

よろしい。元気よくぶつかろう。

邦高君ノ原稿ヲ読ム。愈々妙ナ男ナリト思ウ。勇士物語ト、彼ノユートピアノ二篇。文字ハ精神病者ノ如シ。

身体ガダルイノデ一眠リスル。

塀ノ外へ南瓜ノ壺作リセント、穴ヲ掘リオルトコロへ、孑孑君来。靴下、手拭ヲ寄贈サセラル。

十二時頃カラ雲漠々、飛機頻リニトブ。

十四時放送局行。「巴里の屋根の下」ハ陸軍カライケヌト禁止トナル。又モ本ヲ書キ直ス。水戸光子ナドト本読ミ。文芸部デ茶ヲ貰イ弁当食ウ。

十八時ヨリ、通シテスト。第1ト第2ト両方使ウ大放送トナル。

賞められるということ、五十二歳になっても、うれしいものである。もっとも、賞められかたによるけれど、今日の賞められ方は、まったく満点である。何を賞められたかというと、「姿三四郎」の放送である。

第一放送室で、藤原義江氏に遇う。一度鎌倉ホテルで挨拶を交しただけの間柄である。彼は言った「貴方の放送、うまいと言っては失礼だが、あれが始まると、家中のあらゆる機能が停止して了う」と。それが、非常に難かしい顔のもとに、考えるようにして言われた言葉である。

次に、国防色の洋服紳士に「あなたの放送が始まるとね、家中もう夢中です」と言われる。はて誰かと思い出せなかったが、杵屋六左衛門氏であった。

和洋声楽の両横綱から、大いに賞められた訳だ。殊に藤原氏は、私の声の出し方を大いに感服の態であった。

二十時ヨリ放送開始。途中俄カニ文句ヲ替エヨウトシテ、キッカケヲ一カ所トチル。帰宅シテ見ルト酒一升アリ、百二十円ノ二級酒ナリ、妻ト語リツ飲ム。

十日

（木曜　快晴　薄暑）（田園調布渋沢邸句会）

七時起。塀外ノ南瓜苗ニ堆肥ヲ入レル。妻初メテ豌豆ヲ摘ム。

十時過、家ヲ出ル。自由ケ丘焼跡ヲ見ル。

渋沢邸会スルモノ、宮田重亭、久保田甘亭、西村晋亭、小島政二郎、坂倉得旨、吉村氏（株屋）。

欅雨荘主人と庭を歩き、天ぷらの材料を探す。主人は藤の花をこき（コレハ酢ノモノニスル）、柿若葉、茶若葉を摘む。私はタンポポを一株毎にねじり取る。各自弁当を出し、これらの木の葉を食う。主人曰く「毛虫みたいですね」と。例の如く談論九に対し句作一の時間割である。日本に飛行機のストック五万台ありなどの説、大いに意を強うす。独の惨敗につきては、別にさしたる話も出ず。

（互選点数）

隣りまで焼けたる庭の柿若葉（四点）

砂利多き土耕せる薄暑かな（一点）

爆風に破れし玻璃戸の若葉かな（一点）

新緑の庭をスターリン微笑める（一点）

靫彦の達磨面すや白躑躅

サンダルのカラコロロと蛙かな

十九時頃帰宅。精進揚デ一杯ヤル。小島、宮田、夫人令嬢来。リプトンヲ供ス。大イニ酔ウ。

警報　11時30分。

十一日

（金曜　曇　冷）（新宿松竹「名人会」第一日）

味噌汁、からし摘菜入レ、本味うど。

南瓜苗塀外へ二本移植。肥壺悪臭甚シ。オワイヲ混ゼテ臭気止メトナス。

あや女史筍ヲ持参。裕彦君信州ヨリ帰ル。高谷夫人遊ビニ来ル。

烏賊トうど煮デ昼飯。

十三時過家ヲ出ル。松竹昼ノ部真打、鯨話、大受ケ。満員。

四代目小さんの「三人旅」を舞台脇で聴く、私には相当面白いのだが客にはあまり受けない。三階まで大満員の客が、あまり笑わない。その後へ私が出て鯨の話をする、大変な受け方である。小さんの話術は私のそれより洗練されている。私自身客となってこの二人の話を聴いた場合、どうであろうか。恐らく、小さんの話に軍配をあげるのではあるまいか。従って、私自身の話よりも小さんの落語の方へ大きな存在価値を考え勝ちである。然し入場料を支払い、今日の娯楽を得んとして来た聴衆の大多数が私の話の方で比較にならぬ程楽しさを感じているとすると、少くとも、この劇場に於ける、この聴衆を対象としては、小さんの落語は遥かに低い存在価値しかないのである。

そこで、芸術家として、いずれをとるかということだ。話術は後世に残るべきものでない。あくまでも現実の相手が勝負である。後世に残るのは噂だけである。

銀座事務所ニ行キ、アザブ伸君ノ罹災話ヲキク。

新宿へ引キ返シ、柳家千太君ノ罹災話ヲキク。

夜ノ部大福話。帰宅入浴、一杯ヤル。

警報　午前8時。

十二日

（土曜　嵐　大雨）〔亀有日立工場、松竹館二日目〕

夜通シ嵐模様。六時起。ザアザア降リノ為、瀬戸物倉、土管ノ辺、湖トナル。雨外套ニ柿ノ雫ヲ浴ビツ疏水工事ヲスル。

朝飯ヲ喰イ、妻ノ物言ニムシャツキテ一寝入リ。起キテ見レバ、工事ハ無駄トナリイル。茶器ソノ他泥水ニツカリシナラン。

昨日私を苦しめた事は、放送局でナイフを失ったらしい事（それを朝気がついた事）であった。自分のだらし無さに腹が立ち、自家製の口のあいた浅い袋に腹が立った。数時間それで憂鬱であった。

今日私を苦しめた事は、朝の食卓に茶が二つの土瓶（急須）に入れられた事（一つは私が入れ、一つは富士子が入れた）である。いやその件に対する妻の答弁の冷笑するような口調であった。急須二つとも石にぶつけたくなった。次に、亀有駅から新宿へ出るに際し、日暮里駅で池袋廻りを待ったが、中々来ないのでお茶ノ水廻りにしたため、みすみす二十分以上も時間を損して、新宿出演に間に合うかどうかでハラハラした不愉快さである。落ちついて山手線を待てばよいものをと、自分のセカセカした態度が返す返すも残念であった。昨日も今日も斯の如き小問題で私は苦しむのである。

十二時五十分ヨリ日立館デくらがり二十年。

五分ホド穴ガ開キテ松竹館ニ出演。

昼ノ部「カルメン」。夜ノ部放送話。昼夜トモ真打也。馬風長靴ヲ横領サレタ楽屋話。

十九時頃帰宅、入浴。酒、葡萄酒平ゲル。

十三日

（日曜　曇後晴）〔新宿松竹第三日〕

高子ヲ二階ニ呼ビ、縁談ノコト話ス。静枝ノ態度甚ダ不愉快、叱リツケル。

高子にとっては、勿体ないほどの好縁談らしいが、彼女はどうも厭だという。陸軍少尉で、物理学校その他を一番で出て、性質は善良で、伯父さんがある他係累なし、——これは正に申分なし。現在の私が高子であれば、喜んで嫁入りするであろう。然し、高子は二十一歳で私は五十二歳である。特攻隊の気もちが分らない如く、彼女の気もちは私に分らない。まあ、あまり進んでいないのを、無理に説きつける事もあるまい。

彼女が一番進まない理由は、この少尉殿が美男でないというところであろう。私から見ると下らない理由だが、彼女にとっては重大に違いない。それに信州の旅先で三日ほど一つ家にいたというだけでは、一生を共にする決心がつかないのも無理はない。ただ、私が恐れるのは、彼女の一生を通じて、この縁談が一番上等のものではなかろうか、という予想であるだが、予想のもとに、彼女を強いる訳には行かない。

松竹第一回十二時五十分出演、満員。

大手町交通公社輸送相談所ナル所ニ行キ、明日ノ切符ヲ受取ル。リリアン嬢楽屋ニ来テイル。二回目モ満員、電車ノ話。三回目、ラジオ話。十八時半帰宅。筍飯。

（新聞）十二日大本営報道部編成サル。

警報　11時30分発令。

十四日

（月曜　晴）〔信州行、田畑公会堂村衆慰問〕

三時半起。四時半頃一番電車新宿行。歩廊二等車ノ所。第一着リリアン来ル。車中、軍需会社ノ国防服紳士ト語ル。甘キ干柿ナド貰ウ。車窓ヨリ見ル麦不作。新緑ト躑躅。

十四時半頃、田畑着。小松屋ニ寄リ、俊子、坊ヤニ会ウ。胡桃餅三片、御馳走ニナル。床ヲ伸べ貰イ一休ミ。松沢帰宅ス。

粉糠入リノ風呂ニ入ル。太鼓鳴リ亘リ、二十時頃ヨリ、二席二時間長講。

宮本武蔵が、宝蔵院茶漬を喰うあたりで、満場水をうったる如くなってる時、子供の中にプーと落したやつがあった。私は、聴えないふりをして、熱演をつづけたが、プーの周囲の子供が暫くクスクス笑っていて困った。田舎の少年ではあり、近頃の食物ではあり、あまり緊張したのでつい出たのであろうが、少々腹立たしかった。

嘗て内田百閒氏が、今井慶松と宮城道雄の比較論をして曰く「琴はなんと言っても今井です、段が違います。宮越君の琴は演奏中傍でオナラをするものがあれば、調べが乱れる。然し慶松の方はオナラが鳴ろうと雷が鳴ろうと、ビクともしません」と。

遺憾ながら、今夜の私は、プーで聊か乱れた。話術も玄妙の境地に達すれば、雷鳴にも驚かぬようになるべきであろう。

松沢宅ニ有志集リ、鶏鍋デ一杯飲ミ、沢村屋初メ一同ノ伊那節ヲ聴ク。天下泰平ナリ。

（十六時大本営発表）名古屋B29四百機襲来。

十五日

（火曜　曇　雨）〔赤穂電気館産業戦士交通戦士慰問〕

松沢ニ連レラレテ、南箕輪国民学校ニ行キ、校長、受持訓導ナドニ挨拶スル。帰リ途そうずら清水ナルモノヲ飲ム。学校ニ行ッタラ坊ヤヨリツカナクナル。

雨ガ降リ出ス。コノ雨反ッテ有難シト松沢言ウ。サモナイト会場ノ二階ガ落チル、トハ大盛況。十九時ヨリ警察署長司会デ始メル。今日モ「武蔵」一時間、満一時間ノ長講。丸屋デ大会食、集ルモノ二十六名。赤穂工場泊リ。

坊や、俊子など厄介になっている御礼心で、毎日長講二時間をやっている。名人会は二十分、放送は三十分か四十分、大体そんな時間しか要求されないものだ。それが二時間とくるから大変である。私は喋ってる間は水も湯も飲まない習慣だが、流石に二席目には何か飲みたくなる。世話人の松沢が「いや徳川君は何時間喋っても水も湯も要らないよ」と会場係りに断って了うから、今更演壇に水をとは言えない。松沢はそれを以って「おれの友達はどうだ、非凡だろう」と自慢の心であるし、どうも行きがかり上、いくら咽喉が十いても、何時間喋っても、飲む訳に行かない。

お金は要りません、とあらかじめ断ったところ、赤穂では米を一斗くれるという。これを俊子と松沢と両方にあずけておけば、東京から来ても心丈夫である。

（新聞）定例閣議ニテ日独伊三国同盟失効ノ認定。

十六日

（水曜　晴　寒）〔南箕輪国民学校講演、高遠国民学校出演〕

松沢ニ連レラレ国民学校ニ行キ話ス。

聴衆の中に吾子が一人混っているということは、実に喋りにくいものである。あとで聴くと、全校の生徒が大いに笑っているとき、坊やだけはニコリともしないでいたという。さもあるべし、坊やの心もちがよく分るのである。

私は少年の頃、義太夫の会で、父が出演すると、実にやりきれない不安と恥しさに襲われた記憶がある。天野の坊やは、叔父が踊りを始めると、ワアワア泣き出して、止めてくれ止めてくれと言うそうだ。神様のように思っている人間が、妙なことをすると、子供は堪らないのであろう。

物を喰う真似をすると、子供たちは大いに喜ぶので、私もだんだん調子にのり、鯨の唄を始めると、二年の生徒がオシッコに立ち出して、目茶目茶になってしまった。坊やがどんな気もちで聴いていたか、後口の悪いこと此上無し。

伊那駅ヨリ自動車。煙草無クナリ閉口、朝日一袋ヲ貰ウ。城ノ茶屋デ休息。高遠町人家八百ノ所へ疎開者千四百入ッテイルト言ウ。

万光寺ノ松ハ世ニモ見事ナモノ。体操場ニ聴衆二千アマリ、ヤリニクシ。

城ノ茶屋デノ会食ハ大イニ好カッタ。木ノ芽田楽、山女魚ノ焼イタノ。酒沢山。うこぎオシタシ。土産ニ木炭ヲ二俵貰ウ。トラックデ送ラレ帰ル。

（新聞）十四日夕敵那覇地区ニ侵入。

十七日

（木曜　曇　雨）〔伊那松島蚕糸工場慰問〕

俊子のところに招待される。酒五合小松屋さんから貰ってあったが、昼間だから遠慮する。御馳走は、筍の恐ろしく固いのの味噌あえ、蕨のおしたしなど、総て精進料理。然し、この蕨は、私に食わせるため、俊子だの坊やだので、わざわざ山に採りに行ったという品だ。御馳走御馳走。御飯は白米の炊きたて、申分なし。俊子と久しぶりに長く語れたのも大御馳走の一つ。

「おい、ギャアギャアの卵をとりに行くんだって」と私が坊やに訊ねると「うん、今とって来ようか」と外へ出て行った。十分ほどすると、なるほど本当にとって来た。カナリヤの卵よりも大きく、細長く、青空のような色をしている、美しいものだ。何かしら名匠のつくる焼物という感じ。

話をしてくれとせがむので、坊やと源八郎君の二人に鍋島猫騒動を好い加減に話す。

雨模様ノ中ヲ松沢ハ釣ニ行ク。私ノ土産ニスルタメ。本来ナラ今日ハ既ニ帰宅シテ居ル訳ダガ、彼ノ懇望ニヨリ一日延バシタノダ。夕電車デ松島ニ行ク。

十九時頃ヨリ女工サンタチニ話ス。松沢ノ注文デ鯨ノ話ヲスル。終リテ後、工場長ソノ他ト飲ム。天ぷらソノ他御馳走沢山アリ。大イ一飲ンデ帰リ、更ニ昨夜ノ酒ヲ飲ム。大酔ス。

十八日

（金曜）

今日、帰宅スルツモリデイタガ、二日酔甚シク、終日寝込ンデ了ウ。炉端デどぶろくノ余リヲ飲ム。酸ッパイ代物ダガ、コレデ一時元気ガ出ル。ソレモ然シ長クハ続カナイ。悶々トシテ一日ヲ過ス。

馬鹿ナ話デアル。コノ日一日ノコト、アトデ思イ出ソウトシテモ総テもうろうタリ。夜ニナッテ坊ヤ来リ、私ノ蒲団ノ足元デ遊ンデイタコトヲ、判然ト記憶シテイルダケ。

二日酔いで、身体の具合甚だ悪く、信州滞在をまた一日延ばす。翌日になってこの日は、新宿松竹出演（この事はちゃんと心得ていた）の他に、横浜の石川島航空で慰問があった事を思い出した。失敗った、と思ったが、もう仕方がない。更にもう一つの失敗は、放送局の大岡氏と、たしか約束したようであった会話を全然失念していたことだ。「月末に放送をお願いするかもしれません」というような事を大岡氏がこの前言ったのに対し「ええ、宜しゅうございますとも、十八日には帰宅していますから、いずれその節……」というような返事をしていたのであろう。そこで大岡氏の方では安心して支度をして、二十日夜放送、十九日テストという段取を組んだのである。八百蔵君は大ハリキリで十九日午前に来局、私を待っていたそうだ。皆に対し大迷惑をかけて了った。どうも近頃物忘れするようになった。（以上月末ニ記ス。）

十九日

（土曜　曇　寒）〔信州ヨリ帰宅〕

ひどく疲れていた。連日の長講演と、連夜の酒宴とで、大いに参っているところへ、風邪がまだ抜けきれない。朝飯一杯を辛うじて咽喉へ押しこみ、やりきれなくて床にもぐり、すぐにまた起きる。精神沈滞不安焦躁羸弱――そこへもってって小松屋の可愛い兎の仔が七匹もドラ猫に喰われたという報告など、神経がズキリと痛む。

松沢が百姓姿で、私のスーツをもち、俊子が赤ン坊を背負って、私のボストンを持ち、駅まで送ってくれた。田圃に若い女三人が、硫酸銅を流しこんでいた、――その青い色。今年は大変な凶作らしい。足元が更に力無く、中気の発作でも起りそうである。天竜河原では葭切が絶えず鳴き、仙丈には雪が深い。切符の日限が切れているのも憂鬱の一つである。「お父さん大丈夫?」と俊子が訊ねた。初孫の顔を見てァヤス気にもなれないほど、私は疲れていた。

坊ヤト、ガラス越シニ別レヲ告ゲル。坊ヤノ禿ゲ悲シ。

車中空襲警報出ル。食慾ナク折角ノ握飯竟ニ食ワズ。

立川駅ヨリ電車ニノリカエル。帰宅シテ一番驚イタノハ、明夜八百蔵ト二人ノ芝居放送スル約束ガアッタトイウ事。

スーツノ中カラ、土産物。米、豆、野菜、焼鮑、山葵。ボストンノ中カラ鯉二尾。

八百蔵トノ放送ハ中止トナリ、安心スル。酒ナシ。

（大本営発表）　B29九十機関東東海地区襲来。

二十日

（日曜　小雨　寒）〔新宿松竹最終日〕

小雨フル中からし菜ヲ摘ミ汁ニ入ル。庭ハ小手まりノ盛リ、睡蓮莟三ツ浮ク。

自ラ風呂ヲ沸カス。昼飯ハ松沢ノ釣ッタ鮠デ大イニ美味。放送局ヨリ台本到着スル。

今日、この戦局に対し、不動の信念を有する人物が、一体日本に何のくらい居るだろうか。

特攻隊の若者や、純真な少年たちはこの際別として、私はそんな人物は一人だっていないのではないかという気がする。総理大臣鈴木貫太郎大将、新聞記者の元老徳富蘇峰、陸軍海軍のエラ方、など尤もらしい説は毎々発表しているが、彼等の心の底を探って見たら甚だ怪しいものではあるまいか。

彼等にして然り、私など、一日交替ぐらいで一喜一憂している。無論日本が負けるなどとは思わないし、思ってはならないのだが、どうかすると負けた場合の想像などしていることがある。今日は、悲観の日である。どうも沖縄は結局一時敵に渡すのではないかという気がする。

下手な外科医が、子供をだましだまし柄にない大手術をして、とり返しのつかない失敗をする場合を考える。

新宿松竹満員。

一回目　一ツ目怪談。

二回目　楽長話。

三回目　クジラ話。

今日モ真打、出来悪シ。終日楽屋カラ出ズ。

十八時半頃帰宅。鯉ノ味噌漬デ温カイ飯、トロロカケ。入浴、調髪。最終報道ヲキキ床ニ入ル。

警報　12時。

（大本営発表）Ｂ29一機東京湾ニ投弾。

二十一日

（月曜　朝冷　晴）〔横浜ニテ演芸協会ノ集会〕

六時過起。からし摘ミ菜、豆粕味噌汁入、二杯食ウ。妻ニ言ワレ瀬戸物土管上ニ土盛リスル。塀ノ外ノ南瓜苗ヲ、一旦掘ッテ高ク植エ替エル。東庭ノ物置小屋ヲ、半地下式ニシヨウト計画スル。十日間ノ工事ナラ私一人デヤレヨウ。明日カラボツボツヤルコトニシヨウ。

　昼飯富士子作ノヤキメシ。自ラ風呂焚キ。

この日記つけることを亦も迷う。妻が私に無断で、今迄の日記を上野原にチッキで送って了った。今だに到着しているかどうか分らない。この頃鉄道輸送で盛んに荷物が紛失するという話をきく。もしもこれらの日記が永久に出て来ないとすると、あとをつける張合が無くなる訳だ。揃っていないと価値は甚だ減少する。もっとも、私の日記なるもの、少年の頃からずっと毎日つけてあるものでもなく、近年に到っても穴だらけである。それでも昭和四年頃からずっと今日まで、途切れ途切れながら、私の生活の記録となっている。いつ出して再見するか分らないものだが、それでもそれが何時でも見られるという所に、何か安心に似たものがあるものだ。

　然し、結局、この頃の習慣でもあり、つけずにはいられない。この頃読んだ唯物論の立場から考えて、生物はそれぞれの環境で、その瞬間瞬間を生き生きと生きて行くのが、一番正しい生活であることを再認識した。

今までの日記が、無くなろうと有ろうと、日記をつけることが人間としてよろしきことならば、やはり毎日つけることにしよう。特攻隊の若人たちも、日記をつけている人が中々多いようだ、最後の日まで。それは、後日、他人が見ることを予想して書かれたものかどうか？

私は、明らかに後日、他人から読まれることを、予想し希望し、これが何らかの意味で人類に役立つことを願っている。自分というものを認めて貰いたい、という欲望もたしかに含まれている。とは言え、そんな機会は甚だ稀れであって、大抵は私の死と共に、無意味な紙屑となること、これも予想している。

とにかく、私のような、一面大いに粗雑な人間は、日記でもつけて、多少の反省の機を得ることは、無意味でない。

横浜馬車通、弁天通、少シモ爆害ノ跡見エズ。英字ノ看板ハ、愛国標語ト変レド、昔ノ面影大アリ。支那街「華勝楼」ナルトコロ、ウィスキート大御馳走。

十九時半石川島航空ノ寮ニ行キ、「宮本武蔵」ヲヤル。二十三時過帰宅。意外一リットル瓶アリ。森田正夫君ヨリノ贈物。牛肉ノ金網焼デ軽ク二本。鯉ノ味噌漬ノ味亦絶妙。初夏ノ良夜タリ。

二十二日

（火曜　曇　冷）〔放送「姿三四郎」第九回〕

七時起。「新映画」二月号来ル。松沢他数枚ハガキ書ク。

胡瓜苗移植。実生柿小木気ノ毒ダガ枝去ル。からし菜沢山収。

文部大臣ノ放送アリ。私ノ方ハ予定ヨリ遅レテ始マル。風邪声、六点ノ出来。表玄関ニリリアン嬢居タハ呆レ。おぼろ月デ妙。

帰宅、二本飲ミ、焼飯。川柳読ミテ眠ル。

一貫目三百五十円という飴を四貫五百目、なんと計一千五百七十五円也、――これを静枝が永福町辺から買ってくる。もっとも私の家一軒で買うのでなく、希望者沢山あるという。それにしても一匁三十五銭の飴とは凄い。量器にかけてみると五百目ほど不足しているようだ。即ち百七十五円の欠損である。自分の稼ぎと比較してみて、世の中が馬鹿馬鹿しくなってくる。

夜、高山徳右衛門君から電話あり、アルコール製ウィスキー一升瓶四百円を買わないかと勧めらる。明日持ってくるというから、これも買うことになるらしい。

妻は飴を買い、夫はウィスキーを買う。これは大いに結構であるが、これだけのヤミ品を買うというのは、甚だ気がとがめる。砂糖今や一貫目八百円という、――一体この暮れは如何なることに相成る？

二十三日

（水曜　曇　寒）〔放送「姿三四郎」第十回目〕

七時起。からし菜入味噌汁。「姿三四郎」台本作。石田、松竹館他ノ金ヲ持参。

時々青空見エ、パラパラト雨。

目玉焼ニテ昼飯。妻ト大根間引キ。抜クニハ惜シキ出来。

肥壺には、たまり水に鰊を入れ、池に浮いてた小猫ほどある鼠の死体を入れ、小便をたらしこみ、小雀の死体を入れ、それに先日のこと汚ワイを大バケツに二杯ほど入れた。汚ワイを入れるまでは悪臭鼻をついて不愉快になった。だが、汚ワイを入れると悪臭でなくなった。健康な肥料の香りとなったのである。大根を間引いて、肥料を如露の中に入れ、根元にかけてやる。流石に葉の上からかける勇気はない。指先がぬらつき、あとで洗濯石鹼で洗っても、中々臭いが落ちない。昔なら不潔感でうんざりするところだが、近来はまず平気である。便所に入っていて、糞の香りを快よく味わうようになった。健康なる糞臭は芳香である。

篤農家の中には、肥を口に入れて味わい、その度合を計ると聴いているが、今や、その気もちが分る、――もっとも吾々は到底そこまでは行けないけれど。

高山徳右衛門君ウィスキー持参。アルコールニ染料、香料ヲ入レタルモノ。香料ハバニラ。

放送ハ高ヲククッテイタルニ、不出来。新橋駅デ山本毒舌君ニ遇ウ。

二十四日

（木曜　晴　暑）〔島田工場行〕

これほど沢山のＢ29が、撃墜される光景を見たことはない。実に素晴しい。実に美しい。実に痛快である。ざっと数えて十五機か十六機、落ちたようである。

殊に、空中の水蒸気の関係で、焔が目もあやなる緋色に見えるので、まったく嘘のような美しさである。

西の空から、次々に飛んでくる。これが右から左へ、七十度ぐらいの高さで行く。探照燈で青く光るＢ29、その胴体の一部に、チカッと火花が散る。すると、その部分からであろう、胴体の一部が紅く輝き出す。

——〆めたッ！

と思って見ていると、その紅い部分が、だんだん大きくなって、最後に真紅な輝ける金魚となる。金魚になると、すぐ落ちるのもあるが、大抵は却々よく頑張る。

中には赤く光り出してから、およそ十分ぐらいを、あちらこちらに旋回して、またかまだかと思わせる奴もある。敵ながらよくネバるものだと感嘆する。

それからスーッと落ちるもあり、パッと四分五裂して、目が痛いほど美観を呈するのもある。

今まで堂々と飛んでいた奴が、俄然大破裂をして、緋色の照明弾のように、あたりを染めて、物凄く美しい最期をとげるのもある。それを私は二回ほど見たが、片翼がスッ飛び、螺旋運動をしながら落ちる。壮観である。近い方は、落ちる唸り声が聞えた。赤い螺状星雲、豪華無比の仕掛け花火だ。

B29から射ち出す機関砲弾も赤く線を引く。これの引かれる線の方向に、味方戦闘機を想像する。

焼夷弾の破裂でもあるのか、時々、地上が紫色に明るくなる。赤い火の手が、濃淡さまざまに、東の空から、西の空まで染めているところへ、この紫の光がパアーッとなり、屋根屋根、森々を黒々と見せる。月夜であるが、空は焰の色の補色で、紫紺がかっている。

三時間にわたる大豪華ショウだ。私は立ちつくして見物していたが、時々、暗い茶の間に煙草を喫いに入った。これだけの素晴らしいモノを見せられた以上、吾家が焼けるくらいの見物料は仕方がないと思った。

初め、川崎方面から品川方面へかけて飛んでいたかのように見えたB29が、次々に焼夷弾の金モールを吐き出しながら、少しずつこちらに近く旋回する。しまいには私の頭上を飛ぶようになった。

今、落すか、今落すかと思いつつ、目を注いでいると、無事頭上を通過して行く。ヒヤヒヤした気分もまた、一種の面白さだ。

東海道島田へ発ツ積リデ、六時半ニ起キタガ（数時間シカ眠ラズ）、七時ノラジオヲ聞クト、中央線ハ大久保マデ、東海道線ハ大船折返シ。仕方ナク畑イジリナドシテルト、石田ヨリ電話アリ、トニカク出カケルコトニスル。水谷君来リテ、丸山章治君ノ罹災セル話。新宿ヨリ小田急。殺人的ニ混ム。隣席ノ老人ハ本所ノ罹災者デ、人間ノ身体がぱっト爆発スルヨウニ燃エル話ナドスル。

小田原乗リ換エ、下リ列車ニ乗ル。コレハ空イテイル。立川ヨリ来レル軍人ノ一行アリ。彼等ハ八王子廻リデ来タ由。

握リ飯ヲ食ウ。十九時静岡着。両替町ノ渡辺寛治（興行師）方ヲ訪ウ。家人、島田工場ト連絡ノ結果、又モヤ駅ニ引返シ、一旦渡シタ切符ヲ戻シテモライ、一時間ホド燈火管制ノ中デ待ツ。

21時40分頃、島田駅着。

工場ノ寮ニテ、一升瓶ガ出、鰻ノ蒲焼ガ出ル。三合ホド飲ミテ大イニ酔ウ。酌ヲシテクレル顎髭ノ老人ト名刺交換。国分一声トイウ剣舞師上リノ余興屋ト分ル。社長ガ見エテ挨拶スル。明朝九時ヨリ、工員ヲ集メテ一席話ス事ニナル。待遇甚ダ快シ。千太・万吉両君ト眠ル。

（大本営発表）B29ニ百五十機来襲。

二十五日

（金曜　晴　少暑）〔静岡三菱重工業昼夜〕

七時起、炊事場デ顔ヲ洗ウ。此所ノ女工員タチ感ジヨロシ。

九時半頃ヨリ階下ノ講堂デ一席。
島田発、車中デ川柳ヲ作ル。夜店デ買ッタ五十銭本、名著文庫「川柳雑俳集」ヲ読ム中、フト真似ガシタクナリ、次ノ如シ。

富士川で見る富士山は猫背なり
富士山を強制疎開させるべし
富士山をおかずに握り飯を喰ひ
富士山を墨絵のやうと智恵のなさ
ヤミあれと神のたまひてヤミありき
甘党と辛党ヤミで競ふなり
焼夷弾腎虚の亭主救ふなり
蒸気ポンプ颯爽として逃げるなり
重役が元の歩になる焼野原
天王山いくつもあつて九十九里
巻き舌のあとがモウロク爺なり
憲兵さん一つ打たせてと婆ア出る
オーヴァーがレインコートになる電車
気の弱い亭主とたんに怒鳴るなり
必勝の祈り神様ニガ笑ひ

昔から月は勝手に出るものを
　煤煙の月笑つたりしかめたり
　　色々と発明をしてバカなこと

註　富士山ヲ目標ニシテ敵機ガクルトイウ。焼夷弾ガ夜ノ亭主ノおつとめヲ免レサセル。空襲ノ火災デ消防署モ大狼狽、セメテポンプダケデモ助ケヨウ。フィリッピン天王山、沖縄天王山ト、首相ノ演説ハ矢鱈天王山ヲ持チ出ス。巻キ舌ハ小磯首相、チウロクハ鈴木首相。落下傘デ下リテキタ米航空兵ヲ、東京府下デ婆サンガ打チ殺シタリ。電車ノギュー詰メデ、オーヴァーノ毛ガスリ切レ無クナル。新兵器マタ新兵器デ殺シ合イ。

静岡着、長生館デ一休ミ。三菱工場デ、警報中ノ一席強行。

一旦、長生館ニ帰リ、朝食ニ出タ折詰弁当ヲ食イ、横ニナリ一眠リ。

夜ノ三菱工場青年学校行。汚ナラシイ小使部屋デ休息。万吉君ガ私ノタメ憤慨スル。二十時帰宿、五合ノ酒ヲ五本ニツケテ、三人デ飲ンデ寝ル。

二十二時三十分、空襲警報。

ブーン、ブーン、ブーンと、あとからアトカラB29が宿の上空を通る。（あとで分ったが、こいつが東京を襲い、吾家を脅かし、渋谷、新宿を焼野原にした。）私はその時、ねむくてたまらず、千太君が騒いでいたが、構わず寝ていた。

静岡にも焼夷弾を落し、パッと火の手が上ったがすぐに消しとめたらしい。この地の高射砲の音は、実に間がぬけてノンビリしたものである。或は別種の兵器かと思うが、ポンポーン、ドンドーンと、チンパニーを鳴らしてるような音である。

「先生の度胸の好いのには驚いちゃった」

と千太君すっかり感服したが、なに度胸でもなんでもない、眠くてたまらなかっただけ。但し、千太君が三枚目で狼狽て役を演じたので、私は演出上落ちついた立役の演技を示した気味もある。

（大本営発表）Ｂ29二百五十機帝都来襲。

二十六日

（土曜　晴　少暑）

五時起床、静岡発・東京行一番列車ニ乗ル。ガラ空キナリ。喜ンデイルト、コレガ大船止リダト車掌ノ宣告。昨夜ノ空襲デ、東京ハマタ酷クヤラレタラシイ。

大船駅歩廊デ川端康成氏ニ会ウ。鎌倉へ寄レト、頻リニススメラル。（吾家ガ心配デ、トテモソウシテイラレナイ。）

横須賀線電車ハ横浜止リ。混雑シテル中デ、千太・万吉君トハグレル。

私ハ、フト東神奈川カラ八王子行ガ出ルコトヲ思イツイタ。二輛連結ノ不景気ナ電車デアッタ。意外ニ快適、一時間ホドデ田園ノ中ヲ走リ八王子ニ着イタ。歩廊ハ大変ナ混雑、ドウモ東京ハ余程大変ノ大変ラシイ。

私は既に覚悟をしていた。何しろ横須賀線は横浜止り、桜木町線は鶴見止り、東横線は日吉止り、小田急線は新原町田止りで、東京のズッと外側をどの電車も敬遠して〝止り〟だ。無論この分では、吾家のある荻窪のあたりも、焼け野原の公算大なり。私は、乗物がなければ、歩いてでも吾家まで帰るつもりだった。家族のものたちどうしてるか、一刻も早く見とどけねばならん。

サテ、八王子ニ着イテ見ルト、中央線電車ハ上リガ動イテイル。有難イ！　シカモ驚クベシ「荻窪行」ノ札ガ掛ケテアル。

つまり中央線も、浅川、荻窪間だけは通じていたのだ。あまりにもお誂え向き、まるで私を自宅まで送るため、全省線が都合をつけてくれていたように思えた。

この調子で行くと、大丈夫、私の家はまだ焼け残っている、という確信が湧いてきたのであった。いや、この分では全東京が焼け失せるとしても、私の家は一番最後まで残るぞ、とさえ思った。

電車は走り出した。私はひどく幸福を感じた。

が、あるいは、吾家、焼けてるかもしれない、という気も、いくらかしてはいた。どっちにしても、ちゃんと交通機関に乗って、もう直ぐ吾家の在る所に帰れるとは、愉快である。

車が割合に空いてるのが気懸りであるが、私は鼻唄でも唄いたい気分で、車窓から武蔵野風景を眺めた。麦畑の青々とした中に、芍薬畑があって、目のさめる紅白の花。この年初めての春蟬の鳴声を聞いた。

荻窪駅の階段下り口で、杖をついた川田義雄君に会った。付き添ってるのは、細君らしい。彼等夫妻も焼け出されたのであった。

ヤレヤレ、吾家は無事だった。

玄関にミシンが二台出ている。この中一台はアメリカ製のシンガー・ミシンだ。(先妻が生きている時分、大井町に住んでいるころ、月賦で買ったもの。)

昨夜の空襲は、もう駄目だと家内中思ったそうだ。すぐ頭の上に焼夷弾を落された、がこいつは折からの烈風で吹き流され、からくも難を逃れたという。

防空壕というものは、意外に沢山の品物が入るもの、昨夜、夢中で投りこんで、今朝出してみておどろいたという。

とにかく家内中、文字通りの獅子奮迅、別人の如く活躍したらしい。富士子などは一人でミシンを担ぐやら、一人で畳を壕の蓋にするやら、超人的の力を発揮したらしい。

彼女たちが、交々語る奮闘談を聞きながら、静岡から土産にもらった苺に砂糖をタップリかけて食う。

家内中、和気アイアイ、笑声華やかに満ちあふれた。

「今度こそ、荻窪よ」

と、妻が確信をもって言う。正に然り、と私も同感だ。こうなれば何でもかんでも、物置小屋の埋没工事を至急やる必要がある。幸にして明日の海軍記念日横須賀慰問も中止、八王子の漫談道場も、藤沢の軍需工場慰問も、みな中止であろう。静岡から帰る列車中で埋没工事の設計はできている。

そこで一杯飲んで一寝入りしていると、ポーが鳴り出した。又聞きの情報によると（新聞来らず、電気来らず、放送聞かれず）、敵機は数目標であるそうだ。

オヤオヤ、ずいぶん矢継ぎ早に来やがると、家内中応戦の支度をする。防空壕の中に、今朝出した品々を、次々と運び入れ、あとは蓋に泥をかけるばかりにして待つ。

十四日の月が中天にかかり、蛙の声が長閑に響きわたっている。

ラジオが止っているので、なんとも頼りないが、敵機は姿を見せず、間もなく警報解除となった。

私は、蠟燭の灯で、ウィスキーを一杯やって、井戸水を飲んで寝た。

（大本営発表）Ｂ29十機信越方面来襲。

二十七日

（日曜　晴　薄暑）

七時起。中野駅まで開通したので視察に行く。高円寺のところ今度は北側が大々的にやられた。あとは阿佐ケ谷駅前地主の家（森の中で疎開向）だけ焼けているのと、城右女学校の東側が線路沿いに浅く焼けている他、左右とも家は健在である。そこで私は落胆した。この分では敵はまだまだ焼きに来るであろう、いっそ奇麗になってれば、安心であるのに。

他人の家は焼けて構わないというのではないが、どうせその辺も焼かれるなら早いところ片づいた方が、吾家の運命がそれだけ早く解る訳である。

だが、焼残りの人々が、強制疎開跡の畑の手入れをしているのを見ると、気の毒にもなるが、頼もしくもある。彼等も、今夜は焼かれるかも知れない、と思いつつ、野菜ものなど愛して、生育しているのであろう。

静枝上野原ニ行ク。贈呈本ト坊ヤ写真帖疎開。

物置小屋転覆作業巧ク行ク。邪魔ニナル柿ノ大枝ヲ剪ル。

吾家ノ間引大根ノ塩漬トテモ美味。

穴を少々掘ル。石田自転車デ来。彼ノ家モ事務所モ共ニ焼ケタリ。

新聞ハ五社合同ノ共同新聞来ル。今日モ電気ダメ、水道ダメ也。

素晴シキ蠟燭ノ灯ニウィスキー四杯ノム。

二十八日

（月曜　晴　薄暑）

五時半頃起。電気止。水道止。朝寒。寒サシノギニ土掘リ。

からし菜味噌汁、間引大根漬物、玄米ノ飯美味。

静枝ノ主張ニテ、藤樹ヲ除ク。穴掘リ作業中、高崎老女ト語ル。裏ノ東北弁ノ細君トモ語ル。女児ノ唄巧ミニシテ、声ヨロシキヲ賞メテヤル。

午後富士子大奮闘デ、穴ヲ掘ル。

絢チャン来ル。東宝撮影所ハ無事ナレド、世田谷渋谷ノ被害甚大。エノケン、長谷川一夫焼出サレタリト。絢チャンニ飴ヲシャブラセル。

村山絢チャンが自転車で見舞に来る。成城学園から世田谷、渋谷へかけての被害状況を聴く。そして、この分では到底吾が家の辺りも免れ難しと、愈々確定する。殊に、本日B29一機は、吾家の直上を旋回して行ったと妻の報告あり、――吾家の直上を偵察するとは殆んど始めての事である。敵襲来は必ず偵察機の航跡を来ること今までの経験で明らかだ。

願わくば、ジュリー（数年前死せるブル也）の小屋を地下物置に完成してから来て貰いたい。折角大童になって工事中やられては意味をなさない。

などと書くものの、やはり吾家だけは焼けないだろう、という気が心の何所かにあるから面白い。

絢チャン曰く「政府は総力戦だなんて言ってるが、軍人は軍人だけが戦争してるような顔をしている、甚だ癪です。先日も罹災した時、罹災民たちはブルブルと寒さに震えているのに、軍人は温かそうな外套を着、上等の長靴を履いて、平気で自動車をすっ飛ばす、一人だって罹災民に気の毒だという顔をする奴がないんです。僕よっぽど陸軍大臣宛に本名を名のって投書してやろうかと思いました」

と。絢チャンは上海戦の加納部隊の生き残り勇士なのだ。

軍人の中には厭な野郎がいる。また、平常ヨキ人間が、場合によって至極やりきれない奴になることもある。

だが、この夕聴いた神雷特攻隊の発表には、崇高義烈この上もない感じに打たれた。斯ういう立派な軍人もまたいるのである。

人間に厭な奴と立派な人があるように、軍人にもまたそれがあるのが、当り前なのであろう。

小屋ニ突ッカイ棒ヲシテ、東側ノ石ヲトル。

ラジオ来ル。水道モ出ル。電話ハ不通。

滝沢修ノ物語。セリフハ巧シ。

ウィスキーヲ飲ム。

（大本営発表）Ｐ51三十機、Ｂ29三機千葉茨城来襲。

二十九日

（火曜　曇晴　薄暑）

曇ッテ居タガＢ29ハヨク見エル。今日コソト思ッテ、防空壕ニハ両方トモ品物ヲ一杯入レ、スグニモ土ヲカケラレルヨウニシテオク。ラジオガ聴エテイルノデ有難イ。

後カラ後カラ編隊ガ来タガ、コチラニハヤッテ来ナイ。南方ノ空ヲ右カラ左へ行クバカリ。

横浜、鶴見ノ辺ダロウト見当ヲツケタガ、果シテ然リデアッタ。

ヤガテ空ガ晴レテクル。共同防空壕ノ芝生ヲ見物席ニシテ眺メル。

例ノ入道雲ガ出テイル。シャボンノ泡ノ如ク、脳ノ外側ノ如ク、コレガ軟体動物ノ如ク、徐々ニ動クノデアル。十機編隊グライデ、次々ニ来ルノダガ、今日ハ一向ニ撃墜サレナイ。「横浜ニハ来ナイノダヨ」ト言ッテ居タ北林透馬君ノ顔ヲ思イ出ス。ソレニシテモ、コノ昼間ノ入道雲ハ、恐ロシク大ガカリデ、遥カニ大噴煙ヲ昇ルヨウデアル。早ク吾家ノ地下小屋ヲ完成シナケレバイケナイ。

天野照野叔母、林ノ女中ト共ニ来ル。雉彦叔父死ス！　林ノ女中ハシッカリシテイテ気モチヨロシ。静枝ハ新シイ下駄ヲ彼女ニ与エル。「モウ御目ニカカリマセン」ト叔母ハアイサツシテ帰ル。通リマデ出テ後姿ヲ見送ッタ。

二人ニ飴ヲシャブラセル。静岡ノ新茶ヲ飲マセル。ヤミ飴ガ大イニ役ニ立ツ。

始め何所の婆さんが来たのかと思った。それほどやつれ、それほど老けて了ったのである。一度に十五、六も年をとった感じだ。

「小父さんが死んだのよ」と言って、その婆さんは私の顔を見ると顔を掩った。オジサン？ああそうか！　暫くしてそれが天野雉彦のことであり、この婆さんが照野叔母であることが分った。

雉叔父の最後の模様は、叔母の話によると、大体次の通りである。

物凄い焼夷弾であった。火の夕立であった。叔父は強制疎開跡の広場の凹地に叔母をおき、「此所から決して動くな。動く時は私が命令する」と、元気一杯で、何度もバケツに水を汲んで来ては、叔母の被っている蒲団の上からかけた。「そーら、かけるゾ」とか何とか言いながら笑っていた、――三度目までは笑っていたそうだ。

そのうちに、そこが段々危険になったので、場所をかえた。都合四度も居所をかえた。この間叔父は獅子奮迅の働きだったそうだ。絶えず叔母を激励しながら、縦横に飛び廻り、家の中から色々の品物を出した。例えば大薬罐に水を一杯入れて持ち出したり、汁用のオシャモジまでいつの間にか出していたりした。

林氏は始め、叔母たちと一緒にいたが、危険を思ったのか、いつの間にか傍からいなくなった。一言の声もかけず、フラフラと立って行ったものらしい。リュックを背負いスーツケースや洋傘を両手にもち、レインコートという姿で煙に巻かれて死んだものらしい。この人は他人と共同動作というものが、絶対にとれない人だったという。極端な利己主義者なのであろう。美都叔母の御亭主であるが、大した洒落者で、自分の給料は自分の贅沢に費い、生活は叔母に喰いついていたのである。女をこしらえて、叔母を捨て、女に捨てられると、また洒々として叔母の懐に帰ってくるという男だ。この夜も、老年の雉叔父が大車輪で飛び廻っているのを、自分は凹地に座りこみ、何一つ手伝おうとはしなかった。しかも半身不随に近い美都叔母が疎開したあとは、雉叔父の家に居候をきめこんでいたのである。

さて、誰かが、「警察の二階に逃げろ！」と叫んで、大勢の人がそこへ行ったが、それは全部死んだそうだ。愈々危ない、竟に警察の横の石垣の下の、僅かに火勢をよけるところに行った。そこに箱交番が置いてあり、その中に叔母は入った。叔父もそこに入って来た、――その時もう様子が変だったそうだ。

ヘタヘタと崩れて、頻りに手を動かしている。何をするのかと訊ねたら、ステッキを探しているると言った。ステッキなどはこの夜始めからついてはいなかった。

「二人で死ぬんじゃ」と言った、この言葉が此の世の最後の言葉であった。火の粉が飛んで来て、膝の辺が燃えかけても、もう消そうとしない。叔母が狼狽てて消してやった。

何か、妙な手つきで、ポケットから出したがっていた。叔母が手を入れて縮緬のふくさ包みを出してやったが、当夜は凄まじい烈風で、吹き飛ばされて了ったそうだ。その中には貯金の通帳が入っていたらしい。

叔母は、既に脈をとっていて、最期の近いのを覚っていた。やがて、叔母の膝を枕にして、大往生をとげたのであった。

「竜一がいるから、私は頑張りますよ、御免なさいね」と、叔母は繰り返し、叔父の耳に叫び、水筒の水を、口うつしで飲ましてやった。

「あの騒ぎの最中に、末期の水をのんで死んだのは、あの人だけでしょう」と叔母は十度ぐらい言った。

全く、これは立派な最期である。刀折れ矢つき、心臓麻痺で倒れたのである。六十七歳の老御亭主として、これは理想的な死に方ではないか。叔母は、切り髪になっていた。これからこの老婆は、永年連れ添うた夫の、世にも素晴しき最期の有様を、胸に抱いて、静かな故郷で余生を送るのである。

サテ穴掘リ作業ダガ、ドウモ私ニハ、富士子ホドずくガナイヨウダ。チョイトヤッテハ、チョイト休憩スル。

丸山（章）君来ル。四谷デ二十四日ニ焼カレ、千駄ケ谷デ二十五日ニ焼カレ、目下阿佐ケ谷ノ弟ノ家ニアリト。コノ遭難談又凄シ。凄ケレド元気ヨク語ラレルコト故、大イニ笑イナガラ聴ク。

青山ダケ凄イノデナク、千駄ケ谷モソノ通リ、トイウ事ハ天沼モ、ヤガテソノ通リトイウ意味デアル。

大イニ飴ヲシャブラセル。丸山君穴掘リヲヤッテクレル。風呂屋主人モ来テ掘ル。コレハ本職ニテ鮮カ也。

正岡夫妻、フラリヤッテクル。巣鴨デ焼カレ、新宿デ焼カレ、目下木村荘八家ノ厄介ニナリオルモ、具合悪シケレバ何トカ世話シテクレトイウ。静枝ノ案デ、裕彦君ノ家ヲ空ケ渡スコトニスル。

大酒宴トナル。正岡夫妻、丸山君、ソレニ吾家一同、バニラウィスキー三合アマリヲ飲ム。惜シイヨウナ、惜シクナイヨウナ気モチ。アスパラガスナド出ル。斯クモ大勢デ吾家ノ茶ノ間デ宴ヲ開クコト、コレガ最後ナルヤモ知レズ。早ク寝ル。

警報　7時、9時30分ヨリ11時。

（大本営発表）Ｂ29五百機、Ｐ51百機横浜来。

三十日

（水曜　快晴　温）

五時起。庭内デ紅キモノ、薔薇一輪ノミ。

正岡一家早クモ越シテクル。リリアン富久娘一升ヲ持チ来ル、二百円也。今日モ大工事続。風呂屋主人モ手伝イクレル。予想以上ノ出来栄トナルラシ。

一日中地下小屋工事に没頭する。と言っても、気の向くままに、足を洗い、茶を飲み、飴をしゃぶり、楽しく粗食を喰い、まさしくこの世の極楽である。

まず早朝、私一人で、横になってる小屋を揺すぶり揺すぶり穴の中へずらし落す。相当の音がして近所を驚かす。ドンナモンダイと愉快である。

然し、小屋の斜になってるのには閉口した。床板をはがし土を掘ったりしてみるが、駄目である。そこへ聟殿が来て金剛力を出し、うんさと小屋をもち上げて平にする。聟殿は自分の家からトタンを持って来て、工事の手伝いを汗だくでやり出す。久しぶりの碧空のもと！

吾家に刺戟されてか、裏の家二軒でも穴掘作業をやり始める。夕方になり「御飯ですよ」と娘に言われても、私は土をかけていた。素晴しき一日よ。

千駄ケ谷ヨリ使アリ。焼出サレ、厄介ニナリタシト。富士子、軍令部河合中尉ヨリ、煙草八十数本貰イ帰ル。

熱キ風呂ニ入リ、日本酒ヲ悠々ト二本。

三十一日

（木曜　快晴）

日本画はよく金粉を使うが、なるほどと感服した。午前四時頃起きて、夜明けの中天を見ると、二十日あまりの月がかかっている。まさしく月も、月のぐるりの光りも金粉である。これに対し、門の松は少々青みを帯びてはいるが、目を細くして見ると、これはまさに墨絵である。

佳き朝だ。今日は睡蓮が四輪ぐらい咲くであろう。二階に上り、刻み煙草を一服する。蛙が鳴いている。雀は勿論鳴いている。遠くで鶏の鳴く声――烏まで鳴く。

東の空は柿若葉ごしに、輝く薔薇色である。風はそよともなく、延び切った豌豆が高々と、安心して立っている。

省電の上り一番が今通過した。

東京が焼野になってるとは思えない長閑けさだ。

今朝もよく晴れ亘った空である。地下小屋の掩泥をシャベルで掬っていると、異様な爆音が聴えた。見上げると大型二機南から北へ頭上を行く。四発である。オヤ敵機かなと思ったが、赤い色が見えるので友軍機と分る。私は大声をあげて家の者に知らせた。妻が出て来て見上げる。出来たてのホヤホヤという感じで、ジュラルミンの色が清々しく美しい。型も実にスッキリとしている。「どうだ、この通りだ、安心しろ」と戦災都民たちに見せるためと思われた。誠にホノボノとした佳い心もちである。

敵は「第三次東京爆撃で残りを全部片づける」というビラを撒いたそうだ。第三次をよく考えて見ると、第一次が下町、第二次が山の手、第三次が新市内即ち元郊外区域ということになるらしい。

正岡容、礼ニ来ル。水谷君、当分仕事アルマイト溜息。煙草九本クレル。

裕彦君手伝イ、愈々大地下小屋修了。万歳！

切干デ昼飯。右上歯具合悪シ。

一寸昼寝。

妻、富士子、明子、リリアンナドデ、新成地下小屋ニ荷物ヲ運ビ入ル。

正岡夫妻来、家賃ヲ相談シ、三十七円トキメル。

トマト苗移植。

熱キ湯ニ入リ、悠然ト日本酒ヲ二合半。勿体ナイ果報デアル。固キ章魚ヲ悪イ歯デ食ウモ又ヨロシ。

（註）日記原帖には、埋めた物置小屋の屋根に土を盛り上げ、それが富士山の恰好になっている写生図あり。

六　月

一　日

（金曜　曇後晴　少暑）〔終日在宅〕

五時起。富士山ノ中腹ニ、南瓜苗ヲ植エル。トマト苗移植、苗ノ香強烈也。ミョーガ筍ヲトル。

松の花青梅街道朝の霧
松の花小雀親を追ひて飛ぶ
迷ひ蛙独り時々鳴きゐたり
独り起きて茶を沸かしけり松の花
いつまでの吾家なるかや新茶飲む
関八州霧たちこむる若葉かな
親と子の離れぐ〱の若葉かな

一丁に死体五百の若葉かな
新茶のみさておもむろに何を思ふ
罹災せる鳥もあらむ若葉かな
防火壁として眺むる椎若葉
睡蓮を前に待避やシャム仏
童話家の叔父も若葉の戦災死
味噌汁のからし菜摘まん筆を擱く

水谷君来リ、背広ノ裏ノ張リ替エヲシテクレル。鮮カナル腕前也。女ドモ大感嘆。

ミョーガ筍ト卵ノお汁デ昼飯、ウマイウマイ。

午後ハオワイヲ汲ミ、壺ノ腐水ト混ゼテ、大根、馬鈴薯、トマト、春菊、胡瓜苗、菁ナドニ肥料ヲヤル。オワイガ手ニツイテモ段々平気トナル。足ヲ洗ワヌウチ風呂ヲ沸カス。

月桂樹ノ枯枝ヲ焚クト、佳香湯殿ニ充ツ。

桜樹の根元の肥料壺には、鰊のプンと来たのや、池に浮いていた鼠の死骸など投げ込んであるが、この汚水の臭いたるや全く鼻が曲りそうである。所が、この臭くて堪らぬ汚水と、汲みたての臭くて堪らぬオワイを混ぜるとピタリと厭な臭いが止る。私の鼻が馬鹿になってるせいでなく、庭に出て来た富士子が「あらちっとも臭わないわ」と感服したのが、その証である。

人間の組み合せも斯のような場合があるようだ。厭な奴と厭な奴とが二人一緒になると、その厭な感じが消える時がある。

代数のマイナスとマイナスをかけると、プラスになるのと何所か似ている。毒を以って毒を制すという言葉もこれに関連がある。

便所に安線香を焚くと、自分の便が芳香を放つ。

正岡君午前、午後二回ニ亘リ来ル。

丸山章治君夕方来ル。罹災証明ヲ妻ニ頼マレ、一旦トリニ帰リ、又来ル。コノ証明デチッキガ出セル。

二本ホド飲ミテ飯。

正岡談ノ小堀誠、乃木将軍ノ話、矢ノ目源一ノ話ナド、一同大イニ笑ウ。

仕事ハナク、友達ハ遊ビニ来ル、天下泰平ナリ。

大阪ニ四百機来タトイウカラ、マタ二日ハ東京モ大丈夫也。バニラウィスキーヲ飲ミテ寝ル。

（大本営発表）Ｂ29四百機大阪来襲。

二　日

（土曜　雨　冷）〔焼跡視察〕
手づからに肥をやりたる芋畑
　雨そぼふりつ眺めあかぬも

娘らも手伝ひ成れる地下小屋の
　こんもり山に雨はふりつゝ
ひる前の自ら沸かす湯上りに
　飴をねぶりて新茶をぞ飲む
五月雨の湯殿にこもる鼻唄は
　めでたからずや老妻の声
五月雨の音をきゝつゝクオヴァディス
　焼かれぬうちに読みておかばや

ジュリー（註　昭和十三年頃飼ッテイタブルドッグ也）の壮大なる犬小屋が、旅行から帰った私の目に、甚だしき浪費と映った。全部で八十円もかかったと言う、妻は経済観念がどうかしてる、とその時は思った。さて、その小屋を地下に埋めて、実に素晴しい地下物置が出来た。穴を皆で掘り、古トタンを裕彦君に貰い、風呂屋さんと運送屋さんから古板切を貰い、現金の支出は一銭もなくして、時価一千円（いや一千円でも二千円でもこれだけのものは現在出来ないかもしれない）の建設物が出来たのである。ジュリー嬢と、妻の経済観念に感謝すべきである。

一貫三百五十円の飴は、娘どもが平気で舐るのを見ると、甚だ憂鬱であったが、この飴あるによって、私の家に来た罹災者を如何に慰めることが出来たか。天野の叔母、林の女中、丸山君、正岡夫妻、石田支配人、村山絢チャン、水谷君など、焼出されはこの飴をシャブリ、静岡の新茶を飲まされた時、どんなに心を潤わしたことか。

三百五十円はこの効果だけでも充分の価である。モノの相場というもの、単に数字に捕われて、狼狽てる勿れ。

省電ガ全通シタノデ、今回ノ罹災地視察ニ出ル。荻窪カラ浜松町。ココデ乗リ換エテ、五反田渋谷方面ヲ廻ッテ帰ル。

火ノ手ト反対側ニアル、千駄ケ谷大通リノ街路樹、焼枯レ。外濠ノ堤ノ内側ノ青草焼ケタダレ、アノ夜ノ烈風ヲ思ワセル。

東京駅ハ世ニモ他愛ナクヤラレ、五反田渋谷ペロリトヤラレ、新宿駅ハ歩廊ノミトナリイル。旧東京ハ全域デアル。

コレヲ見テモサシタル驚キナキハ如何?

三日

(日曜　晴　暑)〔終日在宅〕
縞ぎぼ珠白き焰や雨上り
ながくと咲きたる薔薇の今朝散りぬ
柿若葉今年乏しき花をつけ
大根の葉や緑青のなぐり描き
からし菜の継子速くも花をつけ

（註　種ガコボレテ一株離レ生ジタリ）
豌豆蔓ゆるる根元の雀かな
蜘蛛の巣のあからさまなり黄楊若葉
柿の花ほのかに黄なりつゝましく
手ごたへのさらりとぬくや茗荷筍

東宝へ蓄ッタ給料ヲトリニ行クツモリデイタガ、日曜ト分リ中止スル。放送局へ電話デ十、十一、十二ノ事打合セ。高子千駄ケ谷行。富士子柿ノ木坂行。千駄ケ谷ハ千葉ニ引キトラレタラシ。正岡君丸山君来ル。コーヒーヲ出ス。

十九時の報道を聴くに、1、沖縄の戦況思わしからざること、2、窪井政務次官の横浜戦災地報告によると、壕舎生活は永続性なし、宜しく疎開すべし、3、トルーマンの対日戦略四カ条を並べ、空軍兵力三百五十万、海軍三百万を動員する、4、ソ連紙の論説によりベイが太平洋を植民地たらしめんとしていることを指摘、以上四ツの報道は一寸聴くと皆独立した別々のもののようであるが、これは一つの方向を示している。即ち、敵の帝都附近へ上陸することを予感した放送である。関東平野は戦場となるから、今のうちに要員以外のものは（つまり邪魔者は）速くいなくなってくれ、という訳である。そう言えば、この朝の「朝日新聞」に、関東方面の海岸その他に、不落の要塞化が行われたことを発表している。

いよいよこれは、浅川だの上野原だのでは疎開も意味をなさないという訳だ。私だけは帝都に残留するとして、女どもは全部信州行となるのも、近き将来であろうか。

岩波文庫ヲ三尺ホドノ棒ニ添木ヲシテ縛リ上ゲル。コレダケアレバ当分ノ読書ニ充分デアル。

自分ノ著書、更ニ一揃エ（欠本アリ）、贈呈本十数冊、ボール箱ニ入レル。何ノ本モ一冊ダッテ焼キタクハナイガ仕方ガナイ。

ウィスキーヲヤッテイルト正岡君ガ入浴ニ来ル。二人デ二合ヲ平ゲ、天下ノ形勢ヲ論ジタ。関東平野大激戦説ヲ述ベル。

四日

（月曜　晴　少暑）〔笠間味噌寮慰問〕

五時起。南瓜苗ヲ更ニ一本、富士山ノ北側ニ植エル。

西日本社ノ原稿十枚ヲ書ク。

正岡君肉筆ノ一冊ヲ持参。序文ヲ頼マル。

「東京新聞」宛、天野叔父ノ死ヲ報ズ、四枚。

この際五日間吾家を空けるということは、甚だ冒険である。留守中に家が無くなる可能性充分なり。この仕事は、罹災者アザブ君の依頼で、罹災者石田の事務扱いである。焼出された人に頼まれて、自分が焼けるのを恐れた言葉は吐けない。そこで一言もなく引受けた訳だが、少々忌々しくもある。

焼出された者は、他人が焼出されるであろうことは、もう気にしないであろう。それどころか、焼け残っていることが、大いに忌々しいかもしれない。

私が家にいたからと言って、B29が来ない訳ではないが、自分の家が焼ける時、居合せたいのである。吾家の最後を見とどけたいのである。

どうも私の留守中に、今までの経験では、最も恐るべき空襲があるようだ。

十二時過出。十四時四十五分発原ノ町行ニ乗ル。アザブ君ガ席ヲトッテオイテクレル。友部乗換笠間ノ小林味噌工場ノ寮ニ着ク。

酒沢山出ル。天ぷら御馳走。

五日

（火曜　晴　少暑　曇）〔西念寺納部隊（陸）福原中川部隊（海）慰問〕

暁寒シ。朝飯、ヨキ味噌汁、白米、結構ナ沢庵。

十一時頃自動車デ西念寺行。コノ寺浄土真宗発祥ノ所トアリ。太郎欅ナル大樹アリ。本堂ノ前縁ヲ舞台トス。

十七時頃、トラックデ福原ナル山奥ノ部隊ニ行ク。ココモ野天ナリ。

昼ハ陸ノ兵食。夕ハ海ノ兵食。

雨ガ降リソウデ冷ヤ冷ヤスル。

小林味噌店ノ座敷デ会食。物凄キ隠シ芸。

海軍の部隊がこんな山奥で何かやっている。なんとも見当がつかない。要塞を築造しているのであろうか。地下工場を建設しているのであろうか。軍艦は影もないのに、甲板士官なるものがいる。副長が大尉であるから司令は少佐ぐらいであろう。二千か三千の兵がいるようだが、海軍でありながら、海の事は全然知らない兵たちである。演芸場に行進してくるところを見ると、どう見ても日本海軍の兵とは思えない。東京造船所で見た囚人部隊とそっくりである。海軍ではあるが、水兵ではない。妙なものだ。兵式教練などもまるで無いらしい。ところで、海軍がこんなところへ来て、何かやってるという事は、戦局の重大を愈々想わせる。

副長とは一杯飲んだが、帝大出の二十六歳の好青年。

〔大本営発表〕十時阪神B29三百五十機来。

六　日

〔水曜　晴曇〕〔友部航空隊慰問〕

七時起。九時朝飯、白米。

十時半散歩ニ出ル。笠間稲荷参詣、素晴シキ藤樹、帰途、旅館「笠間館」主人来栖利一君訪問。相変ラズノ美男ブリ也。

夜見ると、相当の構えと思えたが、昼見ると、街道筋のあまりパッとしない家に過ぎない。この家に、吾等の一行を買って軍に寄附するだけの財ありとは一寸思えない。ところが事実は、いかにも易々と吾等の一行を迎えているのである。戦時インフレの結果である。第一次世界大戦の直後ドイツの日本留学生が、皇室の席でオペラを見物し贅つくした事を思い出した。この味噌屋さんが日本留学生で、吾等が皇族席の立場である。留学生は聊か勿体ないと思いながらも得意であったが、味噌屋さんも「本来ならこんなところへ来てくれる一行ではないが」と敬意を払いながら、また大いに好い心もちであろう。

田舎へ行って、東京の者が何か喰う時、ウマイウマイと感嘆の声を放つのは、少々浅間しい。全く、ウマイには違いないのだが、田舎の人はこれを聴いて、嬉しく思うと同時に、東京者を哀れみ馬鹿にする気になるであろう。

十三時頃小林家ニ行、味噌槽風呂ニ入ル。

バスデ友部行。烏賊刺身デ夕食。

十七時四十分頃ヨリ開会。

七　日

（木曜　曇後雨　涼）〔神之池海軍航空隊基地慰問〕

六時過起。九時過出発。

十三時半、神之池着。

途中パンクシテ、自転車屋デ茶ヲ貰ウ。近所ノ人ニ句ヲ書イテヤル。

パンクして馳走になりし新茶かな

大変ナ行程。

昼食、御刺身、天ぷらナド。

春日少尉、少佐トナリテ此処ノ軍医長。ウィスキー一本貰ウ。

竜夫君ノ同期生大尉ニ遇ウ。十四時過開会。

神之池航空隊の軍医長春日少佐は、昭和十二年足柄にいた時はホヤホヤの少尉であった。意外に思ったのは、あの時のヨーロッパ行は、若き少尉にとって地獄の日の連続であったという事だ。少佐は世にも悲しげな様子であの頃の思い出を語るのである。ただ、剣道によってウップンを晴すのみであったと言う。まったく少尉の剣道は颯爽たる限りであった。豪勇二階堂兵曹すら、小男の春日少尉は軽く押えていた。

その剣道、この頃はさっぱりダメになったそうだ。その代り輝く航空隊軍医長殿となった。私は彼がホヤホヤ時代の拙劣極まる注射ぶりを、モデルにして話をすることがある。その点どうも今宵話していて気が引けていけなかった。

トラックデ来タ人タチハ、雨ニ降ラレ、クタクタトナル。私ノ話、マイク無シデヤッテルトマイク利キソウニナリ、結局利カズ、甚ダヤリニクシ。

雨ノ中、バスデあやめ館へ送ラレル。

副長ヲ主人トシテ会食トナル。桜正宗、芳醇。

二次会ハ橋ヲ渡ッテ本日開業ノ海軍寮。ココデ亦大酔。障子ニ悪筆ヲ振ウ。

髭の大尉が頻りに副長に向ってダダをこねている。男の児が厳格な母親に何か玩具でもねだっているようだ。「部下がどんどん死んで了うのに、自分だけ生きておるのは、どうも具合が悪い、だから、どうか私を出して下さい」と特攻行をせがんでいるのであった。中佐の副長が「まあ待て待て、そう急ぐな」となだめている。傍にあって、これを聴いている私は、何とも言い様のない気分に打たれた。御両人とも酷く酔っている、私もその通りであった。肉体は酔っていても、精神はこれ以上なしの素面という趣きである。

翌朝、私は三階の寝室から、二階に降りた時、髭の大尉が、畳の上にゴロ寝をしているのを見た。何かしらこの大尉が子供の泣寝入りみたいな、気の毒な姿に見えたのである。

八日

（金曜　曇後雨　温）〔石岡国文館、納部隊本部員慰問、岩間隊慰問〕

朝、昨夜渡リシ橋ヲ見テ、少々ゾットスル。半クサレノ橋ダ。あやめ館デ朝飯。

八時ノ予定ガ九時頃出発。トラック運転台ヨリ水郷ノ風物ヲ見ル。

多分あれが真菰というものであろう、対岸一面に軟かい緑色の蒲団をかりたようになっている。二日酔の眼でなかったら、もっと快よくこれを眺めたに違いない。葭切がヤギギギと絶えず鳴いている。姿は少しも見えない。水が豊かに何所までも続き、渡し舟が女一人を乗せて、悠々と櫓をこいで行く。昨夜は大雨だったので、今朝の空気は一段と清々しい。太陽は未だ初夏の光りを放っていない。いくら見廻しても、あやめらしいものは一輪も咲いていなかった。

少年の頃、芝の恵智十亭で、潮来踊りなるものを見て、胸をドキつかせた事がある。高座の簾が上ると、十六から十八ぐらいの女が、長襦袢細帯姿で、客席にお尻を向けて並んでいた。

その潮来が神雷部隊の基地になろうとは……。

十一時頃ヨリ石岡ノ映画館デ開会。腹工合悪。一食ヌク。

岩間国民学校ニテ休息。甘味出ル。野天ナレドモ割合ニヤリヨシ。岩間駅前橋本旅館ニテ会食。

トラック運転台。途中又雨トナル。十時頃寮ニ帰ル。茶ヲ喫ンデ眠ル。

九　日

（土曜　晴曇　少暑）〔旅ヨリ帰宅〕

豆腐ト卵ノ汁、冷奴、菁漬デ素敵ナ朝食。四夜世話ニナッタオ礼、百円ノ茶代。私三十五円、アザブ三十円、アト五円ズツ出サセル。

十時頃、小林家ニ行キ、土産ノ味噌ヲ貰ウ。裸足ノ少年三人、荷ヲ乗セタリヤカアヲ引キ送リ来ル。

笠間十一時発。今日ハ稍暑シ。友部乗換。千太君ト語リツツ東京へ帰ル。タダノ素握飯ヲ喰ウ。

巣鴨駅復活。十五時半頃帰宅。

塀外ノ菁ノ出来、ナカナカヨロシ。いんげん豆蔓出ル。座敷ニ上リ、何ヨリモ茶ヲ一杯。

留守中ニ、驚クホド郵便物ガ来テイナイ。僅カニハガキ二枚ホド。

吾家は無事、オヤ未だ在ったな、という感じで門を入る。早速農作物を看る、大根の成績素晴しい。胡瓜苗の上に被さっている一本を抜いて見ると、経一寸長さ七寸ばかり、逞ましい毛根が頼もしい。夕食の膳に、これで大根おろし一人前が出来、家中で味った。

栗饅頭一折という予告が、只の焼饅頭二コ、素甘三コという貧弱さで、皆を失望させる。予告など今後すべからずである。その代り味噌は一カ月分、ウィスキーは二本、煙草は百五十本ぐらい、大収穫と言える。

沖縄は、四日既に通信杜絶しているという話、夕七時のラジオを聴くと、首相、陸相、海相とも、本土決戦と、当り前みたいな口調で演説している（本日の臨時議会の録音）。関東平野大決戦と来ては、東京中の家が本当に一軒も無くなるかもしれない。今年の南瓜はどうも喰えるかどうか愈々怪しくなって来た。

「東京を坊主刈りにするつもりですが、目下の所、虎刈りで御気の毒さま」というようなビラを敵機が撒いたという。トラガリは敵ながらウマイことを言やがった。

「徳川さんは嘱託だから逃げられません」と放送局員が言ったそうだ。無論、誰が逃げるもんかである。

現在のところ私は、もし吾家が焼けたら、地下小屋に寝起きして、頑張るつもりでいる。妻や娘は信州に退避さして、自分は硝煙の中に踏み止まるつもりでいる。もっとも放送局が東京を退去する場合は、また考えが別である。
庭デトレタ、春菊ノ芽ノ汁。庭ニ感謝スル。
入浴、頭ヲ刈ル。
放送三階節。アキレル。年中コレナリ。
キングウィスキーヲ四杯飲ム。ソノ味先日ノバニラウイノ比ニアラズ。飲ミナガラ正岡君自筆本ヲ読ム。

十日

（日曜　曇晴　少暑）〔放送「姿三四郎」第十一回〕

蕪を間引いて、一枚一枚葉を洗い、味噌汁の実をつくり、二階に上り新聞を読み、昨日の日記をつけていると、近所のラジオが関東地区警戒警報発令を知らせる。それからポーが鳴る。

〜〜敵数編隊ハ六時三十分頃八丈島上空ヲ通過シ北上中ナリ、只今時刻ハ六時四十四分
〜〜〜

「来た来た」と階下で静枝が言う。どれ、私も便所にでも入り、支度を致そう。

七時半、警戒警報。間モナク空襲警報トナル。地下小屋ニ、蒲団ソノ他呆レルホド沢山品々ヲ入レ、盛土ニシャベルヲ刺シ込ミ、何時デモ泥ヲ被エルヨウニスル。

塀外ノ菁ノ汁。味噌は笠間土産。握リ飯ヲ喰ウ。曇ッテイテ機影見エズ、時々頭ノ真上

ヲB29通ル。

今日ハ霞ケ浦方面ノ攻撃ラシ。高射砲ノ音、雲上ニ機銃ノ音、時限爆弾ラシキ音ナドアレド、我家ノ近クニハ何事モナシ。

暇ヲ見テハ隠元豆ノ支柱ヲ作ル。

大根おろし——昨日味をしめたので今日も昼飯につくろうと——一本間引いた。見事である。鏡に向ってる静枝に見せると「まア、惜しい、もう一週間もおけば好いのに」と言う。私は腹が立って来た。間引いてやらないと本物にならないと思うからだ。種播きから間引きから、肥料から、一番最初の溝掘りから、施肥から全部私一人がやってるのである。それを彼女は、その時の気分で惜しいなどと申す。勝手にしやがれである。「よし、それじゃあ俺はもう放っとくよ」と言い残して井戸端で一本だけを洗った。如何なる次第かだんだん腹が立って来た。「おい、お前に大根任せるから、責任もって全部処分しろ」と私は再び言った。彼女は黙っていた。彼女としては事の発展が、意外であったろう。

何で斯う私は腹が立ったのであろうか。恐らく彼女の言い方に気に喰わぬ響きがあったのであろう。また、大根栽培についての自尊心をきずつけられたせいもあるであろう。それに、或は、彼女の言う通りにしておいた方が成績が好いかもしれない、という気もする、それも甚だ忌々しいのである。

なんだか、庭の畑のものを全部引きぬいたり叩きつけたりしたい衝動が起る。

これを根本までさかのぼると、真の原因は、戦局の不利という事に帰する——のかもしれない。

だが、私のこのやり方は、どうも男性的でないのかもしれない。彼女が何か言ったら、笑い飛ばすか、叱り飛ばすかして、あくまで自分の思い通りにすれば好いのである。傍観者の一言が気に喰わないからと言って、今まで面倒を見て来た大根を、手放すという事は甚だ愚劣である。

それにしても、静枝の言葉で腹をたてない日が、一年のうちに幾日ぐらいあるだろうか。一種の業であろう、この苦痛から逃れ得ぬのは。

昼ノ食事ノ時明子ヲ叱ル。正岡家へ使イニ行カズ、ズルケテイタノガ宜シクナイ。フテブテシイ口答エモ気ニ喰ワナカッタ。二度ホド大声デ怒鳴ッテ了ウ。甚ダ大人気ナイト思ウ。

私自身ガ酷ク昂奮シテ了ウ。コレガナッテイナイ。二階ニ上リ一寝入リスル。

正岡君来リ、政府のめのめト本土決戦ヲ呼号スル事フンガイ。落語ノ研究談ナドスルウチ、放送ノ稽古忘レテ了ウ。

一回ダケ音読シテ出カケル。警視庁大試合ノ件。気合ヲカケル時眼鏡ガ外レレル。六点三分グライ。帰宅シテ、キング・ウィスキー。

警報　8時30分発令、10時30分解除。

十一日

（月曜）〔放送「姿三四郎」第十二回〕
五時半起。菁ニ施肥スル。
東防空壕ノ上ニ、胡瓜苗ヲ移植スル。敵数目標トアレド、小型機ナレバ荷ヲ穴ニセズ。
　逞ましき南瓜の苗と見つゝ思ふ
　　南瓜成るまで吾が家のありやと
醜敵に焼き払はるる其の日まで
　施肥も除草も怠らざるべし
千早振神より二千六百年
　この困難や中幕にして
終幕とあらば慎しみて看ん
沖縄は既に玉砕せりと云ふ
　配給の竹輪血の如く黒し
若き日の道あやまてる町のあたり
　焼野となりて清々しきも
内幸町の一丁目は放送局と太平ビルを残して全部焼野となっている。真黒に塗った艦本と真白な勧銀とが、嘘の図のようである。

急行電車回復。

吾ガ芸生活発祥ノ所、元第二福宝館ノ焼跡ヲ通ル。

五月分嘱託料貰ウ。四月分ハ未ダシ。

十九時二十七分ヨリ放送。六点七分ノ出来。咳ノ声デ幕ハ始メテ也。

西荻マデ乗過ギ。

入浴。キングウイ四杯。コノウイ海軍ニ納メルヨウニナリ、味ヨロシクナル。

十二日

（火曜　曇）〔放送「姿三四郎」第十三回〕

六時過起、味噌汁ノ実、庭ノ大根、莢豆、つる菜、大ヨシ。

放送台本作。胡瓜、人参ニ施肥。

石田来、リプトンノ砂糖入出ス。

庭ヨリ茗荷筍、莢豌豆ヲ採リ、葱ヲ掘リ、富士子ニ焼飯ヲ料ラセル。静枝オ汁ヲツクル。

コレダケノ美味、絶対ニ外デハ喰エナイ。

午後少シゴロ寝。リリアン今日モ来テ庭ノ草ナドムシル。

放送下読ミ亦一回。天野ノ死ヲ報ズル文、原稿一枚、朝日、毎日、読売三社宛ニ書キ、各々自ラ出カケ届ケル。

読売ハ本館別館トモ、滅茶焼ケ也。旧報知ノ玄関ニ、仮編集部ノ立看板アリ。給仕ラシキ男四人、ハモニカ吹キ「波ノ上」ヲ奏ス。

毎日ノプラネタリウム、惜シイ。郵船ビルカラ三信ビルマデ、一連ノ焼残リ。B公モウ一度来ナイトイケマイ。

石田に訊ねて見て、漫談協会員の焼残りは生駒雷遊と河合華水と柳家万吉と私の四人だけと分る。落語家の焼残りは小さん、馬楽、文楽の三人だけらしい。奇術協会では会長の天洋だけが焼残りという訳。太神楽協会は全滅らしい。演芸協会会員約五百の中、焼残りは十人といないかもしれぬ。実に皆よく罹災したものだ。焼残ったのが不思議なくらいだ。その不思議に私は置かれている。（この夜放送局で三遊亭金馬に遇い、落語家では権太楼、文治が焼けていないことを知る。吾協会員だったかと思う荒井雅長も焼けていないと分る。）一中の入学試験の時は、たしか十人に一人の割で及第した訳だったが、今度は五十人に一人だから大したものだ。もっともこれは及第なのか落第なのか分らない。

B29先生に採用されなかったとすれば、落第の訳である。それなら永久に及第したくない。かりに吾家が、奇蹟的に空襲から焼け残りぬくとして、さて如何な事に相成る？

1　それで戦争がうまく終了すれば、大したものである。天下の幸運児となる。

2　だが、敵が上陸して関東平野大決戦となれば、焼残り家屋は、捨てて了わねばなるまい。そして、やはり敵か味方かの力で無くなされるであろう。

3　あたり一面が焼野となって、そこへ吾家が一軒ポツンと残っている場合、これは敵が上陸しようとしまいと住んでいられるものでない。配給はなし、強盗はありでは困る。

内幸町大通りの、昔あった柳の古樹、通りの真中に十本もあったろうか、それがたった一本になって残っていたのが、今夕行って見ると、すっかり焼け焦げていた。一抱え以上もある幹の根元から八尺ほどの、空洞になった樹皮ばかりのものだった。それでも毎年芽を出し、徳川時代を語り顔に生きていた。試みに一番根元から近い枝を折って見たら、折れ口まで炭のように焦げていた。

桜咲く月の夜、この老樹の兄弟分の、もう少し東寄りの、朧ろに顔の見える、繁き若葉の枝の下で、息を詰らせた時から、三十三年もたって了った。

このあたりやがて日米の大野戦場となるや？

放送局文芸課ニ、金馬アリテ、焼出サレ気焔万丈。

太田博士ノ議会報告講演ノ後、十九時十五分ヨリ私ノ放送。出来ハ六点五分。

今夜隣組合同ノ常会アリ。静枝出席。私ヨリ遅ク帰宅。キング三杯、肴ハ葉漬。

十三日

（水曜　糠雨）〔三鷹鉄道青年寮慰問〕

五時半起。風呂焚キ。塀外ノトマト、南瓜ニ灰ヲヤル。味噌汁ニ大根ノ葉ノ軸ヲ刻入ル。歯触リヨロシ。風味掬スベシ。

志賀直哉作「濁つた頭」ヲ読ム。石田信州行ノ切符ヲ持参。往復92円20銭。

正岡来、日立航空ノ打合セ。石田帰リ、正岡入浴。南瓜ノ支柱ヲ作ル。大根ノ葉ノ漬物ヨロシ、昼食。少々、寝ル。

岩田、笠間味噌屋ニ画ハガキヲ書ク。運送屋夫妻交々来リ、チッキヲ三コ出シテクレル。礼ニ「お染」ノ油絵ヲヤル。コレデ吾家ノ蒲団ハ今着テイルダケトナル。

十七時過、三鷹寮到。デマナランモ、十五日伺イマストイウビラガマカレタ由。鰯罐詰ソノ他馳走沢山出ル。八王子管理部総務部長、東鉄指導課長ナド来ル。聴衆二百五十余。千太万吉、楽遊、水島ト松平歌謡曲。

二十二時半帰宅。キング三杯。

他人《ひと》を叱ると、きっとあとが不愉快になる。その場合叱らずにいると尚不愉快になる時と、叱らずにいて不愉快にならない時とある訳だ。後者の時は叱らずにいるべし、前者の時はやはり叱らねばなるまい。あとで尚更不愉快になるようならその時叱った方が自分も楽であるし、その場合こそ本当に叱ってもよいのであろう。だが、叱る場合は、多くこちらが腹を立てた場合であるから、何所から何所までが叱る範囲でなど判断はしていられない。大きにこちらの虫の居どころなどもあるから、実際としては、叱るべき場合叱らずにいて、叱るべからざる場合も叱ったりするのである。斯う考えてくると、叱った後で不愉快になるのは、叱らずともよい事を叱った場合が、あとが尚更不愉快になるであろう、と思われる。叱るべき事を叱ったあとより、確かに叱るべからざる事を叱ったあとの方が、余計心が痛むに違いない。どうも表にでもして見ないと分らない。

- 叱る
  - 叱るべき事
    - 大叱り……（不愉快《アトクチ》）
    - 中叱り……（平　静）
    - 小叱り……（不愉快）
  - 叱るべかざる事
    - 大叱り……（不愉快）
    - 中叱り……（平　静）
    - 小叱り……（不愉快）
- 叱らず
  - 叱るべき事……（不愉快）
  - 叱るべかざる事……（平静）

右ノ表ニヨルト叱ラズニ居タ方ガ無事ラシイ。

十四日　（木曜）〔日立航空川崎工場、新橋西桜青年寮慰問〕

四時二十分妻ヲ起ス。六時二十分発デ静枝、裕彦君ト共ニ信州行。

「朝日新聞」ニ天野ノ死ガ報ゼラレテイル。「毎日新聞」ニハ昨朝版ニ出テイタ由。日立航空本社ニ行ッテ見タラ「読売」ニモ出テイタ。

焼跡に一種の美が感ぜられる。見渡す限りの赤っぽい風景、乱雑、荒涼、凄惨、まくれ反ったトタンの錆色、傾いた金庫、屏風のような煉瓦の壁、瀬戸屑ガラス屑の山、屋根のぬけた蔵、黒焦げの樹木の林、これが美しい訳はない筈である。しかし、私は時々、油絵などに描いて見たい気が起る。

焼跡に美を感じたりする神経は、戦争をする上に如何なる影響をもつものであろうか。そんな事では戦争に敗けるという気もするが、いや、それでこそ、勝てるんだという気もする。殊に今日、面白く感じたのは、黒焦げの樹皮から生ずる明朱色のカビ（?）の発見である。樹の幹がペンキで塗ったように真紅になっているのである。始めは分らなかったが、すぐ近くで見て皮の割れ目から徐々に吹き出して拡がって行く、カビの如きものと分明した。

正岡君、平社員三氏ト共ニ川崎工場ニ行ク。昼飯馳走ニナル。十二時半頃ヨリ、約一時間ニ亘リ「宮本武蔵」ヲヤル。目下ノ所宝蔵院ノ一本槍デ、今日アタリ人分イクニツイテ来タ。正岡君激賞シテクレル。

新橋駅下車。西桜国民学校ヲ探ネ歩キ廻ル。片端カラ学校ヲ尋ネ四ツ目ニ辿リツク。立派ナ校舎デアル。東鉄管理部長、指導部長ナド来。焼跡ヲ眺メツ虎の門ヨリ桜田門ニ出ル。鳥がギャアと鳴く。深山を思わせる。その鳥を見たいと思って、線路を横ぎり、堤の草に立つ。お堀の水は静かに湛えている。桜田門の左へ一直線に走る白壁が、水に並行線を投じて美しい。白壁の上には老松が黒々と幹を交え、それがまた水に影を投じている。

左肩の上を見ると、四日ばかりの月が柳の葉がくれに鈍く光っている。凡そ燈火というものが一点も見えない。ただ一面の蒼暗い空気に、ひっそりと沈んでいる昔からなるお城の風景である。

強いて目をやれば、遥かに左手の、元参謀本部の建物が残骨を見せていること、墨絵の樹木の中に焼夷弾で葉を焼かれたらしき姿が一部見えるだけ、まことに心静まる有難き夜の眺めだ。

散々に待たせて、やっと来た都電の眩ゆい明るさ。

四谷見附デ省電ニ乗ル。

二十一時頃帰宅。春日少佐ノ贈物ヲ開ケテ見ルト、ウィスキーノ他煙草ガ十コ入リアリ。娘三人ヲ相手ニ何カト戦争ナド語リツ飲ム。娘ラハ川崎デ貰ッタ干芋ヲ焼イテ喰ウ。

十五日

(金曜　曇)〔放送録音「夏艸戦記」、上野駅会議室慰問〕
六時起。大根二本抜キ、洗イテ刻ム。サクサクト快ヨシ。朝飯美味シ。風呂ヲ沸カシ、入浴、髭ヲ剃ル。秋田大曲在ノ人ヨリ疎開ヲ勧メ来ル。正岡君ノ行ク先ト同ジ人也。
銀座七丁目から新橋へかけて、両側とも残り、柳並木も青々としている。そこから四丁目へかけては柳も赤く焼けている。四丁目三越の焼姿は酷いものである。白牡丹の建物は焼残っていて、そこに町内の役員が詰め、人道と車道の間に針金を渡し、祭提灯が二ツぶら下げてあった、八官神社夏祭風景だ。
都電南千住行に乗り、左側の窓から街を眺める。ずうッと焦土の連続だが、小伝馬町の問屋筋の店が一塊り残っている。吾妻橋松屋前で下車、地下鉄へ乗ろうとしたが、十六時から十八時まで一般客は乗せない、都電は鈴成りでブラ下っている、仕方がないから上野まで歩くことにする。

興行街の数軒が開業していて、その辺りに人が黒く群れていた。あたりには何もない、ただ興行場だけがある、そこへ斯うして人が集るというのは、あわれでもあり頼もしくもある。奇麗に焼けて、屋根と丸柱だけ残った本願寺の本堂に、何か字を書いたビラが長押と覚しき所に何枚か貼ってある。もうこの本堂は仏事に使用されているらしい。〝菊屋橋附近戦災死者合葬〟と書いた木標が五本ほど立っている。壊れた手洗いに水道がコンコンとあふれていた。

かねて聴いていたが、成る程清島町から稲荷町へかけて一廓が焼残り、そこに「蝶花楼馬楽」「翁家さん馬」「金原亭馬生」などの表札が見えた。偶然私はその道を歩いたのであるが、宛然落語家横丁だ。こんなに家が残っていては、Bの野郎まだ来るなと思った。

十三時半放送局到。二十日ニ八百蔵君トノ噺合放送ト定ル。部長ヨリ話アリ、私ハ放送局ノ国民義勇隊ニ参加スル事ニスル。イザトイウ時ココハ参謀本部付ニナルトイウ。十四時ヨリ約一時間、台本ヲ黙読シ、筆ヲ入レ削除スル。花井蘭子ト会ウ。十五時ヨリ吹キコミ。甚ダ出来悪シ。読ミ損ジ数カ所、四点五分ノ成績。

十七時半上野駅着。「笑ッテ戦争ニ勝テルカ」ト怒鳴リ歩ク狂人アリ。今日ハ前座ヲ勤メル。

帰宅二十一時頃。入浴。三人娘ノ、離レデ語リ合ウヲ聴キツ、ウィスキー二杯。チビチビト飲ム。ハムト葱ノ串刺。大根おろしナド肴。

（大本営発表）Ｂ29三百機大阪・堺方面来。

十六日

（土曜　曇）

六時半起。庭ノ花、睡蓮二輪、都忘レ。正岡君来。

十二時ニ迎エガ来ルトイウ筈デ支度ヲシテ待ツ。中々来ナイノデ庭へ出テ胡瓜苗ノ移植ナドスル。仕方ガナイ、寝テ待ツ。ソレデモ来ナイ。竟ニ待チ呆ケトナル。志賀直哉ノ小説ヲ読ム。

国民義勇隊というもの、まだ具体的には何も分っていないが、とにかく私は昨夜放送局の隊員に参加を承諾しておいた。いざという時は、これが国民戦闘隊となり、女も子供も武器をとって、敵と殺し合う訳だ。参加が定ってから、演芸部長は「これは公然とは言えないことですが、この隊は愈々という時参謀本部に属することになります」と言った。武器をとって戦うことからは、少々縁が遠くなるが、私にとってはこの方が正直のところ有難い。私が竹槍を持ったところで、お話になるまい。マイクの前で何か喋ってこそ、お役にも立ち得るのだ。喋らないまでも、マイクを命がけで護ることの方が、私に適わしい。これで、東京決戦最終段階に於ける私の位置が定まり、安心した。娘たちは各々会社工場単位で、それぞれ義勇隊に入ると言う。妻だけは四十歳以上の女であるから、資格がない。さて、愈々という場合、出来るなら女たちは全部東京を退避させたい。妻は信州の坊やの所へやる。娘たちはそれぞれの会社工場の移動によって、これも硝煙弾雨の所を離れるであろう。東京の女子供が全部戦死するようでは、日本もどうせダメの時だ。日本は断じてダメにならない筈だ。

残るのは私だけという事になる。放送している最中爆死するなど、私として最高の死に方であろう。然し、私は中々死なないつもりだ、場合によっては犬小屋で頑張っても、この戦争の動き方を見ていたい。二千六百年の歴史の最も激しき一頁を見逃してなるものかだ。

夕方散歩ニ出ル。目ニツクハ、トマト、馬鈴薯ナドノ畑ノ出来。清水町歩キ廻ル。高山家分ラズ。正岡方ニ始メテ顔ヲ出ス。秋田行ノ荷造リ最中。昔ノ寄席ノビラナド見セラル。金銀目ノ白猫大威張リデ部屋ヲ横行ス。

二十時頃帰宅。入浴。キング二杯ノム。二十三時頃眼醒メ亦一杯。

警報　6時30分。

(大本営発表)　B29十数機相模湾、富山湾ニ機雷投下。

十七日

(日曜　曇晴　涼)〔終日在宅。台本作リ〕

五時半起。配給ノ味噌ト、笠間ノ味噌ト、混ゼタ汁ニ、紫蘇ノ苗葉。

六月の冷たき朝のシャツを着る
　一瞬に無くなる庭や羊草
トマト苗に秋風の如き風の吹く
松の芽のそのまゝ伸びて重たかり
　口軽き吾れを悔ゆるや豆の花

寝テイルト正岡君来（寝テイルトヨク来ル人也）。釣リ込マレテ燥イダ話ヲスル。

庭ヲ一巡リ、竹ヲ剪リ、二階ニ上リ明日テストノ「朝すゞめ」読ム。

昼飯、リリアン持参ノおこわ。

大根七本うろヌキ。一時間昼寝。

「三四郎」ノ台本製作。前篇今度ノ二回目ニ終リ、後篇ニカカル。

トマト、里芋、南瓜、胡瓜、蕎ナドニ肥ヲヤリ、オワイ汲ミヲヤル。

河合中尉、煙草ト飴ノ土産ヲ持チ来。神之池基地ニ送ル「五ツの海」ヲ托ス。

正岡君再来。「続寄席風俗」ノ題字ヲ頼マル。

入浴、キングヲ飲ム。

河合中尉今夜ハ泊ル。

二十三時頃、静枝帰宅。又起キテキングヲ飲ム。坊ヤ、病気ヲシテ痩セタ由。

今日は静枝が信州より帰宅する日である。もしや信州で松沢家の人たちと喧嘩でもして来はせぬかと、ふと心配になる。どうも私は苦労性である。だが一方に於て、近所は焼けても自宅は残るような気がしているのは、これはどうだ？　苦労性の反対ではないか。それとも、これもやはり一種の苦労性と言うべきか。さきざきの事をあれこれと憂うるのも苦労性だが、一喜一憂するのも同じく苦労性と言えよう。

　この夜静枝帰ってからの報告によると、私の予感は半ば的中し、松沢家と面白くない空気が生じたらしい。「もう荷物はあずけない」など静枝はフンガイの態である。してみると私の苦労性というものも、満更根拠のない病的心理とは言えない。いろいろの事実や、いろいろの感じが、頭の中でごちゃ混ぜとなり、それが自然と発酵して、一つの予感となるのであろう。

　この予感、人生航路の立派な羅針盤となる。とは言え、もう苦労は沢山である。外部から襲ってくる苦労は致し方がないが、自分自身で作る苦労はもう止めた方がよろしい。もっとのびのびとした心境で、もっと身体の調子をよくして、戦争の終る時まで生きていたい。

（大本営発表）Ｂ29百機九州来襲、二十三時頃ヨリ大牟田、関門、鹿児島。

十八日

（月曜　曇　涼）（大宮工機部慰問、放送テスト「朝すゞめ」）

六時半起。少シク二日酔ノ気分。九時前ニ朝飯。十時半頃家ヲ出ル。

十二時頃工機部着。本日国葬故音楽止。会場ハ更衣室。聴衆三千人ホド。「武蔵」「医者話」。

塩まさる君来テイル。博多ヨリ馳ケツケタリ。

十五時放送局着。第二スタジオデ八百蔵君トテスト。面白ク行キソウ。部長大感服ノ態。

市川八百蔵君とはたしか初対面である。なかなかの美男である。何所かで見た顔だと思ったら猿之助に似ている、それから意外にも内田岐三雄に似たところがある。いかにも若々しい。年齢を訊ねて見ると五十歳だと言う、私とは僅かに二ツ違いだ。それがまるで親子ほど感じが違う。せいぜい四十歳、三十台だと言ってもオカしくない。女に対して凄い猛者だと誰かが言っていたが、成る程尤もだと思われる。一寸羨ましいことである。

彼が左官屋、私が蠟燭屋で、二人きりの芝居、丁々発止と演り合う訳だ。彼の台辞はその姿のように若々しい、同時に江戸時代の左官屋の親方には少々喰いたりない。これは明らかに私の勝ちだと思う。尤も扮装して舞台でこれを演るとなると、敗けかもしれない。

十八時頃帰宅。黄昏ノ中胡瓜、南瓜ノ支柱作ル。

入浴。キングノ残リ、うどん、煎唐モロコシ。二十一時半就床。

（大本営発表）B29八十機浜松、四日市、十三時来襲

十九日

（火曜　曇　冷）〔大井工機部、日立航空本社慰問〕

六時起、晴レテ夏ラシクナル。十一時半大井工機部着、昼飯頂戴。斯ンナ細長イ会場ハ

始メテ。間口十米、奥行二百米グライ。後カラ後カラト継ギ足シテ出来タ食堂。放送漫譚。

十六時頃、稲荷町日立航空本社着。

焼残るこの一劃の若葉かな

焼残りの日立航空三階の厚生課で、色紙を書かされ、斯んな句を作る。もう既に若葉でもないが。此所で聴いた話に、米空軍は、徹底的に爆撃を敢行する、たった一軒残った家に大編隊でやって来て粉砕する、という。支那あたりでは、敵の小型機は何でも動くものなら掃射をする、一頭の水牛を三機で追い廻して、これが動かなくなるまで、浴びせかける、と言う。

どうもこれでは、焼残りが焼残りでなくなる。いずれ此所らもやられるでしょう、と言いながら社員は、私の描いた水戸黄門の画を、額に入れて壁にかける。

無論、そうなると天沼の吾家も、ダメである。東京中に五軒残れば、その中の一軒は吾家也、と知人に声明した私であるが、いささか自信がぐらついて来た。

正岡君ノ解説長々トアリテ、宝蔵院ノ場一席。社ノ人々ト会食。ニッカウィスキー、どぶろく、肴ハ牛肉ト馬鈴薯也。大酔シテ帰宅、今日平山君ヨリ貰ッタ焼酎ヲ飲ム。

（大本営発表）B29六十機、二十二時半頃ヨリ福岡来襲。

二十日

（水曜）〔新小岩工機部慰問、放送劇「朝すゞめ」〕

家内中騒イデイタ。私ハ酔ッテ寝テイタ。静岡へ敵機ハ行ク。七時頃起。二日酔。正岡君ト約束ノ序文書ケズ。

勝ち味のない戦争なら、さっさと止めれば好いのに、と妻がプンプン怒って言う。どうも仕方がないね、と私はニヤニヤ笑うばかりである。戦争を止めたら、もっと惨めなことになるであろう。彼女が、単純な感覚から、そう思うのも満更無理ではないが、とにかく吾々も玉砕と行く所まで、止められるものではあるまい。これは朝のこと。

十一時半過、新小岩工機部着。昼飯タップリト出ル。注文ニヨリ宝蔵院ヲ一席。

アコの石川君語る、大森方面に敵機の撒いたビラに、六月二十日にB29七百機P51三百機合計一千機で、東京の焼残りを奇麗に片づける、と記してあった、と。それでは今日ではないか、と私たちは笑いながら言う。内心、本当にやりやがるかもしれない、と考える。これは昼のこと。（操夫人来リ浅川疎開ヲ勧メ、ソノ気ニナル。）

一旦家へ帰ルツモリガ、飯田橋駅デ信号故障アリ、下車シテ、談譚事務所ヲ訪ウ。始メテ也。懐シイ三亀洋服店ノ近ク。（註　明治三十年カラ同三十四年マデ、島根県カラ上京シタ私タチ一家ハ三亀コト来原家ノ居候ヲシテイタ。）

十八時放送局着。十九時四十五分ヨリ放送、七点。

帰宅。入浴。ふく娘二本。

明皎々たる月夜である。帰宅した私が、例のビラのことを言う。妻や娘たちは早速、縁側へ荷物を並べたことである。

警報　○時、11時。

（大本営発表）Ｂ29約二百機○時四十分頃ヨリ豊橋、静岡来襲。

二十一日

（木曜　曇）〔新宿第一劇場出演第一日〕

七時頃起。竹デ風呂ヲ焚ク。〝忘れ得ぬ人々〟序文ト、〝続寄席風俗〟ノ題字トヲ書ク。

この頃、玄関の出入りに、私は太鼓を叩く。トトントトントトントトンとやると、何ともいえない微笑ましき響き。夫婦言い争いをして、さて出かけにトトントトントトンとやると、静枝も思わず笑顔になって、玄関に私を送る。トトントトントトン「行ってらっしゃい」と娘が台所から叫ぶ、トトントトントトン「お帰んなさい」娘が茶の間で合唱する。近所では始め猿廻しでも来たのかと思ったろう。

この太鼓、数年前石田が一坊のため買って来たものだが、坊やが五月蠅く鳴らすので、静枝がとり上げて物置の中に秘して了った代物だ。その坊や、信州に疎開し、物置は地下壕舎に昇格して、太鼓は持って行き場なく玄関におかれた。或る日、ためしに叩いてみたらとても愉快になった。富士子が叩いているのを聴くと、尚愉快であった。それから自然天然と出入りの信号に昇格した次第である。

十三時半第一劇場到。「産業戦士激励大音楽会」ト銘ウッテ、音楽ハ少々、漫談モ少々。三本キリデ一回ハ乱暴也。

銀座ニ行キ「健康保険」映画試写。

木炭自動車デ大イニ気ヲモム。十六時過新宿二回日。十七時半頃帰宅。

正岡君書ノ礼ヲ持参。ブドー酒ヲ供ス。

夕食雑炊味噌汁。入浴。ふく娘二本、焼酎一杯。

警報デ起サル。

(大本営発表)B29十機、二十三時頃富山湾七尾ニ機雷投下。

二十二日

(金曜　晴)〔新宿第一劇場第二日〕

警報解除。月光ニ焼酎ヲ飲ミ眠ル。

七時頃起。忽チ警報出ル、西ノ方ヘソレタリ。

南瓜ノ棚ヲ作ル。長キ橋ノ如シ。

保険料払込ニ振替用紙ヲ字デ埋ム。紙恐ロシク悪クナル。アラビア数字ヲ用イルヨウニ改メラル。

今日ノ新宿第一劇場ハ十六時頃二回ヲ終ル。三本デ客ハ満足ノ様子。

伊勢丹は一階だけで、乏しき品々を並べ営業していた。買いたくなる品など一つもなし。

新宿の盛り場は、今、露店商人の天下である。ゴム紐、ボタン、針、麻糸、靴底、さつま芋苗、種などコマゴマした物ばかり、いずれも腹の立つほど高価である。以前五十銭もしたかと思うヤットコと、三十銭もしたかと思う螺旋廻しと二つで十二円五十銭、これをさして富有らしくもない細君が気前よく買っていた。或る汚ない露店商人は、百円紙幣を鷲づかみにして、蟇口へ入れようともせず、まるで五十銭紙幣の扱い方である。世は末だという気がする。

嘗ての吾が居城である武蔵野館も、よく焼けていた。定番の男に呼び止められて、暫く話した。あの元気だった富公が二月幾日かの大爆撃の夜死んだと言う、――もっともこれは爆死でなく病死らしい。武蔵野館株式会社の社長桜井老人も死んだと言う。

「一体ここは修繕して開館するつもりなのか」と聴いたら、定番氏は「さア、そんな話で私なぞも片づけに来てるんですがね」と心細げな返事であった。可愛い顔をした、色の浅黒い女が、私を見てはニコニコしていた、多分女給さんであろう、――これが新宿廃墟で感じた唯一の潤いであった。焼跡に焼トタンを集めて、住んでいる家族もボツボツある。一軒の女房が、訪ねて来た人に、菜園を作ったと元気よく話していた。二坪ばかり、灰色の土がならされていて、何か播いてあるようだった。

斯うした中に、これは誠に奇蹟の如く、第一劇場だけが残っている。一円九十銭の入場料で、舞台は漫談家二人と七人ほどの音楽団だけ、それで殆んど客席は満員である。考えてみると、今日の物価では、この貧弱な番組でさえも大いに安いと言える。

十七時頃帰宅、菜園ノ手入レ。静枝私ノ留守中ニ胡瓜苗ヲ移植、ソレニ私ガ肥ヲヤル。夕食軽ク一杯。

正岡君来。茶碗ヲ返シニ来レルナリ。

宮田重亭、夫人、息見エル。息応召ナリ。

親子飛行機ノ親ガ無イ説、コレデハ親子ドンブリ也。最悪ノ場合モ武士ガ威張ラナイ世ノ中ニナルノハヨイデハナイカ説。襖ノ隙ヨリ隣座敷ノ様子ヲ伺イ、居心地ヨサソウナラ入レテ貰ウ説。関東平野大決戦マデニ御手挙リデハナイカ説。

二十三時頃マデ快談。コノ間、葡萄酒三合アケル。私ハ焼酎モ用イル。飯ヲ二杯喰イテ寝ル。

警報　7時、12時。

（大本営発表）B29三百六十機近畿、中国来襲（内百八十呉軍港行）。

二十三日

（土曜　晴）〔大船撮影所「健康保険」ノ録音〕
七時頃警報出、B一機亦一機、二時間ニ亘リ日本ノ中部ヲ散歩。愈々舐メラレテル感。南瓜苗、胡瓜苗ノ見廻リ。興深シ。
十時半、家ヲ出ル。十三時頃、大船着。ガラントシタ撮影所風景。本館ノ半分海軍占領ス。十七時半頃録音了。石油臭イ鶏飯ノ握リ。吹込料五〇〇ノ内税金九〇差引。二十時頃帰宅。
大船からの帰り途「クオ・ヴァディス」を読んでいて、気がつくと上野駅まで乗り過ぎていた。なかなか面白い。これは円本である。一円でこんなに面白い思いをさせてくれるもの本の他にはない。もっとも今これだけの本が発行されたら五円でも買えないであろう、第一紙が無い、印刷が出来ない、実際無理に出版したら実費一円ぐらいかかるかもしれない。いやもっとかかるかもしれない、名刺が百枚十円で安いという世の中になったのだから。

帰宅してから、頭山家の女中が来て私の書庫の本を三十冊ほど浅川へ疎開させた、という話をきく。これから毎日来て運んでくれるという。これは有難い。吾家が焼ける迄に何十冊何百冊何千冊助かる事になるか楽しみである。疎開させた本を、改めて読む機会ありやなしや、それは別問題である。

月アリ。入浴。ふく娘二本。弁当ノ残リ握飯ヲ喰ウ。

警報　7時、11時、23時。

〔大本営発表〕P51七十五機茨城襲来。

二十四日

（日曜　晴曇）〔八王子松竹座漫談道場〕
正岡容夫妻別レニ来ル。今夜十時秋田行、都落チノ感深シ。アザブ君迎エニ来ル。急ニ本日午前開場トナッタ為。
八王子ノ町ヲ始メテ歩イテ見ル。ココハ未ダ空爆ノ跡ナシ。劇場マデ駅ヨリ二十分。三回興行ノ内、第一、第二満員。第三八分ノ入リ。三回目ノ客種一番ヨロシ。分興行ナリ。

八王子駅デ岸田国士氏ニ会ウ。二十時頃帰宅、ふく娘二本飲ム。

志賀さんの話によると、日本に六発の爆撃機が出来ていて（この事は前から聴いている、出来たことは出来ても、ウドの大木であるという噂だった）、既に米本土迄の往復試験に成功したという。松根油で飛ぶんだそうだ。しかもこれが五百機揃って待機しているという。本当ならば実に嬉しき限りである。吾等が舐めたB29の味を、ニューヨーク、ワシントンなどの市民に味わせてやりたい。

だが、先夜宮田一家と話した時は、日本の飛行機は現在のところ片道がやっとこさだという説であった。B29でさえサイパンから辛うじて飛んで来られるのだから、果して日本の六発などが太平洋往復可能であろうか、甚だ疑わしい。

或る将軍が某席に於て、今に国民を有頂天にさせる快事があると言ったが、この六発のことか？

二十五日

（月曜　晴　暑）〔国領重機工場慰問、八王子道場第二日〕

五時過起。吉祥寺明大前間一時間以上カカリ九時半頃国領到。

待てども待てども電車は来ない。省電の方は十数列車その間に通る。一列車来る毎に、私のムダに費す時間が苦痛を加える。やっと来た。するとこれが単線運転、一台で浜田山、吉祥寺間を往ったり来たりしている訳だ。そこで浜田山で下ろされ、またまた待たされる。いよいよ忌々しくなる。と同時に、こんな時、こんな事を忌々しがって、神経を疲れさせる事が、如何に愚劣であるかを思う。私が如何に焦々したところで、電車が狼狽てて来る筈もない。斯ういう苦しみは全くムダな苦しみだ。宜しく支那人の如く悠々閑々として待つべきである。見よ、歩廊から眺むる田園風景は、世にも長閑な初夏の姿ではないか！　私はしゃがみ込んで「クオ・ヴァディス」を読む。暴帝ネロは、気の毒なほど小心な俗人に書かれている。ネロも矢張り電車で焦々する人種に違いない。

聴衆ハ今日帰去スル学徒四中生及女学生ナド。昼飯御馳走ニナル。トテモ暑イ暑イ。

京王電車デ始メテ八王子マデ行ク。身体甚ダダルシ。朝ツメタル弁当ノ大根早クモプンタリ。昼ノ部八分ノ入リ。夜ノ部六分ノ入リ。沖縄ノ発表ガ影響セリ。

終リテ刑事巡査ト織物工場主トアリ。妖シキウィスキーヲ飲マサル。

（大本営発表）六月二十日沖縄全員最後の攻勢。

二十六日

（火曜　晴曇　暑）〔千葉新興座道場第一日〕

六時起。トマト支柱スル。脇芽ヲ摘ミ、指染ル。

村山絢チャン軍服デ来ル。藤沢海岸近クデ、穴ヲ掘ル部隊ニアル由。入隊祝五〇呈ス。

十二時半頃家ヲ出。十五時頃劇場着。

楽屋にヘンな若者が入って来た。少し恥しそうに御辞儀をして坐り込んだ。這い出しかな、と思った。それならいくらかやらねばなるまい。私に色紙か短冊を書いて貰いたい風でもある。明日、紙を持ってくるとか言っていた。その内にこの男、紙入れを出し、百円札を一枚畳の上において「これで南京豆でも買っとくれ」と言う。さア妙な事になった。「おこころざしは有難う御座いますが、これは収めておいてください」と私が言うと「いや、俺が言ったんじゃ品物を売らねえから、だれか君たちから楽屋の奴にそう言って何か買ってくれ」と言う。

あとで、何者だろうということになり、結局モートロ氏だろうと判定した。バクチが大当りで、景気が好いのであろう。千太、万吉、山野の三人が、このモートロ氏に招かれて一杯飲まされた。バクチ師、百円紙幣、南京豆、三題噺だ。

昼八分ノ入リ、夜、七分ノ入リ。出演者六本。市会議長デ警防団長デアルココノ座主ガ、堀田正夫君（中学同級生）ノ親戚デアッテ、招待サレ御馳走ニナル。

三鷹行終電デ帰ル。

（大本営発表）Ｂ29二百十機名古屋各務ケ原、百機京阪神来襲。

二十七日

（水曜　曇）〔千葉新興座道場第二日、放送「姿三四郎」第十四回〕

六時頃起。壕舎ノ南瓜ニ肥ヤル。味噌汁ニ春菊入ル。放送稽古一回。

浅川ノ娘今日モ本ヲ運ビニ来ル。静枝今日共ニ行キ借リタ部屋ヲ見ル。

十五時頃、新興座着。一回ト二回ノ間ニ出演。ヤヤ満員也。出来ヨロシカラズ。

十九時頃放送局着。咽喉工合少々悪ク、出来栄、五点五分。山手線廻リ「何処へ」読ミツツ帰宅。

葡萄酒五勺酒一合デ酔ウ。プント来タ握リ飯ヲ食ウ。

宮田令息日章旗持参、吾等署名。祝百円ヲ呈ス。

昨日富士子の工場の少年工が遊びに来ての話、――罹災譚だが、とても可笑しかったという、――赤坂弁慶橋のお堀に飛込んだ者は、泥沼にズブズブと身体がもぐり、頭だけ黒焦げになり、立った姿勢で死んでいたそうだ。或る人（男か女か大人か子供か分らないが）が、そのお婆さんの手を引いて逃げ廻るうち、焼夷弾の直撃が来て、ひょいと見るとお婆さん首無しになっている、そこでその婆さんをうっちゃって逃げたそうだ。赤坂見附のあたりは、町が燃え、三方の宮様邸が燃え、凄まじい竜巻が起り、電信柱に抱きついてやっと飛ばされるのを助かった、――電信柱じゃ燃えるだろう、と言ったら、それがコンクリートの柱なんだ、――という話。斯ういう話が、腹を抱えるほど可笑しいというのは如何なる次第か。話す当人が、元気の好い少年であることも一つの理由だが、それだけではない。

二十八日

（木曜　曇後晴　暑）〔千葉新興座第三日、放送「姿三四郎」第十五回〕
五時半起。曇天、裸足デ庭ヲ歩ク。吾家ノ大根、自ラ大根オロシニスル。

朝夕に都忘れの浮き見ゆる
南瓜蔓碧伊勢海老の這ひのぼる
有難き日ざし南瓜の萎るるや

宮田晨哉君ヲ駅ニ送リ、万歳ヲ叫ブ。

金蓮花咲初ム。モートロ兄サンノ為、色紙二枚書ク。

車中「クオ・ヴァディス」を耽読、千葉駅着のころ、ウルススが猛牛を征服してリギアを救い、観衆がリギアの助命を叫ぶの条を読むうち、感激して両眼より涙出る。小説を読んで泣く神経を、今日未だ吾れ失わず、大いに嬉しくなる。羅馬の大火災の条、シェンキウィッチ先生の描写に感服、吾等最近大火災の見つづけを経験しているだけに、一層感服である。だが、この羅馬大火の犠牲者数万人という数字を見て、フフン甘いもんだと思う。本所・深川の夜だけで今回は二十万或は三十万という数字である。暴帝ネロが虐殺の記録は、一米国少将ルメーの記録に、遥かに及ばないであろう。

新興座、今日ハ最モ入リ少シ。

車窓初夏風景ヨロシ。

十九時三十五分ヨリ放送。前篇終リ後篇へ移ル。出来栄六点。

車中「クオ・ヴァディス」読了。帰宅スレバ湯ハ新シク、酒精一瓶アリ。蠅入葡萄酒ニ混ゼテノム。

二十九日

（金曜　曇晴　夜雨）〔浅草松竹館「道場」第一日〕

四時半起きて、ぬるま湯に入り、二階の窓から庭を見下ろし、暫し呆然たり。有難きこの呆然。

庭は青と緑の世界、点々黄を彩るは胡瓜の花。よく注意すれば南隅の苗も、地に近く薄き紫を見せんとするあり。

野菜の主役は、目下駸々として伸びつつある南瓜の蔓なり。先端はげに凄まじさ勢いもて進行、さながら動物の如し。うつむきたる芽の、やがてむっくり起きんとする気配。五本に分れたる長短の蔓髭、この中一本でも何かを征服すれば足る米国式戦法、吾等生活力微力の徒、大いに学ぶべし。

花の主役は目下睡蓮なり（この時間今日は三輪とも未だ眠りてあれど）。この頃咲けるは白と薄紅の二種。羊艸と言えど既に早く午の刻睡るあり、遅く申の刻睡るあり、人間の早寝と宵張りの如し。

樹の主役は柿なり。鬱然として青の密集部隊、同色の迷彩に包まれて、小さき実の今年は成らぬ年故数は乏しけれど、たしかに数十はあり。

空は一面に曇りおれど、頼もしき底光りあり、風そよとも無く、呆然として眺むれば、この庭に平和は満ちたり。雀時々来りては鳴けど、姿は見えず。何所やらの鶏、何種なるにや、大らかに鳴く。

裸足になり庭を巡り、トマトの支柱を加え、春菊の一部刈込みをやり味噌汁の実をつくる。縁の下に捨てありたる貧弱の大根薹たちたるを、庖丁で鉛筆の如く削り、これを汁の実となす。この時睡蓮は三輪とも開き了る。

静枝ニソソノカサレ、七月一杯ソノママニシテオクツモリノ馬鈴薯半分程掘ル。バケツニ七分目ホドアリ。方々ニ生エタル蔓菜ソノ跡へ集メル。

卵一個三人デ分ケテ飯ニカケル。

十二時半頃玄関ノ太鼓ヲ鳴ラス。

松竹館昼夜（十七時半閉場ダカラ実ハ昼々ナリ）トモ満員。殊ニ二回目ハ超満員。第一回ハ大福ノ賭ケ、第二回ハ鯨ノ話ニ、モウ一席「宮本武蔵」宝蔵院ヲヤル。山野一郎君高輪ノ国民義勇軍組成式ノ余興ニ行キ、ビールヲ飲ミテ来ラズ、ヤムナク十六時ヨリ十七時半マデ私デ舞台ヲフサグ。

混ミ合ウノガ厭ナノデ稲荷町マデ歩ク。戦時農園ニ早クモ西洋南瓜ノ実レルヲ見ル。

十九時頃帰宅。今日収穫ノ馬鈴薯デ飯ヲ喰イ、入浴（実ハ行水）。二階ニ上リ予定表ノ罫線ヲ引ク。葡萄割アルコールヲ三杯飲ム。

三十日
（土曜　曇　雨　冷）〔浅草松竹館「道場」第二日〕

五月雨の電話の恋か吾が娘

壕舎の山のふもとに雨水の海が出来る。これはいかんと、レンコートを羽おり、疏水をつくる。寝衣の浴衣がシットリ濡れて了う。菁の味噌汁で朝飯を喰い、妻と病気の話をするうち、寒む気がして来た。おや風邪をひくなと、ワイシャツを着て（これは昨夕汗でグッショリ）、その上にこの浴衣を着て、蒲団へもぐる。雨の音をきいていると、ポーが鳴り出す、敵機は小田原から伊豆半島を南へぬけて、すぐに解除となる。いつしか眠りこむ。妻も隣りで寝る。富士子は感冒で寝ている。そこで家内中みな五月雨の中を寝ている訳だ。

夢を見る、――袋に本を詰めて行く夢、飾窓に懐中時計が二つだけある夢、バーテンがウイスキーを仕入れる夢、ガランとした駅でロシアの軍備を講演する夢、など。

五時半起。俳句和歌本疎開。昼、焼飯莢豆入。

地下鉄満員ノ客、皆六区行ノ如シ。

松竹館表ノ看板、姿三四郎右京ケ原ノ死闘ヲ描キ、ソノ上ニ私ノ名ガ書イテアル。少々インチキ也。二回トモ超満員。山野君、井口君、千太万吉君、竹本君ナド一回シカ出ナイモ、インチキ也。黒田女史ひかりヲクレル。松波錦洋君水筒ニ酒ヲ入レテクル。

帰途上野マデ歩キ、改メテ西郷サンヲ見ル。

七　月

一　日

（日曜　曇）

五十二歳にもなって、初恋の女の夢を見るという、他人にはきまりが悪くて言えない話であるが、それがこの頃でも屢々なのだから、呆れたものである。何の邪魔もなく彼女との恋が遂げられる、という状態から、突然邪魔が入ってダメになる、という一幕である。その一番よろしき時の感じは、ホノボノと若返った気分になる。醒めてから、苦笑する。一体、何歳になるまで、斯んな夢を見ることやら？　中風になってもやっぱり見るであろうか？　七十を過ぎても見るであろうか？

試験で苦しむ夢は、この頃大分遠のいたようだ。それでも二カ月に一遍ぐらい見るらしい。電車の運転をする夢は、もうまるで見なくなった。空襲の夢は今年になって一度ぐらいしか見ない。

五時半起。菁ヲ採ル。甚悪キ成績。味噌汁ノ実ニス。一カ月ホド溜ッテイタ、手紙・ハガキノ返事ヲ出ス。

昼飯ハ玄米握リ飯ヲ焼イタモノ。

河合中尉来。大豆ヲ嚙リツツ戦局ヲ語ル。

静枝帯芯ヲ利用シテ、私ノずだ袋ヲ作ルノ時、私ハ犬小屋ノ柵ニ使用シテイタ金網ヲ、南瓜《かぼちゃ》ノ棚ニ利用スル。

葡萄《ぶどう》アルコールヲ飲ム。

二日

（月曜　曇時々晴）


夜中ノ警報起キズ。妻タチ支度ヲスル。

一日中ノラクラ。壕舎ノ前ノ土ヲ片ヅケ、水ノ流レル凹ミヲ完成。昼飯ハ運送屋カラ貰イシ豆腐冷奴。松屋来リ、一枚十円ノ干物ヲ買ウ。コレハ夕食ニ食ッタ。不味々ハナイガ十円トハイヤニナル。未定稿小説十枚バカリ書ク。

今日ハ入浴三回。二十二時頃ヨリ、葡萄アルコール。

恥かしい話であるが、今日私は始めて、ノットとマイルの区別を知り、町・段・畝の正体が分った。これで軍艦の速力を論じ、農家の生活を語っていたんだから、馬鹿馬鹿しいことである。今までは分らぬままで、足柄の速力は三十三ノットだの、五反百姓だのと言っていた。無論、小学校あたりで、このくらいのことは一度習っていたんだろうが、すっかり忘れていたのである。

ノット　一八五二米……一六・九八七五丁

マイル　一六〇〇米……一四・六六六六丁

一町歩　三〇〇〇坪

他人に話したら随分笑われるであろう。四時半に起きて、庭を見廻り、朝飯を喰って、一時間半ほどダ眠をむさぼり、ふと思いついて右を審べて見た。ダ眠が機縁とすれば、必ずしもダミン無駄でない。

警報　2時。

三　日

（火曜　晴曇）

五時半頃起床。

四新聞とっていたのが、先月から一新聞にされ、大体「朝日」が配達されていたが、今日からは配達されず、こちらから組長の家までとりに行くことになる。一日、二日と「読売」である。

食料の配給も、三町会合同となって、遥かに天沼三丁目の方まで受取りに行くことになる。今度私たちの組は二ツが一緒になり十世帯になったのだが、そのうち五世帯は人手が無いので、残る五世帯で何もかも受取りを引受ける。雨の日など、十世帯分の品物を、如何にして女が運ぶかである。

先月の代用食配給は十八日分もあったと言う。すると三度三度米を喰ってると十二日分しか飯は無かったことになる。今朝の放送を聴いてると、今後益々代用食が幅を利かすことになるらしい、甘藷蔓《いもづる》の粉だの、桑葉の粉だの、甘藷からアルコール用澱粉をぬき去った残りの粉だの、矢鱈《やたら》に粉を喰わされるらしい。

日本のジリ貧状態は、家庭面にも鋭く反映している。今朝の放送によると、一昨日の夜半から昨日の暁にかけて、熊本、門司、下関、宇部、呉、などが空襲されている。いずれもB29百機から三十機ぐらいで焼夷攻撃を受け火災を起している。斯うして、中都市が次々に焼かれ、軍需工場が次々に機能を失い、ジリ貧が愈々進行して後、敵は空を掩う物量、海を掩う物量でやって来ようという訳だろう。

一体鈴木首相その他日本の指導者達は、如何なる見透しのもとに戦争を続けているのか。見透しなんてつかずにやっているのか？

新聞などで、この戦争必ず勝つ、きっと勝つと毎日のように繰り返しているが、そんなに勝つ勝つと念を押さねばならぬようでは心細いではないか。

十時頃、邦高君、ロンジンヲ直シテ持参。セルロイドノ箱ニ収メテアリ。耳ニシテミルニ響キ完全ニヨクナル。例ニヨッテ邦高君ノ国ヲ憂ウル話。意外ニ色々ノ事ヲ知ッテイル。例エバ空中ニ鉄盤ヲ浮カセル装置ナド。ガ例ノ如ク退屈コノ上ナク、私ハ竟ニ庭へ逃ゲ出ス。時計修理料十五円ヤル。

五日頃、馬力二台来ル手配出来タリ。二階ニアリシ紫檀ノ大机ナド、階下ニオロシタリ。富士見町事務所ニ行ク。塩、山野、楽遊夫人、おケイさんナド集ル。近所ニヤ印ノ魚アリ、値段モ聞カズ鮪《まぐろ》ヲ買ウ。鰓《えら》ノスグノ所半身五十五円。夕食ノ卓ニコレヲ刺身トナシ、家内中デ喰ウ。幸ニシテ新鮮、大根オロシト茗荷筍デ味ウ。頗ルウマシ。

警報　○時頃出ル。

（大本営発表）Ｂ29○時十分ヨリ二時マデ日本海ニ機雷投下。Ｂ29四十機二十二時半ヨリ姫路襲来。

四　日

（水曜　朝曇　時々晴　夜雨）〔田無高射砲部隊慰問〕

胡瓜《きゅうり》二本２挺ピストルノ如ク成ル。トマトノ腋芽ヲツム。

上野原ノ富田茂代夫人来ル。

吾庭ノ初胡瓜、大根オロシニテ食ス。

本運ビノ女中、今日デ二日休ム。

本年からは酒をつくる事が禁止となるであろう。これはこの食料情勢では最も無理のない処置と言える。私なども本当に賛成である。厳重にやって貰いたい。禁止はされてるが、在る所には在るというのはいけない。

吾家の葡萄アルコールも昨夜で飲みつくし、アルコールが未だ三分ノ一瓶ほど残ってるが、これは馬力の連中接待用にとっておくことにして、私は今夜はもう飲まないつもりでいた。所で、田無高射砲隊に行ったら、酒が出た。

三月一日ヨリ八日マデ飲マズ、ソレカラモ飲メナイ日ポツポツアリタルラシ（記憶判然タラズ）。三月二十五日ヨリ四月八日マデ飲ミ、十二日マデ飲マズ、十三日ヨリ飲ミ、二十五日一日ダケ鹿沼行デ飲マズ、ソレカラ今日マデ一日モカケナカッタ。不思議のようにあとからあとから酒が入るものだ。

十六時過、迎ノ車来ル。田無ノ辺ノ田ニ爆弾ノ大穴アリ、大池トナル。

十七時四十分、隊ニ着ク。ココノ兵ハ皆礼儀正シ。部隊長ハ大尉ナリ。夕食ハ中々御馳走、一本ツケテアリ。十九時半ヨリ二十一時マデ独演。

ディック・ミネ感ジヨロシ。

煙草ト粉ミルク土産ニ貰ウ。

警報　12時。

（大本営発表）Ｐ51百二十機、正午茨城、千葉。Ｂ24、ＰＢＭ、Ｐ51、Ｐ47百二十数機、十時四十分ヨリ九州一円来襲。

五日

（木曜　晴曇　小雨）

味噌汁、春菊入。昼飯ハやきめし。夕飯ハうどん。主食品一割減ハ何トシテモ憂ウツ。南瓜ツクリモ真剣也。

森上等兵、部隊長ノ使者トシテ、一升持参。御返シ「五ツの海」。五枚、十枚トイウ風ニ未定稿ヲ書キ加エル。コンナモノ書イテモ始マラナイトハ思ウガ、マア書ケルダケ書イテオク。

高山徳右衛門君、自転車デ来ル。関根サンデ歯ヲヌイテ貰ッタ帰リ。音楽部丸山君来タノデ、裏ノ少女ヲ呼ンデ唄ワセテミル。固クナッテイルノデイケナカッタ。コップ酒飲ミツツ時局ヲ語ル。

トさんの話。

1　ジンを買いませんか、僕では買い切れんから、御紹介だけします。千両だそうです。英国産本物らしいですよ。（これは私も買わなかった。）

2　多摩川で野菜を八貫目買いまして、放送局へ行きパンクです。自転車は最近三台も盗まれたから、預からんと言うので、仕方がないから押して宅まで帰りました。巡査に三度とがめられましたよ。（大した頑張りである。）

3　四人組の靴盗賊がこの辺を歩いています。老人と若者と男の子と女の子の一家らしい連中ですがね、子供がチョロチョロと盗んで、若者が早いところ逃げ出して、老人が何とかするらしいですが。（私の近所にも、水を飲ませろと言いながら玄関を入って、靴を持ってくのが出没する。）

アさんの話。

1 日本の弱いのには、まったく呆れましたね。もう駄目ですな。（本当にそうなら大変である。）

2 今放送して一番ウケるのは、東条と平出とを出演さして国民に謝罪させることですな。

3 ドイツではね、ベルリンにロシア軍が侵入する前日まで、日用必需品は公定の切符で買えたそうです。統制経済というものが完璧に行われていたんですな。

4 ベルリンの放送局は地下式建物でなく、六トン爆弾が六個直撃で来てもビクともしなかったそうです。台湾の総督府は四トン爆弾で跡形もなくなっているそうです。

5 ガダルカナル失敗の直後、山本五十六は日本の全軍をサイパンの線まで縮めて守れ、と主張したが、東条その他が反対して今日の頽勢となったんだそうです。

六日

（金曜　晴　曇　晴）

五時起。二階ハトテモ暑シ。

山路幸雄君来ル。農山漁村文化協会ノ仕事ニツキ頼マル。柳家万吉君来ル。ボロ靴立派ニ修埋成ル。礼トシテ池上秀畝ノ色紙、支那人形、シャボンナド提供。

うどんデ昼飯ヲ二杯食ウ。十四時半マデ昼寝スル。台所ノトコロノ南瓜ニ支柱スル。

毎日新聞記者来ル。日本ノ指導者タチニツキ語ル。

入浴。酒二合チビリチビリ。

この七月上旬、休暇をつくって、大いに有効に使うつもりだった。即ち、浅川に本を疎開させること、未定稿小説を大体目鼻づけすること、菜園に新作物を播くこと、古典文学書を読むこと、そしてこの間に身体を大いに調整すること、など。

ところが全部ダメであった。徒らにノラクラと日を過して了う。斯んなことなら、忙がしく劇場へでも出ていた方が好かったかもしれない。

もっとも、この十日間、浅草、築地のかけもちなどしていたら、つくづく仕事が呪わしく、休暇休暇とあこがれて大煩悶をしていたろう。その大煩悶をせず、ノラクラの小煩悶ですんだところは、あながち無駄な休暇ではなかった訳だ。

何しろ永久に困った男である。

警報　10時、22時。

（大本営発表）十一時頃ヨリ、二百機甲府、千葉、清水来襲。百機海南、明石来襲。

七　日

（土曜　雨　曇）

蒲団《ふとん》を壕舎に入れて了ったので、寝て情報を聴くという訳に行かない。娘三人はそれぞれの床へ入り、富士子などは寝言を言ってる。静枝も何所かで横になってるらしい。私はただ一人茶の間で胡座《あぐら》をかき、両肱を両膝にのせ、両頬杖をついて、暗闇に黙々と蚊に喰われる。毎晩斯んなことが続くとすると、こいつは焼失用蒲団をきめておく必要があると思った。情報も途切れ途切れで合間が長く、甚だ退屈千万である。

敵機が帝都上空に紛れ入りそうな情報があったので、大通りへ出て見た。空は一面に曇り、涼しい風が吹いている。飛行機のヒの字も通らない。高射砲も沈黙し、照空燈も光らず、時々稲光りがするだけである。

大通りにしゃがみ込み、両頬杖をついて、眼だけクルクルと廻し、異様な風景を眺めた。楓の街路樹が黒々と並び、強制疎開の広場が漠として、いくら見返しても荻窪という感じでない。地方の中都市の郊外に行ったようである。

誰も通らない。私一人がこの大通りにしゃがみ込んでいる。省電が疎開するのであろう、窓を暗くして、のろのろと東へ進行して行く。三十分ほどいて、位置を通りの向う側に移し、またしゃがみこんで、吾家の方を眺めた。時々、豆生田家のラジオが情報を響かせる。同時に、関根歯科医院のあたりからも、ボヤけた情報が響く。犬が激しく吠え出した。運送屋のマル公が、私の姿を怪しんで吠えているのである。凄い勢いである。

私は苦笑して、修繕したての靴底の金具をコツコツ鳴らしつつ、吾家の方に歩いた。夜が明け始める。

三時頃ボツボツ夜ガ明ケル頃、雨ガ降リ出ス。蒲団ヲ壕ヨリ出ス。二合五勺ホド残ッテ居タ酒ヲ、沢庵《たくあん》デ飲ンデ了ウ。コレデ今夜カラ酒ナシ。

十時頃起キ飯ヲ喰ウ。気分甚ダ悪シ。

内藤ヨリ電話アリ、十一日工場デ話シヲシテクレト言ウ。承知スル。今日ハ珍シク電話ガジャンジャントカカル。

アルコールノ残リヲ、飲モウカト思ッタガ、自分ヲ制シテ止メル。

豆カス入リ米ト、例ノ始末ノワルキ唐モロコシ配給アリ。

午後マタ昼寝スル。時々庭へ出テ見ルガ、楽シクナイ。静枝ガ、玩具ヲ出シテ来テ、志賀サント並ベテイル。

ニュースヲ気ニシテ聴クノダガ、空襲ニツイテハ避ケテ言ワヌモノノ如シ。

「赤狼城」奇譚ヲ読ム。臭キ牛肉ノ塩漬デ夕飯。

古キ「文芸倶楽部」ヲ出シテ読ム。二十三時頃ヨリ警報ガ出ル。

八日

（日曜　大雨後晴）

睡蓮薄紅一、黄一、白二咲ク。

古川郁郎（ロッパ）、小笠原淳隆（明峯）、コノ二人カラ郵書ガ同時ニ来ル。コノ二人ハ一連ノ知人。コレガ偶然、両方トモ私ニ会ッテ話シタイトイウ便リヲヨコス。

柿ノ木ノ下ニ堆肥ヲツクル手始メ。

阿野サンノ肝煎《きもいり》デ、岡田八千代女史、灰野女史、突如トシテ来訪。故小山内薫氏ノ想イ出話。

朝の味噌汁に（実は刻み大根）春菊《きくな》を摘んで投げこみ、香りと歯ごたえを楽しむ。昼のお汁は（客あり、岡田八千代女史初訪）椎茸《しいたけ》に春菊、上品にして野趣ある味い。夕の食卓には胡瓜と春菊の胡麻あえ。

梅雨あけの朝昼晩と菊菜かな
梢の軟かいところを摘みとると、あとからあとからと芽が出で、いつまでも食膳の福となる。その代りいつまでも花が咲かず、菜には気の毒のようだ。それでも、こちらの隙をうかがい、二もとほど頂天のところへ蕾をもったのがある。これだけは敬意を表して、そのままに残した。（これを栽培したのは今年が始めて。）菊菜の香りには、嬉しき想い出、三十年前の初夏の夕が目に浮ぶのである。

事務所ニ行ク。塩氏只今信州ヨリ上京セル所。甲府ハ滅茶滅茶ニヤラレタラシイ。千太君風呂ノ帰リニ顔ヲ出ス。

放送局へ行キ、義勇隊員証ヲ貰ウツモリダッタガ、日曜ナノデ止メル。

今日ヨリ愈々酒ナシ。夕飯ヲ喰イ、ラジオヲ聴クウチドンドン眠クナル。

明治ノ「文芸倶楽部」「太陽」ナド眺メルウチトロトロトロト眠ル。

十日

（火曜　快晴）

数目標とある。妻にせきたてられて床を出る。昨夜（と言っても今日だが）は昨夜でB29のやつ東北方面を荒らし廻ったので（仙台、宇都宮、新潟などやられたのか）二時頃迄八釜しかったのに、今朝はまた六時頃からジャーと始まる。

小型機が三百機ぐらい波状攻撃、専ら飛行基地を狙っているらしい。吾家の上空には、二度ばかり八機編隊が来て高射砲が鳴って、それきり静かである。

かねて心中に計画していた、犬小屋に使用していた金網を、屋根へ上げる。瓦を崩さないよう、恐る恐る屋根を歩く、――というより這うに近いが。この金網を屋根に張って、南瓜蔓を絡ませようという訳だ。

作業終って長火鉢のところで一服やる。二度目の警報が出て、またまた数目標である。素晴しい天気である。蜥蜴《とかげ》が防空壕の小山の中腹をチョロチョロ動いている。前世紀の恐竜を思わせる姿だ。頭の中で五寸の実物を五丈ぐらいに拡大して眺める。すると友禅菊の青葉が石炭紀の大植物に見える。

ふと思いついて、ラジオの情報を記してみる。

〜〜〜艦載機ノ来襲ハ反覆繰リ返サレ相当長時間ニ亘ルヲ以テ飽クマデ敢闘ヲ望ム

〜〜〜房総南端ニ近接シ西北進シツツアル敵小型一編隊アリ

〰常陸方面ニアリシ敵編隊ハ西進シ栃木地区ニ進ミツツアリ

〰大月付近ニアリシ敵B29一機ハ秩父付近ヲ東進中ナリ

殆んど三十秒置きぐらいである。それから二分ほど間があって、

〰サキニ鹿島灘ヲ北進セル敵四発ハB29ニシテ水戸東方ヨリ本土ニ侵入目下宇都宮付近ニアリ　次ノ情報、房総南端ヲ西北進セル敵編隊ハ凡ソ五十機ノ小型機ナリ

〰房総南端ノ敵編隊ハ西北進シ相模湾ニ向イツツアリ　以上

この時、遠くで半鐘が鳴る。間もなく近くの半鐘が鳴る、高射砲が五発、四発と鳴る。台所にいた富士子が庭へ出て空を見ていたが、何も見えないらしく、また台所へ引返した。

〰八時四十五分頃ノ敵状

1　敵編隊ハ五機乃至三十機ノ編隊ニ分散行動シアリ

2　宇都宮西方、日立付近、霞ケ浦○○群馬地区平地区（不明）

3　B29一機ズツ川越付近宇都宮付近ニアリ。只今ノ時刻ハ八時五十一分デアリマス　以上

次ノ情報、敵B29一機帝都付近ヲ東進中ナリ

〰目下吾制空部隊ハ果敢ナル戦闘ヲ交エツツアリ　以上

〰相模湾ニ侵入セル敵凡ソ五十機ハ二十機ト三十機ノ編隊ニ分レ小田原方面ニ向イツツアリ

〰（八時五十五分）帝都上空ヲ東進セルB29一機ハ房総半島ヲヘテ東方ニ退去シツツア

リ

この時防空頭巾を被った少年が「ハイ通帳です」と配りに来た。隣組長椿井牧師の家の子である。運送屋の犬マル公が庭にいた。声をかけたが犬は知らん顔をしている。ウシウシと言ったらすぐついて出て行った。

〰〰（八時五十七分）……（不明）……鹿島灘ヨリ遁走シツツアリ　宇都宮付近ニアリシB29一機ハ関東西北部ニ侵入目下前橋北方ニアリ

〰〰（八時五十九分）敵小型編隊ノ一部高崎付近ニアリ

〰〰（九時）目下敵小型編隊ハ千葉、茨城、群馬、埼玉ニ行動シアリ　何レモ飛行場ニ攻撃重点ヲ施行シアル模様ナリ

庭の椿に雀が来て、葉の中に隠れ、虫をつついているらしい。時限爆弾の如き遠雷に似たる音。

〰〰（九時三分）九時頃の敵状

1　高崎付近、熊谷付近、浦和地方、水戸西南方、銚子西方ニ敵編隊アリ
2　相模湾ヨリ侵入セル敵小型編隊ハ小田原付近ニアリ
3　東方海上ニ尚若干ノ後続目標アリ
4　只今迄ニ侵入セルモノ凡ソ二百機ナリ

次ノ情報、関東西北部ニアリシB29一機ハ東南進シツツアリ

次ノ情報、帝都北方地区ニ三十数機ノ小型一編隊アリ
〰（九時六分）小田原付近ヨリ本土ニ侵攻セル敵編隊ノ進行方向ハ東北ナリ　小型凡ソ五十機ナリ
〰（九時七分）小田原付近ノ敵編隊ハ京浜西南方ニ侵入セリ
間もなく爆弾とも高射砲ともつかない音がして飛行機の爆音が近づいてくる。
〰（九時九分）敵Ｂ29一機関東北部ヲ東進シツツアリ
〰（九時十分）、敵小型編隊京浜西北方地区ニアリ
この時何の音か知らないが、餅をつくような、キャッチボールをしてるような音が西の方から聴える。
〰（九時十五分）九時十五分頃ノ敵ノ情況
1　京浜西南方ニ五十機……北方十機、下館付近ニ三十数機　印旛沼南方ニ十機
2　Ｂ29一機筑波山西方ニアリ　房総南端ニ四発一機アリ
3　攻撃重点ハ依然飛行場ニアリ
半鐘が遠くで鳴り、敵らしき爆音近くなり、高射砲が響く。

右の如き状態が、十七時頃まで続いた。朝から十二時間連続の空襲である。

午後になると、子供たちは平気で大通りに遊び、大人は平常の通りに用を足す。ラジオは絶えずジャーとブザーを響かせ、刻々と戦況を放送しているんだが、気のぬけた野球放送ぐ

らいにしか、関心を持たないようである。

ひとつには、敵が勝手に飛び廻っているだけで、血湧き肉躍る空中戦など、一向放送されないからでもあろう。十二時間の放送の中で「吾が制空部隊」という言葉の出たのは、たった二回ほどであった。（この日敵の日本全土来襲機数は千九百数十機也。）

十一日

（水曜）〔国領東京鉄器慰問、放送「姿三四郎」第十六回〕
いやはや全く寿命の縮まる想いであった。朝床の中でふと台本の事が気になり出した。「続姿三四郎」の本がもしや無くなっていやあしないか、という心配である。というのは、浅川の娘が疎開の本を持って行く時、ひょいとそれまで持って行ったかもしれない、という気がしたからだ。そんな事になっていたら大変である。今日は国領工場の慰問で九時半頃に家を出なければならない。慰問をすませて帰宅している時間が少しあるにせよ、台本は朝の内に作っておかないとうまくない。
然し、まさかそんなヒョンな事もあるまい、と高をくくり六時頃起きて本を探し始めた。
オヤ、応接間にはない。二階かなと、二階を探す、無い。茶の間になし、寝室になし、玄関になし、奥にない。うわッこいつはいけない、と私は狼狽《あわ》てた。そんな所にある筈はない、という所まで探した。書庫に這入って、一冊ずつ白眼み廻して見たり、椅子をずらせて見たり、箪笥の裏を覗いたり、それを念のためもう一度ずつつくり返してみたりした。

静枝も知らない、高子、明子も知らない、と言う。富士子だけが、その本を何所かで見た記憶がある、と言う。斯うなると、どうも浅川嬢が持って行った公算甚だ大である。然し静枝は「だってあの人は、ちゃんと本棚に立てかけてある物しか持って行きませんよ」と言う。そう言われると、その通りで、彼女が特に卓子の上なぞにおかれた、ハトロン紙で包んだあの一冊を持って行くという事はありそうもない気がする。

「わたし、行って来るワ」と富士子が急いで朝飯を喰い、浅川さして出かけて行った。

もし、どうしても無かった場合、何うするか？

何とかして他の一冊を手に入れなければならない。然し、何所にもなかったので、松竹の脚本部から、この一冊を借りに来て、邦楽座の「姿三四郎」続編が脚色されたのである。一般の本屋で手に入るくらいなら、松竹ともあろうものが、わざわざ放送局に頼み込んで、私の家まで使者を寄越す筈がない。第一放送局そのものが、どうしても他の一冊が手に這入らないので、この虎の子の一冊で、検閲までして貰ってる始末だ。すると、本屋から買うという事はまず不可能と見なければならない。その上、本屋を歩き廻ってる時間がないのである。もしかすると、貸本屋などで、あるかもしれない、と思われたが、これもその貸本屋が何所にあるか問題である。

東宝の撮影所、此所にありそうな気もするが、それなら東宝松竹の間柄で、松竹はそっちから借りていたに違いない。映画脚本を作る時はあったにしても、今頃はもう社員の誰かの手から手へ転々して、分らなくなっているであろう。然し一応は電話などかけて見よう、

――が、まだ時間も早く、誰も出ていない。

あれやこれや頭の中は物凄い勢いで廻転した。息詰まる思いとはこの事だ。百方千方手をつくしても、結局本がなかった場合は仕方がない、この前録音しておいた二つの物語の中、どれかかけて貰ってお茶を濁すより仕方がない。だが、そいつはヨクヨク中のヨクヨクの場合にしかとりたくない手段である。

家の者たちが、一向心配していないように見えて、腹立たしかった。が、此所で、八ツ当りに怒鳴ることは、好いトシをして慎しまねばならない事だ。浅川嬢が持ってったとすると、はなはだ不都合千万のようであるが、これとてもよく考えて見ると、彼女が不都合だという訳に行かない。

一番不都合なのは、私だという事になる。

1　そんな大切な本を、何故そんな好いからかんな所へ放り出しておいたか。

2　本が松竹から返って来たのは七日である。四日も放っといて、それを放送の当日になって狼狽てるとは何事だ。

3　近頃の敵機の状態では、いつ本を焼かれるかもしれないのに、公共の品を、そんな無責任な保管ぶりでよろしいのか。

右三カ条だけでも、申開きが無いくらいだ。

註　コノ「姿三四郎」続篇騒動ハ、富士子ガ浅川ニ走リ、ギリギリノ時間デ本ガ間ニ合ッタ。ヤハリコレハ浅川嬢ガ、電車ノ中デ読ムタメ何気ナク持ッテ行ッタノデアッタ。ヤレヤレデアル。

十二日

（木曜　小雨）〔放送「姿三四郎」第十七回〕
ウィスキーの宿酔《ふつかよい》気味なれど、さのみ不快ならず。
お醤油の配給で隣組の大騒動あり、各自勝手な文句を並べてイキリ立つ。
夜行列車にて信州へ出発。

十三日

（金曜　晴・暑）〔信州宮田劇場慰問〕
大月駅ニ事故アリ、列車ハ猿橋駅ヨリ八王子駅マデ引返シ。八王子発午前五時ノ一番ニ乗ル。十二時前辰野着、十二時半頃宮田着。腐リカケノ握飯勿体ナケレバ二コ平ゲ、丼飯ヲ半分食イ、半分千太君ニ呈ス。劇場ハ畑ノ中ニアリ、休息ノ料亭ヨリ一丁。昼ノ部ハ子供入リコミ、婆サン連中多ク演リ難シ。料亭ニテ夕食、一休ミ。夜ノ部ハ客種ヨロシク快ヨク鯨話ヲスル。「勝利の日まで」合唱ニテ打出シ。料亭ニテ酒宴。村長ハ阿部信行大将ニ似タ文化人也。酒大イニ出ル、川魚、肉ナド御馳走沢山。私ト千太万吉両君ト、町ノ豪家「増屋」ニ泊ル。
甲府の街はスカッと焼失していた。駅は残っているが、車窓から遥か向うの山の方まで、綺麗に見通しが利く。

「戦力にえらい影響ですな」

と、若い陸軍大尉が、隣席の中年の陸軍大尉に言った。斯んなことでは、日本の戦力はゼロになって了う、という意味なのだろう、その若い士官は、独り言のように、

「ゼロですな」

と吐き出すように言った。

「団栗《どんぐり》の背競べです」

と、これは日本の指導者たちを評する言葉らしい。

「陸軍大学なんて、旧態依然たることをやっとるです」

とも言った。この士官は見たところ、あまり頭脳が好さそうでないが、やはり陸大出身で、教官のようなことも手伝ったことがあるらしい話しぶりである。

「海軍が、あんまり早く消耗しすぎましたよ」

とも言った。要するに、彼は酷い敗戦論者なのである。そして、絶えずプリプリと怒り、舌打ちをし、何か独り言のようなことを言っている。一方の中年士官は、言葉つきもへりくだって、何かと質問していた。同じ大尉でも、陸大出と、予備との相違があるという風に見えた。両方とも誰かに似ている。間もなく私には、若い方が藤山一郎と宇賀神ミツ男の合ノ子で、中年の方が奈美野一郎に似ている事を発見した。

中年大尉が、途方にくれた態で、この戦争は何うなるでしょう、というような意味の質問

をすると、陸大大尉は、いやもう何もかもダメです、というような返事をしていた。綺麗にB29が掃除をして了った甲府を眺め、そしてこの両大尉の会話を聴いていると、日本はまったく絶望だという気がしてくる。それでいて、私は少しも暗い気もちになれないのである。

まず、何よりも、私はこの二人の軍人に少しも敬服する点を見出せない事である。従って、斯んなヘッポコ野郎共に、この大戦争の見透しがついてたまるか、という気がする。それに、私自身の勘が、日本はまだまだ大丈夫だ、という事を指示する。

窓外の風景がまた、夏の明朗さである。甲斐駒や八ケ岳は紺青に冴え、撫子は淡紅に冴え、青田は緑の畳である。

軍服をつけてるから、戦争については玄人だと思うのは、間違いであった。

警報　2時。

（大本営発表）昨夜ヨリ今暁ニカケB29宇都宮へ七十、川崎横浜へ五十、郡山へ二十七、大垣、一の宮、各務ケ原へ五十、若狭湾へ百、宇和島へ四十来襲。

十四日

（土曜　晴　暑）

六時起、客蒲団ガ四組モ揃ッテイル事ニ感服スル、シーツモ洗濯シタテ、近頃ノ旅館ナドト段違イニ気モチヨシ。牛乳ガ出テ玉露ガ出ル、梅干ノ刻ンダノガ副エテアル。広々トシタ庭ハ、築山ヲ崩シ池ヲ埋メ、ひまト大豆ガ植エテアル。奥サンハ智的ナ顔ヲシテイル、七十幾ツノ老婆ガ出テ来テ、「新体制」ヲ嘆ジテイタ。

料亭デ朝飯、冷エタ味噌汁。音楽家三人昨夜大醜態、酔ッパラッテ大騒ギ、宿ノ人ニ叱ラレ、ソノ上反吐《へど》ヲハク。塩氏ノ案内デ伊那峡見物。大シタ景色ニ非ズト雖モ、甚ダ快キ散歩デアッタ。ダムノ濁流ヲ眺メッツ葡萄酒ヲ飲ミ、土用松茸ノ汁ヲ吸ウ。塩氏ノ疎開宿ニ行キ、石ノ庭ヲ眺メ、老農ノ供スル杏子《あんず》ヲ喰イ、渋茶ヲ啜リ、餅ヲ食ウ。塩氏丹精ノ畑ヲ見ル、葱、甘藷、馬鈴薯ソノ他中々本格ナリ。

十六時頃田畑着。俊子タチノ部屋ニ行キ、うどんソノ他ヲ渡ス。坊ヤ色黒々トナリ、背丈伸ビテ元気ナリ。裕子、クルリト起キ直ルヨウニナル、ヨク笑ウ。松沢家ニ行キ、原稿用紙ノ土産ナド出ス。葡萄酒数合ヲチビチビト飲ミツ語ル。修一郎君病気ニテ医者ヲ呼ボウカトイウトコロナリシモ、私ノ顔ヲ見タラ治ッタト言ウ。

久シブリニテ坊ヤト床ヲ並ベテ寝ル。蚤ニ喰ワレ寝ツカレズ。

ミルクコーヒーのような水が、満々と湛え、煮えくり返り、ダムの所から轟々と、あふれ落ちている。正面は岩のゆるい斜面で、山上には赤松の森がある。晴れた日に来ると、この水が紺碧で、実に美しい、と案内の塩君が言う。

生葡萄酒を日本酒の徳利に入れ、盃でチビリチビリと舐め、あり合せの肴を箸でつつく。河魚の煮びたし――あめの魚というやつらしい――、真竹の筍の煮たの、美味いというではないが趣きがある。お吸物の中に松茸が入っていたのは意外であった。土用松茸というので、今頃気の早いのが出るのだそうだ。

吾等の他に、客が一人もないのが、また一段と有難かった。

玄関の前には、葡萄の棚があり、青い実がぶら下っていた。雄鶏ばかりが五羽ほど、棚に並んでとまっている。目のさめるような、白い羽根と、紅いとさかである。人間の男なら中学の一年生というところ、先刻この連中のどれかが妖しきトキをつくっていた。全部ツブシ用に飼育しているのだそうだ。

私たちは、流れに添うた夏草の小道を上り下りして、上流の方へ行く。枝川が本流に合する所に、清らかな芝生があったので、二人はそこに尻を置いて、戦争の話をした。

対岸の森で、春蟬らしい声がする。塩君はミンミンと間違えていた。

米国に征服されるくらいなら、ソビエート連邦の一に加盟した方が増しだ、という意見が二人の間に論じられる。つまり、日本は皇室を信仰の中心にした、共産国家となるのである。

枝川の水はラムネの如くやや澄んでいるが、本流のミルクコーヒーと合すると、ただもう滔々たる濁流に化して了う。吾々は今、この濁流の中に生きているんだ、——そんな気が頻りにしたのである。

（大本営発表）艦上機三百北海道ニ来、釜石艦砲射撃サル。

十五日

（日曜日　雨　蒸シ暑シ）〔信州赤穂国民学校慰問〕

坊ヤハ夜中ニムックリ起キテ、私ノ傍ダッタノデ一寸寝呆ケテ驚イテイタラシイ。朝、私ガ目ヲ醒マシタ時ハ、モウ居ナクナッテイタ。ラッパノ音デ飛ビ起キテ、神社ノ清掃カナニカニ出カケタノダソウダ。流レデ顔ヲ洗ウ。背戸口ノ立葵ガ紅・桃・白ト実ニ鮮カデアル。駒鳥ガ鳴イテイル。同ジ種デアリナガラ、私ノ家デハ未ダ一ツモ成ッテイナイ南瓜、此所デハフットボールグライノガ成ッテイル。シカモ播イタノハ私ノ方ヨリ後ナノダカライヤニナル。

「倉代」「中元」ノ金ニ封、散々議論ヲシテヤットコサ受取ッテ貰ウ。十時半頃赤穂着、署長ト婦人会ノ人ニ迎エラレ、前沢医師ノ家ニ案内サレル。桐野利秋ノ書ガ珍シカッタ。昼飯ヲ御馳走ニナル、コレガ大シタ御馳走デ、肉アリ、卵アリ、東京デハ到底味エナイモノ。

十三時頃赤穂国民学校ノ別館ニ行ク。生徒四千人、日本一ノ大キナ国民学校デアル。別館ハ農耕隊本部ニナッテイタ。司令官ハ中尉デアル。兵隊ノ毛布ニ暫時寝カシテ貰ウ。十五時頃カラ演壇ニ立チ「ステッキ」ヲ話ス。大日本婦人会支部ノ解散式デ、同時ニ農耕隊兵士慰問デアル、コレハ中々難事業ダ、——兵隊ハ皆朝鮮人ナノデアル。

薬罐デ燗シタ酒ヲ茶碗デ飲マサレル。コノ酒ガ素晴シキ逸品、信州へ来テ始メテ芳醇ナル銘酒ニ出遇ッタ。月桂冠カ沢之鶴トイウトコロ。婦人会ノ幹事連ガソレゾレ作ッテ来タ御重ガ次々へ廻サレル。甘イカリン糖ト一升瓶ニ本ヲ土産ニ貰イ、雨ノ中ヲ田畑へ帰ル。

農耕隊の兵士というものに始めて接する。朝鮮から遥々と連れて来られて、この信州の山奥で開墾をやらされ、甘藷つくりをやらされている、彼等の気もちが私には分る気がする。給与でも好ければだが、聴くところによると、酷いものだそうだ。

中には脱走して、山深く隠れて出て来ないのがあるという、——一年も立て籠っていれば、日本はペシャンコになり、朝鮮は独立し、自分は自由の身となるであろう、などと考えるらしい。（註、先見の明ありしや。）

（大本営発表）室蘭艦砲射撃さる。

十六日

（月曜　晴　少暑）

例ノ如ク出発ノ朝ノ迎エ酒、アトデ辛クナルヲ知リツツ、出サレレバ飲ム。中泉正徳博士ノ奥サン来ル、御主人ニヨク似タ顔ヲシテイル、サナガラ妹ノ如シ、——後デ俊子モ同ジ感想ヲモラス。俊子、裕子ヲ背負ッテ停車場マデ送リ来ル。

辰野駅前ノ材木ニ腰カケ一時間半待ツ。上諏訪カラ腰カケル。甲府カラノ混ミ様正ニ殺人的、吾ガ席ノ前ニ軍人一人、女児一人、赤ン坊ヲ負エル母親一人、合計四人割リコム。静枝トノ約束モアリ上野原デ下車センカト思イタルモ、荷物ヲ持チテ下車ナド思イモ寄ラズ、ソノママ通過スル。

夕方帰宅スルニ、裕彦君ト虎爾ト両方ニ赤紙ガ来テ、十九日甲府聯隊入リトアリ。上野原ニ下車出来ナカッタノガ反ッテ幸ナリシ。十四時頃、虎爾ノ方ヘハ本局ヨリ電報ヲ打チタリト言ウガ、コノ頃ノ電報デハ心モトナシ。

　信州ヨリノ土産、馬鈴薯、ささげ豆、カリン糖、餅ナド。農耕隊ヨリ貰イシ一升瓶デ晩酌。二十一時半頃、荻窪駅迄裕彦君ヲ送ル。町会ノ人々ト万歳ヲ叫ブ。間モナク警報出ル。

帰宅してみると、今日、裕彦君と虎爾と両方に赤紙が来てる騒ぎだ。

裕彦君の場合は、それは好かったという感じであり、虎爾の場合は、そいつは可哀そうにという感じである。

　私としては、娘の婿たる裕彦君が、何も仕事をせず、ノラクラしているということが、甚だ困るのである。収入などは二ノ次として、この時世に大の男が、何等かの意味で戦力に役立っていてくれないと、甚だ見っともない。世間体もいけないし、私自身としてもそれを見るのが不愉快である。町会の役員とか、警防団指導員とか、最近までは公共的な仕事に関わっていてくれたので、まああと私も思っていたのだが、今度彼は、それらの職を退き、家族全疎開で自分も信州に引っ込んで了うらしい気配なので、実は気が気でなかった。

　今日まで、一度も職業らしいものに就いた事もなければ、何処へ勤めたこともない、などと言う事は、松沢の婆さんでなくても「ヘエ、そんな事ってあるものかねえ！」である。

　嫁の父たる私から、強硬なる意見をするというのも考えものだし、ほとほと閉口していたのである。もし信州へでも行かれて、相変らずノラクラされていた日には、定めし俊子も肩身のせまい思いをしなければなるまいし、村の人々が黙って見てはくれまいと思われる。引いては、俊子や一雄までが居づらくなるような事になり、自然松沢一家と私というものまでが、ヘンな間柄になりそうである。

——もし兵隊に行ってくれたら！

これは、私の願い、静枝の願いであった。軍隊に於て、一定の期間、他人にもまれ、上官に叩かれたら、きっとナマクラな裕彦君の人格が鍛えられるに違いない。善良で、弱気で、我儘で、敗けず嫌いという、小ブルのお坊ちゃんを教育するのは、軍隊が一番であると思う。

そこで、この赤紙来を聴いた時、私は内心「メめたッ」と喜んだ、——少々ヒトが悪いようであるが、これは当人のためであり、また愛する俊子や裕子のためである。

私は金一封の包紙に、心から祝いの感情で「祝応召」と書き、駅の見送りには町会の人々と共に、声を限りに心底から「万歳」を叫んだのである。但し、これが以前の応召であったら、悲壮な感じを免れなかったであろう。〝婿殿が死ぬかもしれない〟という怖れがあるからである。

然し、現在では、応召と言っても、早い話が軍用人夫で、穴掘りか藷作りをやらされる程度である。死ぬかもしれない、という点では、軍隊にいようと民間にいようと、率は一向変りがない、空襲激化の今日である。

まったく、これは目出たき限りだ。

所で、虎爾の方は事情が大いに異る。彼は大決心のもとに、映画劇場の宣伝係から、農夫に転向して、昨年の秋始めての稲の供出を終り、やっと第二年目の植えつけをすましたかどうかという時だ。ここで、一家の支柱たる彼に行かれて了っては、後に残った彼の妻と、彼の母とが、如何に田圃の所置をするかである。妻はタイピスト上りの、あまり頑丈でない身体であり、母は寧ろ農を嫌って東京のお屋敷勤めをしていた女である。両方とも、相当にネバリは利く方であるようだが、これから二人きりで百姓をつづけて行けるかどうかである。それに、虎爾を兵に採って、穴掘り人夫などさせるより、米を作らせていた方が、戦力増強という意味では、能率的であると思われる。

一方は長女の婿殿、一方は腹異いの弟、そして同時に赤紙が来るとは、妙なものだ。

(大本営発表) B29百九十機平塚、沼津来。

十七日

(火曜　雨　冷)

B29ノヤツ、京浜西南方ニ行動シテ、警報解除ガ三時六分、ソレカラ数時間スルト、今度ハ小型機ガ千葉、茨城ノ方ヲ活躍シテ午前中ジャージャーノ連続デアル。信州ニアリシ三日間ダケハ夜中ニ起サレナカッタガ、東京へ帰ルトタンニコレ也。(藤沢、辻堂、平塚、小田原ナドB29百九十機デヤラレル。)

睡蓮、雨ノ中ニ淡紅2、白2、黄1ト五輪咲イタ。レインコートヲ着テ南瓜蔓ノ手入レ。味噌汁ニ今年始メテノ南瓜ノ茎軸ヲ入レル。昼食ノ時モ、南瓜軸ヲ莢隠元豆《さやいんげんまめ》ト共ニ煮テ食ス。股ノ所ニチクリチクリト痒ミアリ、蚤カト思エバサニアラズ。一時ニ方々痒キヲ見レバ蕁麻疹《じんましん》ノ類カ？　或ハ南瓜ノセイカ？　軸ノミデナク莟ノアル芽モ入レタリ、コレガ毒ヲ有スルニヤ？

リリアン来テ、ミシンノ事デ私ニ訴エル。黒田雅子、刻ミ煙草トうどん粉少々持チ来ル。腹話術ニ関スル相談ナリ。浮島村村長ノ名デ虎爾明日発ツト電報来ル。目出度シ。

晩食ハ一家揃イテ雑煮餅ニ舌鼓打ツ、目出度シ。私ハ主人ラシキ満足感ニテ女共ノ喜ビ喰ウヲ見ツツ酒二合五勺、インチキウィスキー一合ホド飲ム。

七月七日記のハガキ、信州行の留守中に来りあり。秦豊吉歓迎句会が、名古屋得月楼（中島飛行機の事務所となりおる）にて主人寺田青瓜主催にて施行せられあり。

夏の夜の名古屋納屋橋月赤き　宝亭
忘るるとなき災や冷奴　ひろし
かはほりの消え行く闇の向ふ河岸　素笛
夏座敷「耕花」をかけてありしのみ　音二路
大道に扇売り居り戦禍街　たるほ
蝙蝠の空や艇庫に鍵かくる　八束
打水をして先斗町灯りけり　青瓜
打水や庭に備への壕ありて　紀美男
かはほりや秘仏の堂は六角に　国成

吾が留守中に、馬力二台、浅川の山に、吾家の財を運ぶ。娘二人嫁入用意の新箪笥四棹、古箪笥三棹、大茶箪笥一棹、紫檀飾戸棚一台、紫檀大机一台、分類書戸棚一台、花梨茶台、塗物大膳各一基、二月堂塗膳二基、碁盤その他、山に積みて疎開させたり。

馬力一台一千一百円也、これにウィスキー一瓶、食事数回分を供したり。もっともウィスキーは吾家で調合せる妖しき品なり。一千一百円は甚だ暴利と一応は思われる。さり乍ら以上の品々の中、ただ一品にて、この馬力代金は出ずるべし。馬に喰わせる飼料もヤミにてあらん、あながち高しとは言えぬ相場なり。

何よりも、燃やして了うよりは、善き事なりと言いつべし。とは言え、疎開ということ、一面甚だ情けなき感を伴うなり。身辺にあらざれば、其の価値ゼロと同じき物多々あり。日用の小道具大道具、殊に書籍に於てその感深し。

頭山に預けたる「原色動物図鑑」など、悪戯坊主どもが、講談社の絵本なみに、手荒く頁を打ち飛ばしおるを見る時、身を切らるる思いするなり。これもまた焼くるより増しと、理性は断ずれども、情は想う、半分が程は、身辺に残して焼くるに委せん。

（大本営発表）Ｆ６Ｆ百八十機関東来襲。

十八日

（水曜　晴曇）

朝食ハうどんニ飯少々入レテ節米ヲ計ル。トマトノ支柱ヲ加エ、脇芽ヲ摘ミ、南瓜蔓ノ手入レナドスルウチ、午前中ハ過ギタリ。

昼飯ハ豆粕飯ニ味噌汁。正午ノ報道ヲ聴クウチ、ジャーガ始マル。内藤女史、逞マシキ女性一人連レテ、本ヲ貰イニ来ル。塩まさる・花山ノ両君来ル。うどんヲ供ス。石田自転車デ富士見町ヨリ来ル。名古屋方面工場慰問ノ件相談スル。

十五時頃、放送員頻リニ「大編隊」ノ侵入ヲ言ウ、横須賀ニ殴リ込メルモノ也。

夜食ハ雑炊、中々ウマシ。八百蔵ト勘弥ノ放送劇ヲ聴ク、八百蔵熱演、吾レヨリ優レル呼吸アリ。

二十一時半頃ヨリ日本酒一本チビリチビリトヤル。待テドモ待テドモ虎爾来ラズ。二十二時近クマデ待チテ床ニ入ル。五分ナラズシテ玄関ニ声アリ。虎爾、一子両人来ル。イロイロト土産物アリ、感心ナリ。残リノ酒二合アマリヲ飲ミ、次イデ虎爾持参ノ「サントリー」ヲ飲ム。村ノ人々ノ親切涙グマシ。大イニ戦局ヲ論ズ。

十月から十一月へかけて、大変なことになりそうな気がする。昭和十二年版の「朝日年鑑」を審べると、市制の施かれている都会が一〇八、二万以上の町村が一〇八（両方とも百八煩悩の数と同じ）である。平均毎日二ツずつ全灰にされるとして、約百日あまりで片づく。そこで今度は田園の焼打ちが始まる。稲には焼夷片、農夫には機銃、――収穫がゼロに近くなる。

ニミッツがぬかした「日本国民を餓死させる」戦法が、実現されるではないか！

十九日

（木曜　晴　暑）〔川崎工場慰問〕

川崎某工場慰問、昼食ニ豆飯ガ出タガ胃ノ工合悪ク食ワナカッタ。米国ニ抑留サレテ居タ厚生課員ノ話面白シ。川崎駅ノ海岸側ニ大工場ガ未ダ三ツ以上残ッテ居ルヨウダ。十六時頃帰宅。車中往復トモ本山荻舟「近世数奇伝」ヲ読ム。

落下音が聴える！　舗装道路の右側の芝生に素速く横たわる。コンクリート塀のすぐ向うで花火のような音がした。空では黒いものが落ちつつあり、割れて伝単罐と分る。三十歩ほど歩く前に、頭上の牛乳色のB29を見た時、何か落しそうな気配を感じたが、果せるかなであった。

二十日

（金曜　曇　晴）（川崎電機工場慰問）

酒ナク、寝ツカレズニ居ル時、警報ノ出ズルハ佳シ。B29ノ行動ナド、ラジオヲ聴クウチ、イツシカウトウト眠クナル事妙也。

六時起、金網棚ノ南瓜交配ヲスル、若シコレガ止レバ第一着也。天気模様悪ク、アマリ期待出来ズ。

川崎駅前南武電車口デ、千太万吉、竹本、一光、ぼく児待合セ四丁ホド歩イテ某工場ニ到ル。半焼ケ工場也。昼食モノ凄シ、豆九分黒色飯一分ノ主食ニ、腐リタル魚、汚ナキらっきょ也。食堂別室ニテ他ノ上級工員、社員ラシキ面々モコレヲ喰イオレリ。電探ヲ造リイル所ニテ、会場ノ聴衆ハ少年工少女工大部分、皆元気ニ見エタリ。

十六時頃帰宅。煙突掃除ヲスル覚悟ニテ、既ニ午前中荒縄ニテ変ナノラシンヲ作リオキタルモ、聴ケバ風呂屋ノ番頭サンニ頼ミ、チャントシタ道具デヤッテ貰ッタ由、恐ロシク沢山煤ガ出タ由。

朝日映画ノ人三人連レデ来ル。私ガ出演スル事ニ定メテ話ヲスルハ少々厭デアリシ。行クカ行カヌカ大イニ迷ウ也。

今日モ、酒ナシ。今日モじんましんカ毛虫ノ毒カ、何カ分ラヌガ身体中痒クテ閉口也。

虎爾妻今日モ泊ル、豊沢ノ婆サンニ言ウ事モ顔モ似テオリ。

牛鍋の煮つまるや甚だ速し、煮始めのゆるやかなるに反し、一旦煮つまるとなるや、アリヤリヤと思う間もなし。この頃の日本の有様を見るに、この牛鍋の煮つまりを想わせらるること切なり。特攻隊の水を注ぎ、いつまでこの煮つまりを防ぎ得るや。水無ければ即ち如何？

敵機は勝手に本土上空を遊ぶ。昨夜から今暁にかけB29四百機以上が、日立、銚子、福井、尼崎、岡崎など焼爆、P51百機が豊橋、岡崎へ来ている。一機二機ずつの行動は今朝来、帝都へ投弾、富山へ投弾、長岡へ投弾、銚子、牡鹿半島など偵察、応接に暇あらずの盛況である。

艦砲射撃も愈々忙がしくなって来た。十七日夜日立、水戸、多賀など一時間に亘り砲撃されている。その前に室蘭も釜石も砲撃されている。

さて、今度の志賀情報によると、

――ソ連と重慶の軍事同盟成る。

――北海道青森の連絡船は今年に到り既に三回も撃沈され、殆んど交通断たる。

唯一の血路と想うソ連が、敵に廻っては、牛鍋の煮つまり、更に拍車をかける訳だ。

昨日、川崎の京浜電車踏切を通る時、路面にこぼれているトーモロコシの、車輪などに砕かれた粒々を、こくめいに拾ってる、女房連や、産業戦士を見て、私は内心戦慄したのであったが、今日の川崎工場で吾等に出された豆九分の飯を見、今またこの情報を聴き、もはや、楽観の余地が無くなったような気がする。

私個人の場合は、とにかく今日まで取り越し苦労ばかりしていて、案外にその結果は、うまく切りぬけて来ている、つまり苦労しただけ損したような結果になっている。日本の運命についても、その通りだというなら結構である。日本国民の九分は、未だ最後の勝利を夢見ているらしい。その方が、国民として健康なのであろう。

二十一日

（土曜　小雨　夕豪雨　夜晴）〔浅草松竹館第一日〕
雨中睡蓮四輪咲ク。今日モ厭ナ天気。十時半家ヲ出ル。放送局行、豆入飯（焼卵添エ）ノ弁当食イツ、副部長ト山陰行ノ件ヲ相談。私ノ意志ニ委セルトアリ。副部長談ニヨルト、ソ連カラ油ガ来テイル、ハデマ也。新橋ヨリ地下鉄、正ニ超殺人的、コレガイヤデハ今ノ世ニ生キテ行ケズカ？　松竹館満員、小さん、今輔、円歌出演。相模太郎、アザブ伸、看板ダケデ来ラズ。一回終リ、前座出テ、小さん出デ亦モ私ガ出ル。「独演会に願います」ト客席ヨリ声アリ。「武蔵」ヲヤル、吾ナガラ少シモ余裕ナク、不出来千万也。アトカラ客ガ詰メカケル時ハ斯ウイウモノハイケナイ。円歌、小楽天ト上野駅マデ歩ク。神田駅ヨリ異様ナル富士山ヲ見ル。綿ニ包マレテフヤケタ富士ガ、真黒ナ雲ノ天井ニ接シテイタリ。夕ノ豪雨ニテ、吾家ノ第一防空壕ハ天上ノ土落チタリ。大イナル南瓜ノ葉ハ無残ニ折レ曲ラントス。

小楽天ト晩飯ヲ喰ウ。卵ト牛肉ト茄子ノ鴫焼ナド中々御馳走ナリ。小楽天君ヨリ預カリタル「夢諦軒随筆」ヲ壕ニ入レテ了ッタノデ、ソノ代リ「愚談漫談」「夢声軟尖集」「五ツの海」三冊ヲ署名シテ贈呈。

○

修業が足りないせいか、栄養が足りないせいか、腹の立つことが近来益々多い。心の底に敗戦感が淀んでいるのが、何よりの原因かとも思う。

列車に苦しむ毎に、もう斯んな旅をするものかと憤り、地下鉄が殺人的なる度毎に、もう浅草なんかに出演しまいと慨する。

このくらいの苦痛に堪えられないようでは、東京が硝煙弾雨の戦場となった時、到底、勇ましき日本人たることは出来まい。だから、大いに殺人地下鉄で練成すべし、などとも考える。

苦痛を苦痛と感じない修業が大切である。これが今の世に処する、最賢明の途である。

だが待てよ、苦痛を苦痛と感じなくなった時は、喜悦を喜悦と感じなくなる時かもしれない。そいつは一寸困る。

一喜一憂とは、小人の恒であるが、一喜一憂にこそ人間らしさがあるのである。

地下鉄で腹をたてるのは、私のガラ相当のことで、敢て改めるにも及ばんかもしれぬ。

二十二日

（日曜　晴　曇）〔浅草松竹館第二日〕

久シブリノ快晴、大イニ喜バシ。南隣ノ花モ嬉シゲ也。朝日映画ノ人来ル。仕事アル予定日数十六日間ヲ二〇〇、アト伸ビタル日数ヲ一〇〇ズツニテ話ヲ定メル。十時半頃家ヲ出ル。田原町ノ焼跡ノ辺、目ノ眩ム太陽ノ光、結構也。一回ト二回トノ間ニ浅草寺ノ辺ヲ散歩スル。爽竹桃咲キ初ム。焼銀杏《やけいちょう》ノ返リ若葉勇マシク亦傷々シ。観音堂ハ焼跡ノ前方ニ小サナ仮本堂建築中。花山君ト上野迄歩ク。

○

浅草の焼跡に生きているものは、興行街と、樹々の青葉のみ。

世界館は松竹新劇場と名を更えて、新宿の作文館劇《ムーラン》をかけている。遊楽館は小笠原章二郎の殿様劇に日劇舞踏隊、花月劇場は伴淳三郎一座に川田義雄、大勝館は清水金一で、今日は舞台稽古中。富士館と帝国館は同じ「東海水滸伝」封切。金竜館、常盤座は実演物で、電気、東京倶楽部、千代田など映画の古物をやっている。そして何れの小屋も満員である。

思え、他に何もなきこの興行街に、若き産業人たちが、地下鉄や都電を満員にしてやってくる。そしてガツガツと二ツも三ツも見て行くのである。あわれふかき風景である。

二十三日

（月曜　小雨　冷　曇）〔浅草松竹館第三日〕
コノ頃新聞ハ毎朝椿井組長ノ坊ヤガ「夢声サン」ト声カケ配達シテクレル。朝飯ヲ喰ウ時、近来益々気ガヒケル。今日モ亦涼シ、困ッタ天候也。浅草ノ人ヨリ頼マレタル色紙「山茶花」ノ句ヲ書キ印ヲ押ス。車中、今日モ荻舟「数奇伝」ヲ読ム、名著也。
松竹館昼夜満員（昼夜ニ非ズ昼二回也）。第一回「大福話」第二回「鯨話」。楽屋ニ若キ酔漢来リくだヲマキ悩マス。上野駅マデ円歌君ト歩ク、専ラ芸談ス。十九時帰宅。入浴、今日配給アリタル二級酒五合ヲ半分ホド飲ム。肴ハ鶏肉、豆也。

〇

静枝はこのごろ愈々、小言幸子となる。台所をするにも、掃除をするにも、何かしら文句を並べる。あんまり文句を言うので、はたのものが可笑しくなるくらいだ。ラジオの報道を一人で聴いていて、やはり何か言ってる。

——何を言っててんだ馬鹿馬鹿しい！

——あたりまえじゃないかそんな事！

などと、放送員の言葉に対し、憤慨したり、揚げ足をとったりしている。

やはり年齢のせいであろう。一つは食物が悪くなったので、脂ッ気がぬけたのでもあろう。ものの名称を当テズッポーに言うことも、近来益々激しくなった。例えば、ツェッペリンをペッツェリンなど仰言る。

二十四日

（火曜　曇　冷）〔浅草松竹館第四日〕

五時半起、放送「南瓜の手入れ」ヲ聴キ、早速雌花ノ咲イテル蔓端ヲ三本切ル。豆粕飯ノ汁カケ、うどん一杯。山路君迎エニ来ル。十時半ヨリ農村文化協会ノ班長連ニ話術ヲ説ク。

浅草第二回目、私ガ出ルト「相模太郎ハドウシタ」ト怒鳴ル客アリ、ソレハヨロシイガ、ソノアトデ、手前なんかもうラジオで聴きあきてるよ、テナ文句ガ聴エタノハイケマセン。地下鉄超殺人的、虎ノ門デ車外ニ出ルガ大変ナ努力。菊田一夫作「夢幻軍艦」ノ本読ミ、高山徳右衛門、三島雅夫君ナド。

放送局玄関ヲ出ルト、月ガ病院ノ上ニ上ッタトコロ。帰宅、配給ノ残リ半分ヲ、鶏肉韮煮ヲ肴ニ飲ム。河合中尉、飴、コーヒーナド土産ニ来リ泊ス。

山路君の談「私も二円ぐらいだったら買って喰おうかと思ったんですが、十円だって言うんで、驚いて止しちゃいました」と、これは、新宿駅で秘かに売っている、握り飯のことである。

握り飯一箇、金十円也！

その闇屋は、蜜柑箱に沢山入れて、売っていたそうだが、百コで千円の商をする訳だ。三千円ぐらいの売上げは、またたく間だ、と山路君も言っていた。

この日私は、一時間に亘る講演をして、謝礼の外に、御中食代金二十円を受領したが、なるほどこれで握飯二コ喰える次第だ。

（大本営発表）B29七百他計二千機大阪名古屋来襲。

二十五日

（水曜　晴　冷）〔浅草松竹館第五日〕
快晴ニシテ寒シ、大変ナ時候也、大凶年ト言ウベシ。静枝、富士子ノド庭ニ壕舎ノ品ヲ出シテ干ス。柿ノ実殆ンド落チタリ。松沢修一郎ニ手紙、八月ニ行ケリイ理由ヲ記ス。十二時半頃家ヲ出ル。コノ頃警報ハ毎日ノ事故一々ハ記サズ。田原町ノ太陽眩シ。松竹館、本日ヨリ始メテ浪曲加ワル、相模太郎ノ代リ三河屋円車也。恐ロシク顔ノ大キナ男也。円歌ヨリ麻ノ細縄ヲ貰ウ。ソコヘ下駄ノ闇屋ガ来タノデ二足買ウ、即チ麻デ鼻緒作ランガタメ。コノ闇下駄檜ニシテ八円五十銭、今日ノ相場トシテ安キ方ナラン。一回目ハ手術注射話、二回目ハ精神分析話。
殺人地下鉄ニテ放送局行。「夢幻軍艦」テスト、音楽ヌキデアル。おぼろ月ノ如キ夜。
高山徳右衛門君ト共ニ帰リ、清水町ナル彼ノ家ニ始メテ行キ、合成酒フシャンパン盃デ飲ミ、青キトマトヲ食ウ。帰宅スレバ家内中大騒ギニテ壕ノ中ニ色々ト運ビツツアリ。服ノママ寝ル。

今日、楽屋で始めて三遊亭小円馬君に遇う。美男にして落語家らしからず。正岡容君より予備知識を得ていたので、安心していろいろ語るうち、「九里丸さんが高座でやっている最中、春本（助次郎）さんが、今日本デ一番ウマイ漫談ハ徳川夢声、一番（イチバーン）拙イ漫談ハ此ノ人、と言ったんで、皆受けました」と彼言う。

私として擽ったい感大なれども、亦嬉しからざるに非ず。九里丸君には甚だ気の毒なれども、あの芸ノ虫とも言うべき助次郎君が、吾が話術を斯の如く買っていてくれたとは、光栄也と言うべし。

故人で助次郎、現存者で柳家万吉、共に、吾を以って話術の最高峰に擬す。万吉君もまた点の辛い男也。

ところで、当の本人たる私自身は、己の話術に相変らず、自信らしき自信なし。段々、ウヌ惚れる程度の自信の如きもの、浅霧の如く心の中に漂うことあれど、概して自信なき状態が本心なるべし。（放送物語のみは自信あり。）

されぱこそ、他人が賞めた記録を斯の如く残す所以なり。

（大本営発表）B29五十機二十二時頃ヨリ川崎来襲。

二十六日

（木曜　晴曇　冷）〔浅草松竹第六日、「夢幻軍艦」第一夜〕

リリアン焼酎トワイシャツ中元トシテ持参。中村ヨシ子（亡妻ノ妹）、豊チャン、たもつ君来ル。たもつ君大キクナリ父親ニ似テ来タリ。二人ノ子ニ本ヲヤル。

電話局ニ行キ、八月一日ヨリ通話停止ノ通告ニツキ陳情ス。職業ノ届ガ著述業デハ駄目、放送局嘱託トアラバヨロシトノ返答ヲ得。

浅草一回目「鯨話」二回目「電車話」也。前者ハ受ケズ、後者ハ大変ナ受ケ方。今輔君ノ「酒ノ素」トイウ話、吾等舞台横カラ聴イテ居テ思ワズ笑ワセラレルモノ、ソレガ客席ニハアマリ反響ナク、スグソノ後へ上ッテ私ノ電車話ガ凄受ケナルハ考ウベシ。

十八時放送劇本テスト、女主人公ハ轟夕起子ニナリ居タリ。高山君ト共ニ荻窪へ帰ル。焼酎、トマトヲ肴ニ、酔イ心地ヨロシ。

〇

艦砲射撃というやつは、余程厭なものらしい。三島雅夫君つくづく閉口した顔つきで、日立に於ける経験を語っていた。空襲ならば、敵がサーッと来て、サーッと去って、次が来るにしても、まアよかったという瞬間があり、気分が休めるのであるが、艦砲の場合は、それがない。数時間というものは、今か今かで息をつめていなければならない、そいつが堪らんそうだ。

音響の凄まじいこと、爆弾の比でないらしい、これは私にとって甚だ苦が手である。表海岸に近い都市は、いずれもこの脅威から免れない訳だが、その点東京は、敵艦が東京湾に入り込んで来ない限り大丈夫だ。

「東京湾には絶対に、入って来ませんよ」

と、アコージョンの名人長内君が、例の如く口を開いたまま言った。東京湾には十キロの幅しかない、これを封鎖して了うことは、如何に日本の工業力が貧弱でも、簡単に出来ることだ、そうだ。彼は音楽家であるが、赤門の工学士である、――まず信頼するに足る言葉であろう。

この長内君は、先日大阪被爆撃の時、行衛不明を伝えられ、多分あの不自由な足では、焼け死んだのであろう、などと噂されていたが、今宵放送局の控室に、相変らずのケロリたる表情で、鳥の如く人の顔を見ていた。

日立は、B29の爆撃で、工場を目茶目茶にされ――その時日立自慢の防空壕に一万人の工員が退避し、七千人が死んだそうだ――、戦意大いに低下したので、芝居でも見せていくらか景気をつけようと、三島君たちの劇団が招かれたのであったが、初日を開けないうちに今度は艦砲射撃で、そのまま帰京したのだそうだ。昨年、苦楽座で吾々が行った時、宿舎にあてられた寮も、艦砲で目茶目茶になって了ったという。

言わば横須賀と目と鼻のさきである常陸海岸に、さして大部隊でもないアメリカ艦隊が現れて、悠々艦砲射撃をして行くなどは、どうした訳だろうか？　日本の艦隊というもの、一体如何なる現状に相成っているのか、そいつが知りたい。

二十七日

（金曜　晴曇　冷）〔松竹館第七日、放送「夢幻軍艦」第二夜〕

「東京新聞」原稿「地下鉄と浅草」二枚半書ク。花魁草《おいらんそう》イツノ間ニカ咲イテイル。南瓜ノ雌花見廻ルガ楽シミ。浅草一回目「注射話」二回目「カルメン」。おやまのおじさんナル老人面会ヲ求ム。十八時ヨリ放送テスト。放送室ノ空気、頭脳ガモーロートナル事妙、解説ノ文句、読ミ違イアリ。今夜ノ放送ハ防空情報デ寸断サル。会館ヲ出スレバ正面ニ火ノ手アリ、爆撃ニヨル火災カト思イシガ、コレ月ノ出ナリ。

帰宅、徳右衛門君ト焼酎ヲ飲ム。肴ハ吾庭ニテ穫リタル枝豆、河野サン土産ノ蛤ヲ焼イタノ。快ク酔ウ。

○

正午の放送を聴いていると、英国の総選挙で労働党が圧倒的の勝利を占め、チャーチルが失脚したとある。これで世界五巨頭のルーズベルト、ムッソリニ、ヒットラー、チャーチルと次々に駄目になり、残るはスターリン一人だけとなった。面白い面白い。そのスターリンが日本を如何に扱うかである。

私はこのスターリンという男、始めは大いに嫌いで（悪魔のような冷酷な野心家だと思っていた）、次に少々嫌いで（マルクス流行のころ）、次に一寸好きになって（ソ連映画で彼の白髪の温顔を見てから)、次に好きでもなく嫌いでもなく大変な野郎だと感服するようになって、それから最近チャーチルや、ルーズベルトを彼が悩ますに到るや、甚だ頼もしく感ずるに到ったのである。然し更に最近宋子文と数次に亘る会見をしてから、こいつうっかり頼もしがってもいられない気もして来た。

　何しろ一筋縄や二筋縄で片づく男ではない。松岡全権と頬ぺたを押しつけ合った写真など、松岡は馬鹿面をしているばかりだったが、スターリンの酔った笑い顔には、甚だ以って物騒な味が含まれていた。

二十八日

（土曜　晴　少暑）〔松竹館第八日〕

　起キテ先ズ南瓜ノ交配二輪。ホノカニ性ノ香リ覚ユ。朝飯ハ少シク腐リカケタル大豆一杯ニ飯二杯ノ割。十時頃、おやまのおじいさん（桜谷氏）来訪。朝日新聞「宮本武蔵」ヲ切リヌキ見事ニ貼リツケタルヲ持参。石井鶴三ノ挿画改メテ大感服也。帙ノ裏ニ「心神合一」ト美土路氏ノ文字アリ。私モ請ワルルママニ「花は黄に実は朱に碧に南瓜かな」ト書ス。空襲警報発令、庭へ出テトマトノ脇芽ツミ、胡瓜ノ支柱ナドスルウチ解除トナル。即チ十三時半頃家ヲ出ル。松竹館ハ芸人ノ集リ悪ク、君次、円車、小さん、君次、私デ閉場スル。仲見世ノ辺ニ大道商人ドモ、暴利ノ店ヲ開キオル、凄マジキ景。十七時半頃帰宅。細キうどんヲ喰イ、ボロボロノ豆粕飯ヲ喰ウ。入浴。警報出ル、茶ノ間デ蚊ニ喰ワレル。

敵機ハ九十九里ヨリ鹿島灘ニ入リ、仙台、福島方面ニ行キタルラシ。一　十二時解除トナル。

国定中佐ヨリ贈ラレタル、サントリーヲヌキ、三杯飲ミテ寝ル。

○

半鐘が鳴り、近所の高射砲が轟く。

老人の話が、ほんの一寸途切れたが、そのまま少しも変らぬ調子で続けられる。

――日本ノ勝利ハ始メカラ定マレル事デス、サモナクテ大詔渙発サレル訳ガアリマセン、国民学校読本巻ノ二ニ、日本ノ大勝利ガ、チャント予言サレテアリマス。牛若丸ハ日本デ、七ツ道具ノ弁慶ハ即チ物量ノ亜米利加デアリマショウガナ……。

老人は、きちんと洋服の膝を揃えて、静かに説くのである。主人の私は浴衣着の胡座をかいて、聴いていたが、このころから座り直した。老人に対して悪いからである。

始めは私相手の話だったが、この巻ノ二の話あたりから、次の間にいる静枝の方へ、一くさりずつ念を押すように、視線が向けられるので、静枝も仕方なく、感心したように返事の声を出していた。

庭へ出て、敵機を見物しようとした富士子も、私にたしなめられ（白い服で外にいるのは甚だ危険であるから）静枝と並んで座りこんで謹聴している。

二十九日

（日曜　晴　小暑）〔浅草松竹館第九日〕

六時起、二階ノ庇ノ一輪、西屋根ノ二輪、南瓜交配。吐ク息白シ。わかめ味噌汁ニ茗荷根ヲ入レル、豆粕飯二杯半。

警報出テ午前中オヤオヤトイウウチ過ギテ了ウ。胡瓜収穫五本アリ。コレヲ胡瓜もみニシテ昼飯ノ膳豊カ也。岩田牡丹亭ヨリ主婦の友社校閲課長ナル者使者トシテ来リ、ラジオヲ持チ行ク。コッチモ、ズルイ所アリ、先方モガッチリ也。

十一時半頃家ヲ出ル。車中村松梢風「正伝清水次郎長」ヲ読ム、面白シ、次郎長モ相手次第デハいかさまバクチヲスル件ナド大イニヨシ。コノ頃ノ車中ハヤリキレヌ悪臭アリ、今日モ私ニ寄リカカリ居眠ル大学生トテモ臭シ。臭イ男ハ大抵顔ガムクムクテカテカシテ居ルラシ。わきが症ガ長イ間入浴セヌニヨルラシ。

松竹館一回目「楽長」二回目「電車話」。電気係ノ男ヨリ話サレテヤミ靴二足分ノ皮ヲ買ウ。釘カラ糸カラ松脂マデ揃エテアリ、一足分四百円ハ高カラズト思ウ。

十八時頃帰宅、仙台ヨリ焼出サレタル鉄男（妻ノ弟）夫人ト坊ヤト来テイル。死ンダノカモ知レント、噂シテイタトコロ、マズ目出度シ。

神田駅デ買ッタ「東京新聞」ニ速クモ、昨日渡シタ私ノ原稿「地下鉄ト浅草」ガ出テイル。入浴、サントリーヲ飲ミツ尾佐竹博士編ノ明治写真帖ヲ見ル。ハリスノ写真ヲ静枝ニ見セタノガキッカケ、横取リサレテ了ウ、女五人顔ヲ集メテ頁ヲクル。

○

空襲になってくれると、今日の三回興行が楽になるがなア、などと思いながら、二階で古い雑誌の自原稿を読んでる（よくもこんな馬鹿なことを書いたもんだと感心したりして）と、硝子戸がババンと鳴った。はて、何の音だろう、爆撃のようでもあり、高射砲のようでもある、敵機の音が聴えているようでもあり、そうでないようでもある。

私は階下へ降りて、折から縁側に貼板をかけ、何か貼りつけている妻に訊ねた。

「今のは何だい？」

「バクダン」

ふりむきもせず、あっさり答えた。

「遠くの方だな」

「そうよ、タイワンに落ちたのよ」

と言う。

「ええ、台湾だって？」

「タイワンじゃなかった、立川よ」

と来た。どうも出鱈目を言うので、あきれて了う。

〰敵B29一機、帝都西部ヲ南進シツツアリ

と、この時ラジオが言った。

○

松竹館の楽屋で、小さん、小円馬両君相手に、猫八の噂をしていると、そこへとたんに猫八が現れた。猫八の噂はこの時始めて、この楽屋で出たのであり、猫八自身この楽屋に来る

こともこれが始めてと思われる。

妙々不思議とはこれである。

三十日

(月曜　曇　涼　晴曇　小暑)

四時起キテ庭ニ出ル、未ダ薄暗ク、南瓜ノ花半開キ、六時頃再ビ出デ防空壕舎入口ノ一輪ト風呂屋側檜樹ニ懸レル一輪ニ交配スル。交配中警報発令。

馬鈴薯味噌汁ニ、茗荷根ヲ刻ミ浮カセル。

午前中ニ三度グライ空襲警報ガ発令、三度グライ半鐘ガ鳴ッタガ敵機ハ見エナイ。

鉄男君ノ坊ヤハ見レバ見ルホド大正天皇様皇太子ノ御頃ニ似テイル。西岡水明君ニ手紙、松沢ソノ他ニハガキヲ書ク。

昼飯ハ豆入白飯、トテモ美味イ。庭ノ化トマトヲ青イママニ切ル、トマトノ初収穫デアル。恐シクバサバサノトマト也。

今日ハ竟ニ一日中ブザーノ鳴リ続キ、浅草ニ行カズ了イトナル。(艦載機F6Fなど七百機関東地方、P51艦載機三百五十機関西地方、B29数十機朝鮮海峡方面に行動。)

十五時半頃うどん粉ノホットケーキヲ喰イ、ネムクナリ昼寝スル。三日ホド前カラ毎夕蜩《ひぐらし》ガ鳴ク。コノ声私ハ好キ妻ハ大嫌イ。運送屋カラ、貰ッタ蛤ヲ蒸シテ、ウィスキー四杯飲ム。警報ハ出ナイガ、ラジオハ絶エズ情報ヲ伝エテイル。

○

今日は睡蓮が五輪咲いた。黄一輪、白二輪、淡紅一輪、淡々紅一輪。小型機が京浜上空を乱舞している未の刻、淡紅は最先に睡り完全に扉を閉した。一番寝坊をした黄はまだ眼が冴え冴えとしている。白一輪は八分の睡り、もう一輪はまだ眼をパチパチしていて、淡々紅も、どうやら睡む気がさした態だ。

吾家の睡蓮は、全然手がかからず、毎年毎年私の眼を楽しませてくれる。世話が焼けずにこれだけの美しさ！

Ｂ29とＰ51に対する私の関心は、南瓜と胡瓜に対する関心と、同じ程度である。

結局今日は、朝から夕まで、警報の出つづけであったが、私の頭脳の中は、敵機よりも南瓜の方が幅を利かせていた。北海道の栗南瓜、目下雌花をつけているのが、十五本ほど在る。天候不順のため、今月二十日に始めて第一花を交配してやり、これが現在大人の拳ぐらいに成っている。

種を見ると、全部同じ種類に思えるが、斯うして実をつけ始めて見ると、雌花が受精してふくらむ頃、碧いのがあり、黄色いのがあり、ずんぐりしたのがあり、やや卵型なのがあり、いろいろ違っている。秋になって、如何なる模様に染め上るか、楽しみである。

私は今日も幾度となく庭へ出て、飽かず雌花の孕《ふく》れる姿を眺め、養分を摂らせるために、脇芽、脇枝をなるべく摘み去るようにしてやる。

受精した翌日の雌花は、花びらがぐったりとなり、球のところが俄かに、撥剌たる色を発し、まことに美しく艶めかしくなる。植物でありながら、多分に動物的な感覚である。

柿の木の所から、黄楊《つげ》の木に長く渡した二本の竹に、二つほど黄色いのがとまったが、竿についてるせいか、撞球の象牙のタマを頼りに連想する。

やはり黄楊の木の下に、播いたのではないが日本南瓜が自生して、この雌花も明朝始めて開く気配だ。

もともと南瓜は南方が原産なのであろうか、雌花を比べて見るに、日本南瓜はやはり、キチンとまとまって、純綿の更紗《さらさ》模様か、陶器の感じである。栗南瓜（西洋南瓜と謂う）は、全体にボヤけていて、羅紗《らしゃ》の感じ、絨毯《じゅうたん》の感じである。

所で、昨年は矢鱈に南瓜の俳句をつくったが、今年はまるで出来ない。連日の空襲で、それだけの余裕が無くなったか？

三十一日

（火曜　曇）〔松竹館ラク、放送「姿三四郎」〕
四時半起キテ日本南瓜交配ヲスル。マタ一寝入リ。六時頃起キ、二階ノ縁前ノ廂ニ竹ヲ二本加エ、針金デ止メル、ココへ五個位南瓜ヲ成ラセルツモリ也。
朝飯後、放送台本ツクル。庭へ出テ南瓜ノ棚増設、おしめ干シノ金網ヲ利用、天晴レナル出来、コノ棚ニモ三コ或ハ五コ成ラセン。
腹ガ空ッタノデ十時半頃昼飯ヲ喰ウ。トマト、胡瓜もみ、鮭肉入リトーモロコシコロッケ。

一回ダケ本意気デ音読スル（三四郎・鉄心対面ノ件）。

松竹館第一回「楽長」第二回「博士失敗」、満員大受ケ也。楽屋デ靴代払イ、一コ八十銭ノ桃十個買ウ。風呂屋主人ノ何所カデ買ッタ天津桃ハ一コ五円ダト言ウカラ、コレハ大イニ安イ訳。

釜サンニ会ウベク大都劇場ニ行ッタガ、稽古スンデ皆帰ッタアト也。スイミツヲ潰サヌヨウ、地下鉄ノ苦心。

十八時頃放送局着。ロッパ君ニ遇イ、明後日彼ガウィスキー持参泊リニクル約束ヲスル。スイミツ二個ト煙草三本ト換エル。高峰秀子、轟夕起子ニモ一コズツ呈ス。

今日始メテ物語放送中ニジャ$～ガ出ル。私自身放送ノ出来モ悪カッタガ、コレデ愈々打チ壊シトナル。

帰宅、寝室ノ暗イ電気デ、ウィスキーヲ飲ム。

私は大得意で富士子に語った「あの金網で俊子のおしめも、高子たちのおしめも干したんだぜ」と。廃物利用で南瓜の棚が出来たのが嬉しくて堪らないのである。あ昼寝をしていた静枝が、これを聴いて起きて来て曰く、「お父さんたら、好い加減ね。あれは一坊の時買ったものよ。まったく一坊には無関心だよ」と。そこで私が腹を立てて言った「馬鹿を言え。一坊について僕の書いた原稿を読んだことがないのか。お前こそ亭主の仕事に無関心な女だ」。

八　月

一日

（水曜）〔放送「姿三四郎」牛ケ淵〕

南瓜五輪交配スル。コレガ全部落チズニクレレバ吾家ハ既ニ合計十六個ノ収穫ガアル訳也。

石田自転車デ来ル、名古屋行ノ打合セ、三日午後四時頃新宿発名古屋行ニ乗ルコトニ定メル。東海道線ハ島田迄シカ行カズ。

明日、放送前ニ四日分録音スルノデ、ソノ台本ヲ作ル。

今日カラ電話ハ利カナクナル筈デアッタガ、放送局嘱託ナリト届出効アリテ、チャント通ジテイル。

水道ノ工夫来リテ、便所ノ鉛管破レタルヲ直シテクレル。新玉川水道時代カラノ工夫ニテ、私ヲ昔ヨリ見知リ「随分オ年ヲ召シマシタナア」ナド語ル。

内藤令嬢来リ、本ノ謝礼トシテ三百円持参ス。望外ノ事也。

姿三四郎牛ケ淵ノ死闘、充分聴衆ニ手ニ汗ヲ握ラシタツモリデ放送ヲ終ルト、何ノコトダ、今夜モ途中カラ、敵大編隊来襲トアッテ、ジャアジャア切ラレテ了ッタ。

真暗ナ電車デ帰リ、吾家ノ前ニ来ルト、丁度南ノ空デハB29ガ盛ンニ焼夷弾ヲ落シテイル所也。（川崎、鶴見爆弾。八王子、立川、水戸、長岡ナド焼夷弾ニテヤラレル。）

前田璣君が、とても可笑しい顔になった。何所かでビール七本とか（ジョッキ七杯か？）飲んで、更に何所かで焼酎を三合飲んで、超泥酔の態となり、何所かで転んで、上前歯を三本欠いて了った。朝床の中で、手をやって見ると、無いので面喰ったそうだ。おまけに、その晩焼夷弾の直撃で、何もかも焼いて了った。ヴァイオリンとスーツ一コだけ助かったきり。この遭難談を、彼はさも愉快で堪らぬという風で語る。私はキリギリスのような顔になった彼の、その話しぶりに何度も腹を抱えて笑わされた。

本来、愉快であるべき筈でないことが、斯うも面白くて可笑しいというのは、人間の性のオモシロイところである。大きにこれこそ大和民族の特色かもしれないと思う。

数日前、やはり放送局でピアニスト山本清一君に遇った時も、同じような愉快さを味った。彼も焼出された話をしたが、とても愉快そうであった。焼出された晩のこと、私は山本君と新橋駅の歩廊待合室で、お互いに何時焼かれるかもしれないという話をした。彼の家は大岡山だという、そこで私は「大岡山は今晩あたり危ないね」と言った。すると、正にその通り、その晩に焼けたのである。

このチャンと予言通りになったことが、素晴しく可笑しいらしく、喜色満面に浮べて、彼は私に報告するのであった。

「君がつまらん予言をするから、そうなったではないか」と、苦情を言われるのが、あたりまえのような気がするが、事実は反対に至極喜ばれて了ったのである。

同じ五月二十五日の罹災者でも、天野の叔母の報告は、悲惨極まる感じを受けたが、前田、山本両君の報告は斯の如く明るい印象を与えられたのである。

もっとも叔母は、愛する主人を亡くしたのだから、愉快になれる訳もないのだが、それだけでなく何か、この両者の間には人間的に大変な差異があるようだ。まるで人種が別なのではないかと思われるくらいだ。

前田君はヴァイオリン、山本君はピアノ、共に音楽家である。或は、音楽家というものが特殊の神経を有するのであろうか？　そういう私自身も、その特殊神経組らしいけれど、この場合、大真面目に語るが健康か、大笑いで話すが健康か、どちらであろう？

「この頃、眼がすっかりダメ、眼鏡の要らないのがあったら、くれないか」と前田君は、眼をショボショボさせて言ったが、これがまた当人にも、私にも可笑しかった。

年齢をとって、身体がだんだんいけなくなるということは、無論悲しいことに違いないが、相手次第では、これが至極朗らかで愉快な話題となる。

この伝で行くと「死」ということも、やはり朗らかで愉快な問題になるであろう。

名僧の悟り（死に関する）、特攻隊勇士の心境、この心理と一脈の通ずるもの有りか。

二日

（木曜　晴　暑）〔姿三四郎オッペケペノ件放送〕

午前中庭へ出タリ、吹込台本作ッタリ。鉛筆デ印シハツケタルモ音読ハシテイル暇ナシ。今暁八王子、立川ガヤラレ、女共騒イデオリシ為、寝不足デ頭ワルシ。一時間ホドウトウト昼寝スル。

十二時家出、十四時放送局着。四日分連続ニ吹キコム、案ジタルヨリモ巧ク行キタリ。ランマント称スル酒コップニ半杯馳走ニナル。一竜斎貞鏡君ニ修業時代ノ話ナド聴ク。十九時四十五分ヨリ放送、オッペケペノ件、出来栄六点五分。ロッパ君泊リニ来ル筈ナリシモ来ラズ。

矢島氏（飯田家ノ親セキ也）ニ貫イシウィスキー一合ホドヲ飲ミ更ニ亀雄兄ヨリ贈ラレタル、ニッカヲ二杯ノミ、クダヲマク。

私が子に対して、私という父親は、甚だ無責任な男ではないか、という気がする時が、時々あるのである。

俊子を嫁入らせるに際し、私は婿殿の人物や家について、何等審べるでもなく、なり行きにまかせていた。もっとも、この縁談がもちあがった時、私は昭南の陸軍病院に入院していて、妻から手紙により相談され、当人同士好き合っているなら宜しかろうと、賛成の電信を打った次第で、その時私としては婿殿の家庭を審べる余裕はなかった訳だ。然し、真に吾娘を愛し、真に吾娘の幸福を想うなら、私が帰国するまで縁談の進行を待たせるべきであった。

今更もう取り返しのつかないことだが、今日も、出征した婿殿の留守宅に、得体の知れない爺が乗り込んで、婿殿の荷物、俊子の荷物など全部持ち出したという事件が起った。この爺と飯田家との関係が分明しないので、私としては所置のとりようがない。

坊やのことにしても、疎開していなくなった当座、大いに心配で毎日思い出していたが、このごろは聊《いささ》か忘れ勝ちの態だ。

三日

（金曜　晴　暑）


四時半起、南瓜交配、雌花半開也。梅樹ノ方ニ釣ヲスルガ如ク、竹ノ先ニ雄花ヲ糸デ下ゲ、チョイチョイ。三輪。

中央線豊田迄シカ行カズ、オ蔭デ一日休養トナル。

亀雄兄来、益々肥リテ立派也。素晴シキ地下足袋ノ土産。

十時頃空襲警報、P51超低空見事ニモ凄マジ。韮ノ花ヲ実ニシテ味噌汁ヲ作ル。

リリアン名古屋行ノ切符ヲ持参、豊田・浅川間徒歩連絡デハ行ク気ニナレズ。

昼寝シテイルト、「商工新聞」ノ人来リ「姿三四郎」ノ原稿ヲ注文、断ワル。高山氏ブドー糖ニ貫目ヲ持参。革砥ヲ一本進呈ス、進呈トイッテモ、何カ寄越ス約束也。

明子ハ工場ガ休電日トテ、一日中家デブラブラシオリ、気ノ毒也。彼女ノ姿ヲ庭ニ認メ、裸足デ庭ニ出デ、片ハシカラ南瓜ノ実ヲ見セテ慰問スル。

高子ノ報告ニヨルト、今日三鷹駅機銃掃射ヲ受ケタリ。

大豆ノ煎リタテヲポリポリ噛ミツツニッカヲ飲ム。

敵機が、凄まじき勢いで、吾家の前の大通りスレスレで飛んで行った。民家の二階の屋根より低いかと思える冒険飛行だ。天晴れ天晴れと言いたいくらいだ。オレンジ色のスマートなる敵であった。生れて始めて、吾家とスレスレに飛んだ飛行機を見た訳だ。そこで、生れて始めてという出来事が、毎日何んな風に在るのか、一寸考えて見る気になった。

グリコーナーとかいう、葡萄糖の固まりみたいなものを、今日二貫目買った。価千六百円也、——これも生れて始めてである。

高山家から妙な林檎を贈られた。焼林檎を冷凍したようなものであるが、なかなかうまい、——これも生れて始めてである。

ジカ足袋を土産に、亀雄兄から貰った、——これも生れて始めてである。

今日だけで生れて始めてのことが、いくらでもありそうだ。

昨日は、録音（放送用）を四日分一遍に吹き込んだ、生れて始めてである。

一昨日は、内藤令嬢が、金三百円持参した。これは彼女の会社に、大衆文学全集その他数十冊を寄附した謝礼であるが、自分の古本がこんな大金額に替ったことは、生れて始めてである。

その前日七月三十一日は、「姿三四郎」放送中、警報が出て散々切られて了った。物語放送中、空襲で切られたのはこれが始めて。

七月三十日は、吾家で出来たトマトを食う。

二十九日は何から何まで揃っている靴の皮（製靴材料糸から竹針まで揃い）二足分八百円也を買う、二十八日は牛若丸が日本で弁慶が米国だという説を聴く、二十七日は放送劇解説中防空情報で寸断され、吾家で出来た枝豆を喰う、二十六日は陳情の為め荻窪電話局に行く、二十五日は檜の下駄台二足価十七円を買い、青トマトの味を知る、二十四日は相模太郎不出演のため客に怒鳴らる、二十三日には三遊亭円歌君と浅草より上野迄芸談す（落語家と斯んなに永く歩いたのは初めて也）、二十二日は映画出演料を仕事ある日二〇〇無日一〇〇で契約する（日数で契約は始めて也）、二十一日は浅草松竹館で客席より「独演会に願います」と声がかかる、二十日は豆九分米一分の昼飯を喰う、十九日は頭上のB29より伝単筒を落される、十八日は虎爾夫妻来り泊る、十七日は南瓜蔓の芽を食い身体が痒くなる（豆粕飯のせいかもしれず）、十六日は弟と婿とに一遍に赤紙が来る、十五日は農耕隊の朝鮮兵に話をする、十四日は伊那峡見物、土用松茸を喰う、十三日は乗った列車が空襲事故で猿橋から八王子まで引返し、以上、この日記帳（七月十三日ヨリノ日記）の始めから毎日何かしら生れて始めての事がある。

考えようによると、毎日生れて始めての事が無数にある訳でもある。殊に近頃のように、戦争が敗戦気味になると、何から何まで生れて始めての事が多くなる、――まったく敵が本土の到る所に侵入なぞは、日本が生れて始めてである。

四日

（土曜　晴）

蚤ニ喰ワレ三時頃起キ二階デ手紙ナドヲ書ク。「正伝次郎長」ヲ読ミテ又一寝入リ。六時頃起キ南瓜三輪交配、西ノ屋根ニベニヤ板ヲ敷ク、トタン焼ケテ南瓜ノ花白ク咲ケリ。彼ハ花山君来、名古屋行打合セ、明日ハ中央線全通シテモ、シナクテモ出発ト定メル。彼ハ二日与瀬ヨリ八王子マデ歩キ、八王子ノ倉庫ガ燃エテル最中ナリシト語ル。浅川ノ茶屋ニ預ケタル本焼ケタラシ。吾家ノ本ハ焼ケズ、疎開ノ本燃ユルハ面白シ。

昼飯ヲ食イ昼寝。警報ト砲声デ起キル。

南瓜、トマト、胡瓜ナドニ追肥ヲスル。南瓜、明朝ハ沢山雌花アリ。百日紅ガ一輪咲イテイル。

夕方久シブリデ俳句ヲ作ル。入浴、顔ヲ剃ル。

牛肉一貫目三百六十円トハ馬鹿馬鹿シ。

見納めの夏の庭かや旅に出る　　睡蓮の白ばかりなる日ざしかな

旅に出る朝の南瓜の手入かな　　月桂樹の南瓜コブラの如きかな

炎天に追肥を施りて明日は旅　　隣りより南瓜の雌花しのび来る

崩れたる防空壕や矢車草　　キリギリスほど配給の胡瓜かな

須臾にして消し飛ぶ庭の南瓜かな
生まず女のトマト大樹となりにけり
女房の政府ののしる南瓜かな
青柿の美人ひそめる如くなり
よく実のる胡瓜かぼそくあはれなり
朝鮮の煙管咥へて花南瓜
いぢけたる南瓜雌花をおづ〳〵と
花魁草今年もいつか咲きてをり

梅の樹も黄楊も山茶花も花南瓜
百日紅病めるがままに咲き初めぬ
寄る辺なき胡瓜の蔓の戦ぎかな
省電の音白けたり夏の夕
笹刈りて秋海棠のあからさま
三度三度豆を喰ふなる大暑かな
銅の屋根白く咲きたる南瓜かな
悠久の大義に生きる南瓜かな

五日

（日曜　晴　曇）〔豊川へ出発〕

南瓜九輪交配ス。今年ノ記録的多数也。今日旅ニ出テ、一カ月以上モ帰ラズ、最モ気ニナル一事ハ南瓜ノ事也。

帰宅スル迄ニ吾家ハ焼失スルモノトシテ、字引類ヲ包ミニシテ壕舎ニ収ム。

十一時頃、千太万吉、五十嵐、竹本、花山ノ一行来ル。ニッカノ残リ一合アマリヲ皆ニ出ス。

皆ヨリ三十分ホド遅レ二時半頃家ヲ出ル。新宿駅デ一同ト待チ合セ。花山君交渉成功シテ、吾等一行ハ群集ヨリ先ニ入ル事ヲ許可サル。列車ニ乗込ム時、不愉快千万ナル事起ル。

サテ漸ク席ヲ得テヤレヤレト思イシニ、コノ列車前代未聞ノノロサニシテ、大月駅ニ至ルヤ夜半トナル。加ウルニ八王子駅ノ辺ニテ空襲警報出デ、益々ウンザリス。暗イノニ窓ハ〆切リノ止ムナキニ到ル。

後ニ分明セル事ナレド、吾等ノ前ニ走レル列車、小仏トンネルニ入ラントセシ時、P51三機ニ襲ワレ、夥シキ死傷者ヲ出セルナリ。

二時間もカンカン照りの小田急青梅口の鋪装道路に列をつくっているのは、まったくやりきれない、と苦に病んでいたら、好いあんばいに助役に話して、一般より優先的に歩廊に入ることが出来た。

所が、駅員の連絡不充分だったので、いざ列車が眼前に用意された時になって、鼻ったらし駅員が来て、乗車絶対ナリマセンと怒鳴る。一旦席についた吾々（軍人の士官大多数也）は再び歩廊に下ろされた。そこへまた、六尺棒を持った中年の駅員が来て、一同を叱り飛ばし、歩廊の下へ退去させた。棒で地面を叩き、キリキリ立てという態である。鉄道義勇隊が、戦闘隊となったので、鼻息の荒いこと一通りでなく、軍人と雖も眼中にない様子——この点頼もしい所もあるが——、何しろ吾々は助役の諒解を得て、歩廊にいたのである、それをズルくもぐり込んだような扱いで、甚だ心外であった。

もっとも、炎天に列をつくって、待っていた一般の苦難を想うと、吾々だけ特別扱いを優先的にうけるということ、うしろめたくないでもない。無論吾々は私用で行くのでない、豊川海軍工廠慰問という公用で行くのであるから、軍公用者としてそれだけの資格がある訳である。

それでいて、尚且つ一般の人々に済まない気がするというのは、要するに私という人間が、政治家や軍人になる素質がないということである。特別待遇をうけて平気でいるようでなくては、所謂上層指導者や、英雄や、国士にはなれないらしい。

また一般の中には、三等の切符で平気で二等に腰をかけ洒々としている人種も沢山あるが、斯ういう時世には、斯ういう神経の方がトクをする場合が多い。そして斯ういう神経の持主こそ、時を得て指導者になった時、大いに羽ぶりを利かせて、無理な号令を得々とかけられ、そして英雄になれるのである。

つまり、自分のことは棚へあげて、他人をのみ攻撃出来る人間が、トクなのである。自己を省みる癖などは、斯んな世の中では美徳にあらず、一つの弱点であろう。戦争というものは、自分の方の備えなどに汲々としている側よりは、攻撃専門で行く方が勝率が多いようだ。

想うに戦時中の個人道徳も、やはりその筆法で行く方がトクであろう。反省する人間、自責の念強き人間などは、滔々として劣敗者となるであろう。

（大本営発表）P51七十八機関東地方、B29百三十機前橋。

六　日

（月曜　晴　暑）〔信州田畑泊リ〕

匆驚、新宿ヨリ十二時間モカカッテ甲府着、コレダケデ大イニ疲ル。更ニ甲府駅デ、P

51ノ銃撃ヲ受ケタル前行列車ノ客多数、無理矢理ニ割リ込ミ、車内ハ地獄トナル。遭難セル婆サンノ為メ私モ席ヲ占領サレテ了ウ。辰野駅着ハ八時頃。駅前ノみのわ屋旅館ニテ休息。竹本君ノ外食券デ一同、七勺ノ芋入飯ヲ食ウ。相談ノ結果豊川行ハ明朝ノ一番電車ト定リ、私ノミ田畑松沢家ヘ行ク。突然ノ訪問トテ皆驚イタリ。松沢ハ倉ノ中ニ昼寝シイタリ。清流ニテ汗ヲ流ス、コノ水ノ冷タキコト切ラルル如シ。疲レタレバ一休ミセント横ニナルモ、子供騒ギテ眠ラセズ。

松沢ト畑ニ出デ、胡瓜、茄子ヲ摘ム。病人ノ松沢（足ノ裏シビルル相）青年老イ易ク、ナド微吟ス。オ婆サン吾ガ為ニうどんヲ打チクレル。葡萄酒茶碗ニ一杯ズツ大切ニ飲ミテ、大イニ語リ、腹一杯色々ト喰ウ。久シブリデ蚊帳ノ中ニ寝ル（吾家ニテハぜんまい線香ヲ用ウ）。

（本日午前八時B29三機広島ニ来リ、恐ルベキ新型爆弾ヲ投下ス。落下傘ニツケタル、原子爆弾ノ如キモノ。死者十五万トモ二十万トモ言ウ。戦争ノ局面コレニヨリテ　転ス。）


超満員の列車が甲府につくと、物凄い剣幕で窓から無理矢理に乗り込んで来る男女がある。

「二等だろうと三等だろうと、そんな事言ってられないわよ」

と、三等の若い女客が、私のいる窓から、まずコテコテと荷物を入れ、文字通りチン入して来た。もとカフエの女給か、三流どころの花柳界の女という人たちである。

果ては、チンパンジーのような顔をした婆さんまで、その窓から押し込まれて来た。

始めは忌々しく思ったが、だんだん聴いてみると、この女たちは小仏トンネルの入口で、

Ｐ51に掃射された列車の人たちであった。道理で目の色が変っていた。

婆さんは、木曾の山奥へ疎開していたのだが、息子さんとかが応召したので東京に遇いに行き、その帰り途なのであった。

「ほんとに、助かったのが奇蹟でした」

と婆さんが言ったので〝奇蹟！〟と私は、感服した。奇蹟などという言葉は、若い者しか使わないものと思っていたら、七十（そのくらいと見た）の老婆が当り前みたいに使用するのである。

「ほんの一瞬の出来事でした」

とも婆さんは語る。〝一瞬〟にも感服した。

吾々モノを書いたり話したりする人間が、現代の婆さんを描写する時、余程用心しないと、明治時代の婆さんになって了うぞ、とつくづく思ったのである。

七日

（火曜　晴　暑）

五時過松沢ニ起サル。白米ノ朝飯タップリ、川魚オカシラツキ、生卵。

坊ヤ裸足デ追駈ケ、俊子ヒロ子ヲ負ウテ急ギ足、田圃ト小川ノ路ヲ駅マデ見送リニクル。

三輛連結ノ最前車ニ一同乗ッテイル。何ウシテモ思イ出セヌ老人ト親シク語ル。天竜峡乗換エ、トンネル無数ニアル線也、風光ヨロシ。途中空襲警報ガ出ル、ナントコレガ吾等ノ行先豊川工廠ガ空襲サレタル警報ナリ。

工廠大騒ギデ慰問ドコロニ非ズ。生レテ始メテ豊川稲荷参拝、禅寺ナリシハ意外。広々タル石畳ニ二人ノ少年爆弾ノ破片ヲ投ゲ妙音アリ。駅長浜松デ見知リ越シノ人、快ヨク東京行ノ切符ヲ発行シクレル。

炎天ノ豊橋駅ニ待ツ事一時間、折リ返シノ空イタ列車ニ乗ル、御油ノ辺ニ空襲事故アリ、東海道線コレカラ先ニ行カズ。

二十二時頃小田原着、駅前ノ旅館ヲ探ネ、辛ウジテ一室ヲ得、初発ノ時間マデ休ムコトニナル。

汚ナイ蒲団、上下一枚ズツ、茶モ出デズシテ一泊四円也。千太、万吉、竹木ノ三君ト、工廠ノ寮ヨリ貰イタル合成酒ヲ飲ミ、御機嫌トナル。合成酒ノコトヲ「中野サン」ト称ス、中野セイゴウ即ゴウセイノ符牒也。

乗り損っては皆に迷惑をかける。走った走った一気に線路沿いの路へ出る。右手は、この頃の日照りつづきで、めっきり持ち直した青田、左手は線路でその向うが葭切の鳴いている天竜河原。

と、後方から叫ぶ者がある。坊やが裸足になって、履物を手に持って、追駈けて来たのである。その後方から俊子が赤ん坊を負んぶして急ぎ足で来る。

私はとても嬉しくなり、立ち止って彼等の、追いつくのを待ち、それから三人で暫らく話した。

一雄の膝から下は、真黒々とやけ、皮膚は樹の肌のようになり、ブヨや蚤の喰った跡だらけである。その時も、一匹のブヨがしつこく刺し廻っていた。血が出ていたが坊やは平気で、ピシャリ叩いては追払っていた。

私は道端の、紫色の花（蓮華草に似てる）を一枝折り、俊子の背にいる裕子に与えた。赤ン坊のことだから、すぐに口にもって行くかと思っていたら、覚束ない手つきで花を持ち、ニコニコ眺めていた。

今日はいつもほど葭切が鳴いていない。坊やは毎日、天竜川に水浴びに行く。先日アップしたというから溺れかけの一寸手まえまで行ったらしい。

○

「静岡地区空襲警報です」と、電車の運転手が、扉から前身を出して、客席に言った。

「大きに、豊川工廠がやられてたってネ」

と私たちは冗談を言っていた。

所が、愈々豊川駅が近づいて来た時、運転台の所の窓から、往く手を見ていた万吉君が、ヘンな煙が見えると言い出した。

なんと、言いあてたのであった。吾等が到着する寸前に、工廠は大爆撃（戦爆連合百機）を受けていたのである。

小仏トンネル入口の機銃掃射なかりせば、坊やの疎開地田畑なかりせば、私はこの工廠爆撃で死んでいたかもしれない。

（大本営発表）Ｂ29七十、Ｐ51三十豊川海軍工廠爆撃。

八日

（水曜　晴　暑）

四時半起、小田原駅ニ馳ケツケル。四時五十分ノ列車ハ消エ、小田原仕立一番ニ乗ル。車窓ヨリ機銃ノ穴点々タル機関車、客車、貨車ナドヲ見ル。平塚ハ見事ニ無ツナリタリ。国府津、大磯ナドモ被害アリ、高田保ノ家ハ無事。田圃ノ中ニ爆撃ノ大穴、丸キ池トナリオルヲ見ル。

八時頃帰宅。豊川ノ爆撃ヲラジオデ知リ、家内ノモノ大イニ心配シテルナラント思イテアリシニ、一向平気ナリ。コノ頃ハ、オ互ニ誰ガ死ニカカッテモ誰ガ命拾イシテモ、驚カヌ事ニナリタリ。

旅行中気ニカカリテナラナカリシ南瓜、早速庭ニ出テ審ベテ見ル。今日モ九輪ホド交配シアリ、合計四十五ホド実ノルラシ。竿棚ノ南瓜、径五寸以上ニ膨ラミ、竿ヨリ転ガリ出サントス。即チ紐ヲ以ッテ吊ッテヤル。コノ作業中Ｂ29六十機頭上ヲ通過ス。爆弾ノ落下音頻リニ聞エ、風呂屋ノガラスブルブルト鳴ル。南瓜吊リ作業ソノママ続ケタルモ、流石ニ紐ノ切リ方ナド間違エル。

若キ少尉殿来ル、庭先ニテ暫時語リ行ク。サレバ、コノ夜警報出デＢ29三機来ルト聴クヤ、娘ドモニ注意スル所アリ。

○

冗談じゃない、まったく冗談じゃない！

本当だとすると、こいつ大変だ。

今聴いたばかりのせいか、私も内心穏やかでない、――明日になれば、平気になるのかもしれないが、――いや、今度ばかりは二日や三日で平気になれまい、とも思える。

ウラニウム爆弾――だかどうだか分らないが、敵が広島に使用した一物が、並大抵のものでないらしい。たった二発でドエライ被害があったと言う。今度ラジオで放送された、李殿下の戦傷死もそれだそうだ。

本日の新聞に見る大本営発表次の如し――

一、昨八月六日広島市はB29少数機の攻撃により相当の被害を生じたり

二、敵は右攻撃に新型爆弾を使用せるものの如きも詳細目下調査中なり

これに関し、

――敵がこの非人道なる行為を敢てする裏には戦争遂行途上の焦躁を見逃すわけにはいかない、

かくの如き非人道な残忍性を敢てした敵は最早再び人道を口にするを得ない筈である、云々。

という泣言みたいな、負けおしみみたいな説を例の如く附しているが、それは日本の官報的新聞の愚かな筆癖と片づけるとして、この人道という言葉を短い文の中に三つも使用して

いる所から、記者自身相当狼狽てて興奮している事を看取出来る。

さて、今私はこの爆弾の、圧倒的威力について聴き込んだのである。

――若し、広島の被害を国民が知ったなら（即ちこの新爆弾の効力を知ったなら）全国民は忽ち戦意を喪失するであろう。

という話だ。

この話を聴いて間もなく夜九時の報道であるが、やはりこの爆弾について、国民の注意を喚起している。――何等具体的のことは言わないが、それだけに無気味である。

何しろ、今までの如何なる爆弾も比べものにならない威力をもっているらしい。――ラジオでもその事を力をこめて言っていた。

ものに動ぜぬ静枝も、今夜は少々恐れをなしているような顔つきだ。

「女たちは皆浅川へ行ってるんだな、当分は。俺一人で留守番してるから」

と私は言った。

彼女も、その気になりかけていたらしいが、

「とにかく明日あさ、英子（彼女の兄が軍令部に出仕している）のところへ行って話を聴いてくるわ」

と、一応冷静なところを示した。

それにしても、敵が物凄い兵器を使用するからと言って、頭から非人道呼ばわりをするのは滑稽である。日本のすることは、一から十まで人道的であるような言い方は、いくら味方

のことでも甚だ擽《くすぐ》ったい。

硫黄島でも沖縄でも、敵は青酸加里ガスを使用したそうだが、これとてもアタリマエの話だと私は思う。日本も敗けずに、毒ガスだろうと一発万殺の新兵器だろうと使用すれば宜しい。それがやれないからというので、専ら敵を鬼畜呼ばわり、悪魔呼ばわりは、寧ろあわれで腹が立つ。国民を何所まで馬鹿だと思っているんであろうか？

もっとも、国民も相当バカであることは私も近来益々痛感している。

まさかウラニウム爆弾が、敵の手によって発明されたとは信じられないが（これの発明が完成され、それが使用された時は、人類が亡びる時だと私は思う）、なんにしても、戦争は深刻極まる所まで行くらしい。

（B29百機吾家上空ニ来ル。武蔵野工場ソノ他ニ一噸爆弾ヲ落シテ行ク。）

九日

（木曜　曇後晴　暑）

南瓜ノ交配、塀外ノ貧弱ナル一輪ノミ。終日、庭へ出テ漫然ト歩ク。

虎爾、裕彦ヨリ同時ニハガキ来ル、千乗県ノ千倉ニ在ル事分ル。

静枝、新型爆弾ノ事ヲ尋ネルタメ、野菜物ヲ受ケトルタメ、吉祥寺英子ノ家ニ行ク。コノ報告如何ニヨリ女タチヲ退去サセルツモリ。

味噌ノ配給アリ、富士子トリニ行ク、集マル女房連新型爆弾ノ噂頻リ。

午後三時ノ報道ヲ聴キ大イニオドロク。日本愈々コッピドイ目ニ遭ウラシ。斯ノ如キ形勢デハ山陰地方撮影ノ旅ナド思イモ寄ラズ、断ルガ至当ナルベシ。静枝ノ報告モ、ラジオノ報道モ、新型爆弾ニツイテ「大したことはない」トイウトコロ。ソレヨリモ「ソ連問題」ノ方ガ恐ロシキ影ヲ投ゲル。

何レニセヨ当分ハ家ヲ離レル訳ニ行カズ、斯ウナルト豊川ノ爆撃ハ天ノ与エナリト言ウベシ。

夕食ハ飯一杯デ豆ヲ矢鱈ニモリモリト食ウ。明子猿橋ヨリ帰リ来ル。スモモヲ沢山買ッテ来ル。友達ノ定期ヲ借リテ落シタリト。

番組ノ報ラセヲ聴イテイルト私ノ名ガ飛ビ出シテ来タ、面喰ウ。ソ連宣戦ノコトナドアリ、市丸ナドノ歌謡曲デハ具合ガ悪イノデ私ノ録音放送「夏草物語」ト更ッタノデアロウ。

老の歯の焼豆を噛む暑さかな

焼豆に冷し紅茶や（日の盛り）

（全世界敵となりたる日の盛り）

斯んな俳句をつくりつつ、後三時の報道を待った。新型爆弾のこと、昨日の帝都空襲のことなど聴かんがためである。括弧内の下五及び〃全世界〃の一句は、この報道を聴いたあとで書いた文字である。

まったくこの報道は、俳句どころの騒ぎでなかった。大変も大変、大東亜戦始まって以来最悪の報道である。こんな事を直後に書いていられるのが妙なほど、超々大変である。

——満州国東方に於て、ソ連が不意に攻撃を開始した！

台所にいた富士子曰く「頼みの綱も切れ果てましたわネ！」と。その通り、これで日本は世界中の強国から袋叩きを喰うことになったのである。

三国会談の発表が、東亜の問題に一行もふれていないので、安心していたら、飛んでもない錯覚であった。一言もふれてないのが臭かったのである。それが、吾らの鼻、近来バカになっていて、分らなかったのである。

——よろしい、この際、黄色人種国家を清算致しましょう、あとはまたあとの問題として、とりあえず日本を亡ぼしてからデス。

こんな相談がスタ公、トル公、アト公の間にとり交されていたのであろう。

或いはスタ公の事であるから、あとの両人など問題にせず、日本を打つのは今が一番の好機と見極めて、冷静果敢にオッ始めたのかもしれない。今のうちに、満州あたりを占領しておいて、東亜に強力なる発言権を得ようというのであろう。

然し、ドエライ事になったもんだ。二千六百六年の歴史が、断末魔と相成るのか！

日本竟に「森の石松」となるか！

そこで私はである。一切狼狽てるべからず、である。報道を今聴いたばかりで、聊か昂奮の態だが、まア次の報道を聴くまで、おもむろに句でも作るが宜しい。

　蟬鳴くや後手後手と打つへボ碁打ち
　どう見ても眼のない石や蟬時雨

日の盛り鍋に焼かるる胡瓜あり
最悪のニュースを聴きて蟬を聴く
知人より著書贈られし日の盛り

いつもながら不思議なこと、内藤民治氏より「ソ連は敵か味方か」というパンフレットを贈られ、封を切り読もうとして、ふとラジオが気になり三時の報道を待っていたら、その最初の報道がソ連来襲の大本営発表であった。パンフレットの奥附を見ると「昭和二十年五月吉日稿」と記してある。なるほど、この頃、この著者の主張するが如き、思い切ったテを打っていたら、日本は救われていたかもしれない。が、総てはあとの祭り、現在の状態を、総て最善也と考えて、更に元気よく前進すべきである。

庭を見て感あり。防空壕掩蓋の盛土に、何所から来たのか、実生の雁来紅《はげいとう》が、黄と紅のだんだら模様を、美しく見せている。ちゃんと造られた庭にも美あり。殺風景な土の盛上げにも自然は美を惜しまず。

南瓜の葉、庭に君臨するを見て、一つの感あり、1は、——いざという場合には、草花よりも野菜が大切、即ち浮華より誠実が大切、という月並の教訓。2は、——花の美しさを愛でるより、実の美味きが勝つ、即ち精神よりも物質が勝つという暗示、竟に花より団子は永遠の真理なりしか、呵々。

後五時の報道を聴いて、八日深更モロトフが佐藤大使を招き対日宣戦を通達し同時に戦争行為に出でた事が分る。

——ははア、日本がハワイにやった通りを、ロシアが満州にやったのだな！と微笑したいくらいなものだ。〝不法にも侵犯〟など可笑しな言葉だ。

要するに強い者勝ちが、国際の鉄則、これに個人的道義の言葉を当てはめて、各国が自国のみ正義なりと主張するだけのこと。思えば〝正義〟なぞ、国際間の動向に、チャンチャラ可笑しい言葉である。正義もヘッタクレもあるか、盲目の力士が大勢、味方と覚しき懸け声を便りに、矢鱈滅法に握み合いをするのに似ている。力と運に恵まれた奴が残るだけの話、まことにハッキリしていて気持が宜しい。

さるにてもソ連のやりかたは、あまりにハッキリし過ぎていて、凄い。

十日

（金曜　晴　暑）

南瓜雌花二輪交配。梅樹ノ雌花ニ雄花ヲ落シタママニナッタガ、止ルカドウカ？

味噌汁ノ実ハ南瓜ノ蔓ト花トデ作ル。目ザルニ入レタ緑ト黄ノ色彩。

新聞ニソ連対日宣戦ノコトガ出テイルガ、堂々トソ連ノ宣言文ヲ載セテアリ、而シテコレヲ不都合トモ無法トモ評シテイナイハ妙々也。

脚気研究所ヲヤッテイタ本間トイウ老人、虎爾へ何カ伝言ハナイカト訪ネ来ル、老人ノ息子虎爾ト同ジ隊同ジ班ニアルラシ。即チ下着ノ着換エ包ミテ托ス。

芳子来リテノ話、広島ノ新型爆弾ノ猛威ヲ知ル。昼飯ヲ喰イ、二階デ昼寝ヲスル。トロトロトイクラデモ眠ラレル、豊川行ノ疲レガ出デタルナラン。

南瓜ノ根、胡瓜ノ根、トマトノ根ニ水ヲダブダブトヤル。トマト少シズツモノニナルラシ。

リリアン君来リ、明日狗江ノ国際電気通信工場慰問ヲ伝達ス、今更何ント慰問シタモノカ、閉口也。

夕食ハ配給鰈《かれい》ノ脂いため、トマト、飯二杯、豆ソノ位ヲ喰ウ。

無条件降伏申入レノ説ヲ聴ク。夜九時ノ報道ヲ聴キ、ソノ通リト覚ル。二十四時頃マデ、静枝芳子ト共ニ茶ヲ飲ミテ語ル。

豆半分の昼飯終へて百合の花
炎天に身装へしてBに対す
殺人の技比べをり日の盛り
人間も蟬もなきつつ焼くるなり
蟷螂の意気を学べと仰せらる
ソ連宣戦蟬共頓に黙しけり
（はたと止みたる蟬時雨）
腹一杯たべて嬉しき月見草

新型爆弾ソ連宣戦天の川
天の川の砂半粒の興廃なり

考えて自殺をするは人間のみ（昆虫の中に自殺に似たる行為をするものあり）、考えて自滅をするは人類のみ。

牛鍋の煮つまる如く、ありゃありゃという間に終局となるは、今や一国の問題でない。地球という鍋の人類という代物が、ジューと相成るのは、案外近き将来ならん。今日、広島の惨害の話を聴き、右の感が深い。

二里も離れていて、ピカリと光ったのを見た時は全身が焼けどしていたという。

裸体で体操をしていた国民学校の生徒たちは、茹でたる馬鈴薯の如く、熱と爆風とで、忽ち赤むけになったという。

死者十万人、広島は平らになったという。

右の話が事実とすると、放送や新聞で「新型爆弾もサシタル事はありません」など布告していることは、怪しからん骨頂である。

スターリンが、急に日本と一戦する気になったのは、会議の席上秘かに提示されたこの新型爆弾の威力に恐れをなして、とにかく此の際アメリカの御機嫌を損じてはと、思った結果かもしれない。

さて斯んな兵器が、アメリカだけにある以上、アメリカは鬼畜だろうと、馬鹿野郎だろうと、世界の覇主となること必定である。

これを何う憤慨したって始まらない。日本がこの兵器を先にモノにしていたら、日本が世界を制覇していたであろう。そして、世界中から如何に恨まれても、日本は好い心もちになっていたに違いない。

神国日本に、この兵器が与えられなかった事は、日本が神国でもなんでもなかった証拠か、それとも日本の神は、斯ういう兵器をお好みにならない証拠かであろう。

とにかく日本人が好むと好まざるに関らず、兵器による戦いはもう敗けと定ったようだ。兵器が格段に劣ってる上に、世界中の強国を一手に引き受けていては、勝てようがないではないか。

世界を相手に、唯一国で戦う、ということは地球人類の歴史始って以来、吾日本を以て最初とするであろう。このことたるや正に勇ましい、勇ましき限りである。十字軍を引き受けて戦ったアラビヤ人、義和団事件で列強を相手にした支那人、第一次世界大戦で英米仏伊露日を相手にしたドイツ人、いずれも沢山の敵国をもった過去の歴史であるが、今回の日本ほど徹底的に、世界中の強国を向うに廻し、孤立無援で戦ったという例はない。

偉なるかな日本人！

しかも一有色人種である日本人が、あらゆる白人国家とそれに屈従する亜細亜最大多数の支那人を束にして戦うのである。

長い戦は無理であろう。間もなく御手上りかもしれない。然し、人類史上古今無比の壮観であることに変りはない。

兵器による戦いには敗けたとして、さて、兵器によらざる戦いに勝つテはないか。

もし、その戦いに日本が勝ち、世界に君臨することが出来るとすれば、人類は自滅しないで済むかもしれない。

では、兵器によらざる戦いとは何だ？

精神の戦い？

道義の戦い？

思想の戦い？

体力の戦い？

芸術の戦い？

宗教の戦い？

そのいずれでもなく、それらをひっくるめて、その上に何かも一つ肝腎な要素（日本独特のもの）が加味されて、さて世界中の人類が、

——日本人には到底及ばない！

と感嘆して尊敬の念を生ずるようになることである。

だが、こいつなかなか難かしい。

一番手っとり早く溜飲を下げる法は、日本も新型爆弾以上の物凄い兵器を使って、毛唐どもを震え上らせることである。それは正にその通りであるが、今日の日本の兵器科学では、また此所まで来た情勢では、とてもとてもである。

そこでまた前の考えに戻る。
1　日本人は最近にペシャンコになる。
2　然し人類そのものも次の最近にペシャンコになる。
つまり歴史人類の（動物に近い人類は別）長き芝居の、終幕には登場しないが、その前の幕で主役を相勤めたのは日本である、という事になるのであろう。

○

と斯んなことを書いてから一時間とたたないうちである。

日本の無条件降伏申入れ
いいいいいいいいい
という大変も大変、これ以上の大変はない、私設ニュースを聴いた。

例の志賀先生が来て、

——今夜日本はソ連へ向って無条件降伏の申入れをしました。ソ連が受諾すれば明日発表になるでしょう。

と静枝に言ったそうだ。私は丁度この時二階で前記の案文を書いていた訳だ。

果して事実であろうか！

日本の無条件降伏！

なるほど、例の爆弾を、これからジャンジャン降らされては、事実上戦争継続は不可能かも知れない。一発毎に数十万の死傷者を出し、一発毎に数十万坪の田畑を焼かれて了っては、何うにも仕方があるまい。全国民が焼かれないまでも、全国民が餓死することになるであろう。

最後の一人となるまで戦う、という文字は勇ましい、私も日本人としてそこまで行きたい気もある。とは言え、ピカリと光ってそれで万事休矣では、戦いではない。ただ、毛虫の如く焼き殺されるだけのものだ。つまり、事茲《ここ》に及んでは、最後の一人となる迄戦うことすら不可能になった訳だ。

最後の一人まで頑張る、というなら出来るであろうが、最後の一人となって二里も向うからピカリと片づけられたり、骸骨のように痩せて餓死したりするのも、凡そ意味のない話である。

牛鍋の煮つまるや斯の如し。まったくアレヨアレヨという間もない。気がついた時は、もう煮つまっていたのである。

今更、誰の責任だなぞ言っても始まらない。今後、如何なる事態に立ち到っても、狼狽てない事だけが肝要である。

それにしても、あんまり早かったので、意外であった。

「お茶でも入れましょう」

と静枝は、火鉢に小さな薪を燃やし、真黒に煤のついてるアルミの薬罐をかけ、電気冷蔵庫から、ヤミの葡萄糖の塊を出し、ナイフで削った。

「御通夜だね」

と私が言った。

芳子（彼女の夫は牡丹江にあり、日本が降伏すれば、戦死はせずに済むだろうが、奴隷として使役されるかもしれない）と、静枝と私の三人、笑い話をしながら、茶を啜り糖を噛んだ。あわれにも、しみじみした笑い話である。

富士子は、頻りに口惜しがっていたが、もう寝ついたと見えて、唸り声が聴える。唸るくらいだから、寝苦しいのであろう。

高子、明子たちは、まだ起きているようだ。娘たちの感想や如何？

戦争に敗けたということは、彼女たちも厭に違いないが、戦争が終ったということは、嬉しいと思っているかもしれない。

だが、ソ連にせよ、アメリカにせよ、日本を如何に料理するか、知れたものではない。彼女たちが泣きの涙で日をおくる事になるかもしれない。斯んなことなら、新型爆弾でやられた方が好かった、と思うような目に遇うかもしれない。けれど、強いてそんな事を予告して、この上彼女たちを悲しませるでもあるまい。悲しい目にあった時、悲しがれば事足る。予告して、あとの悲しみが薄くなる場合の他は、成り行きに委せよである。

○

夜九時の報道を聴くと、

1　陸軍大臣は全将兵に向って、草木を噛んで頑張れと布告した。

2　情報局総裁は専ら国体護持に就いて宣言した。

3　戦時農業団総裁仙石氏は全国農民に向って、如何なる事態に立ち到ろうとも、食料増産の手を離してはならぬと注意した。

4　大統領トルーマンは、ソ連の対日本宣戦は、新型爆弾使用の通達を受けるより前であったことを声明した。

5　証券取引所は立会中止になった由。

右五カ条の報道により、無条件降伏の申入れは略確実なりとうなずかれる。

況んや、今夜に限り、一回も警報が発せられず、空を見ても一条の照空燈さえ動いていない。

今正に、ソ連と日本の間に電波が急がしく働き、ソ連とアメリカ、イギリスなどの間にも盛んに電波の応酬が行われている最中なのであろう。

——国体はそのままに

これが日本の唯一の条件だそうだが、敵がこれを容れなかったら何うするか。

その時こそ、全日本が硫黄島になる時であるか？

女を相手に息詰まる問題を語り合っても始まらないので、私は豊川稲荷の話をした、田中河内之介の話をした。そして何杯も茶を飲み、三片の葡萄糖を、鼠の如く噛った。

雨が、さめざめと降り出した。

「アラ、ミシンが濡れちゃうわ！」

と静枝が言い、芳子が手伝って、ミシンを穴から出した。このミシン、なんとシンガーミシン也！　静枝は穴にすべり落ち、両足を泥だらけにし、アッパッパのお尻に泥の印をつけ、四ツン這いになって湯殿に行った。

頭山では、いざという時、家内中死ねるだけの青酸加里の用意がしてあるという。

左様、私はイザという時、一本の革帯があれば宜しい。

そのイザが、如何なる型で来るかだ。或はこのイザは来ないかもしれない。だが、来ても来なくても、絶えず一脈の冷静さを失わずにいることが肝要である。

坊やをほんとに可哀そうだと思ったのは、今度である。坊やが田舎の人になろうと、蚤に食われようと、与えられる菓子があるまいと、今迄は大して可哀そうに思わなかった。

今度こそ、まったく可哀そうである。

よりによって、何たる時に生れ合せたのであろうか！

そう言えば、娘たちもあわれだ。夫たり妻たる吾々もあわれだ。

あわれあわれ吾等日本人よだ。

よろしい、あわれである。あわれであることはもう分った。これ以上自分からあわれになることはない。

　畏くも聴きおはすらん夏の雨
　思ひきや今年南瓜の当り年

埼玉の田舎の或る神社にかねて茸の奇瑞あり。日露戦の時、この境内に突如大きな木の子ニョキリと生え、吾国の大勝利に帰したり。然るに昨年（或は一昨年？）のこと、この物凄き茸ニョキニョキニョキと三本も出で、村人これは大勝利なりと喜び合えるに、村内の馬鹿いつしかこれを抜き捨てたり。村人恐懼《きょうく》して神前に詫びたれども、さて神慮のほど如何？

三茸は即ち、米英ソなりしか、呵々。

（大本営発表）艦載機百八十機茨城、千葉来襲。Ｂ29百、Ｐ51五十帝都東半部来襲。

十一日

（土曜　晴　暑）〔狛江電気通信工場慰問〕
只今八月十一日零時半
雨止みて雨だれの音もまばらとなり
省電の毎夜の疎開の音も聴えず
貨物列車も絶えて通らず
況んや警報も発せられず
東部防空情報のブザーも聴えず
四辺森閑たり
まさにこれ日本の通夜なり

◯

仏壇にある故竜夫少佐の写真に
線香を供へて吾は呟けり
「御苦労様でしたね」と

試乗機の胴体と共に
筑紫の海底に眠れる英霊よ
霞ケ浦より吾に銘酒をもたらせる君よ
この日本の通夜を知り給ふや

○

時計のみコッチンコッチンと語る
今宵は日本の通夜なり
やがて世界の通夜あらん

この詩を書いてから間もなく、警報のサイレンが聴え出した。

——オヤオヤ降伏申入れは嘘かな？

と一寸思ったが、果然、B29が上空を通過しても、吾防空陣は森となったまま、一条の電光も動かず、一発の高射砲も鳴らない。

B29のやつめ、日本軍隊の命令徹底ぶりを試験に来たのであろう。

太鼓ヲ鳴ラシテ家ヲ出ル。新宿駅甲州口カラ、炎天ヲ京王ビルマデ歩イテ行ッタラ、何ノコトダ、新宿駅青梅口ノ方ヘ移転。十四時国領下車。千太、万吉、林家正蔵、寺島玉章トチビ助、花柳寿二郎一行、司会横尾泥海男トイウ大番組也。コノ前コノ工場ハ野天会場ナリシモ、今日ハ食堂デ演ル。玉章老ノ軽業大受ケ、漫才、漫談共ニダメ。千太君ヨリ

「ひかり」十個受取ル、石鹼ト交換也。

十七時頃帰宅。撮影所ニ寄ルツモリナリシモ時間ナク中止スル。降伏トナレバ恤兵映画モアッタモノニ非ズ、向ウカラ連絡ナクバ放ッテ置クモ宜シカラン。

二十時頃警報出デ、B29来ルトアリ。娘ドモ直チニ支度スル。

炎天の新宿では、第一劇場「たんぽぽ劇団」開演中、切符を買う産業戦士十名ぐらい列をつくっている。この人たちは未だ何んにも知らないのである。

焼跡の到る所に、下手な字で書いたビラが貼りつけてある。〝勝〟という大字を真中に置き、その左右に「頑張れ」だの「裏切る勿れ」だのと文句が書いてある。〝勝〟という字がコッケイに見える。例の勝札が一向売れなかったのは、国民というもの案外勘が好かったのかもしれない。

狛江の三工場は、三つとも無事であった。敵が問題にしなかったのか？　私らから見ると相当の大工場なのだが、蓋しアメリカから見たら、家内工業の毛の生えたぐらいなものであろう。その一つ、電探を作ってる工場で、今日は慰問がある。食堂を演芸場に利用するコケラ落しだそうだ。

工員の大部分は少年少女である。この子供たち、日本が勝つと信じて、毎日汗を絞り、学校にも通わず、ゆっくりとも遊べず、懸命にやっているのだ。

――日本が敗けたよ。

と聴いたら、どんなに落胆するであろう、と思うと、気の毒で正視出来ない。

或は、今日の慰問が、最後の慰問となるであろう。助からないと定ってる病人に、希望をもたせて、あらぬ世間話などしている医者の心もちに似ている。

十二日

（日曜　晴　暑）

南瓜ノポツポツ落チルアリ、雌花全部ヲ実ラセテ収穫シヨウトシテモ無理デアル。家内打揃イ、ソノ上鉄男夫人母子、味噌汁ニ韮ノ花ヲ浮カセテ朝飯。方々ヘハガキヲ書キタイト思ウガ、ソノ余裕ガナイ。一寸眠リカケルト昼飯ニナル。豆腐屋ニ豆ヲ出シテ、豆腐トおからトヲ得、久シブリデ冷奴ノ美味サ。二階ニ上リ、横ニナッテイルト、静枝上リ来テ一大事報告、ソレトバカリ女ドモヲ忙ガセ、多摩ノ山奥ニヤル。

今年ハ百日紅ガ一輪ホドシカ咲カヌ、不吉ナ感ジナリ。南瓜ガ大イニ出来タノモ只事デナイ気ガスル。水ヲヤッタノデ、塀外ノ隠元マタ花ヲツケ始メル。

宮田重亭ガ大森啓太氏ヲ連レテ現レル。時ニトッテ甚ダ嬉シカッタ。日本トイウ国ハ好イ国ダッタガナアトイウヨウナ話ガ出ル。大森夫人ハふらんす人デアルガ「貴郎ハ日本人デアリナガラ何故、コレガ分ラナカッタカ？」ト訊ネタソウダ。支那茶ヲ出シ、葡萄糖ヲ嚙ル。豆腐ヲ供シ、胡瓜ヲ切リテ出ス。二十三時半マデ語ル。

蟬鳴くや紅き蒲団を壕に納る
大空襲ありとや蟬の一しきり
蟬鳴くや家に残るは吾れ一人
多摩の山に蚊帳を背負ひて避難かな
炎天の原子爆弾想ふかな
原子爆弾南瓜も蟻も焼くるなり
吾もまた原子に帰すや秋の風
原子集まり夏の俳句をつくりけり
思ひなしか蟻も退避の風情なり

蟬時雨避難の支度忙しく
炎天の俄かにあやしうすぐもり
冷蔵のモーター軽く廻りをり
電話線にしかと聴き入る蜻蛉かな
飛び交ひてもとへ戻りし蜻蛉かな
米人のすきやきもまたよろしけれ
（喰はん韮の花）
家族みな往きて独りの端居かな

斯ういう経験は始めてである。自分の家に自分一人で数日を過すということ。最後に明子が〝行って参ります〟と言って、裏口から出て行った時、肋骨の内側のあたりに、なんとも言えない感覚があった。さびしさとも、うれしさとも、わびしさとも、なんとも名づけようのない感覚だ。魂がほのかに撫でられて、擽ったいような気もちだ。

――今日、警報が鳴ると、電車も汽車も一斉に運転中止して了う、大空襲があるからである。

という報告を、静枝が運送屋からもたらした。つまりそれは、降伏申込みの談判決裂を意味する訳であろう。

敵が国体の維持を頑固に認めない場合、政府は全国焦土を文字通り覚悟して、民族玉砕の一戦を決行するつもりなのであろう。

決裂をキッカケに、サイパン、硫黄島、沖縄島、機動部隊などの大小飛行機が空を暗くして来り、爆弾、焼夷弾、機銃弾などの豪雨を降らせようというのであろう。

無論、例の原子弾は、帝都上空にも、未だ焼かれずにいる全国都市にも、ピカリピカリと光り、無数の人間が赤むけとなって死ぬであろう。

どうも、已むを得ない。

結構で御座います、と言うより途はない。

然し、出来るだけ助かる方法をとるのは、人間として、一家の主人として、国家の一員として、当然の義務である。そこで私は、早速命令を下し、静枝、富士子、高子、明子、鉄男夫人とその坊や、六人を、浅川の山奥へ退避させた。

皆が出たあと、私は裸足で庭へ下り、鶏に傷められた南瓜の幹に手当をし、池の水を野菜畑にやり、足を冷たい井戸水で洗って、さて茶の間で一服やる。

ラジオは三遊亭円歌の鳴物入り落語〝竜宮〟をやっている。歌舞伎もどきの台辞廻しと、三味線太鼓を聴きながら、日本というものを考えた。

落語の次が、朗唱という、大東亜戦の産物である。琵琶とも詩吟ともつかず、誠に中途半端なものである。

天の原　照る日に近き　富士が嶺に
神代の雪は　今も残れり

大らかな佳き歌である。然し、朗唱の人が東北なまりをプンプン香わせているのは、何かしら情けなかった。富士と聴くと、すぐB29を連想するのも、情けない。光圀の歌、実朝の歌、東湖の詩など引きつづき、東北なまりで、朗々とやっていたが、この途中でブザーが鳴り出した。

Ｂ29一機、茨城から福島へ侵入、埼玉地区にまで警戒警報が出たので、私は立ち上り、レインコートをとって来た。咄嗟の場合、原子爆弾の熱線を防ごうというのだ。（この一機は、宇都宮上空を旋回して間もなく退去し、十七時七分その方面地区警報解除となる。）

今頃は、リュックを背負った娘どもが、汗だくで山道を登っているであろう。

竹焚きて支那茶沸かしぬ夏の夕
支那茶喫みて犬に口きく蚊やりかな
ミシン埋めしシャベル干きぬ夏の夕

飯を炊くかまどに紙屑と、古竹の割ったのを入れ湯を沸かしたが、あまり巧く行かなかった。今度は火鉢の中で紙屑を燃やし、その上に細い薪をのせて、蚊いぶしをかねてやると、これは大変具合がよく、薬罐は忽ち沸とうした。

これに味噌汁の残りをかけた。冷蔵庫から出した豆腐を入れて、韮の花の蕾をあしらった。胡瓜を薄く切って漬物代りとし、おはちの蓋にある飯を喰った。

うまい夕食！　久しぶりで吾家の飯を遠慮なく腹一杯食う。腐らしてはいけないから、せいぜい食って、残りを半分は冷蔵庫に入れ、半分は味噌汁の鍋に入れ、おじやを作った。これで明日の朝飯と昼飯がある訳だ。

お釜に一杯大豆を茹でたまま、妻たちは行ってしまったから、これも腐らせないよう処分しなければならない。明日の一食は豆だけにするか。

夕七時のニュース、さしたることなし。

放送劇「武田耕雲斎の娘」を聴きつ、日本の武士というものを考える。

次はヴァイオリン独奏、バッハのアリアを女の人が中々巧く弾く。

私はこのメロディーをききつ、防空壕の蓋をし、ついでに通りへ出て見た。鉄道の電燈のみ明々としている。踏切のあたりなどスポットライトで、新劇の舞台照明みたいだ。

ヴァイオリンは、甘く流れてくる。吾家の門に到る敷石をふみつつ、胸がせまる感じである。これはなんだか、幸福感に似たものであった。

私は台所に行き、おはちの蓋を洗い、その蓋を暗やみの庭へ持って行き、池の鯉に飯粒を落してやった。明朝、鯉が目をさまして喰うであろう。

十三日

（月曜　晴曇　大暑）

この日大爆撃ありという風説が、大分前から伝わっていたが、その十三日の今日午前二時前だ。なんと静かな夜、警報も鳴らず、飛行機の爆音も聴えず、愈々、日本の降伏と定ったらしい。

私は、大下宇陀児君の〝闇の中の顔〟という探偵小説を読み了った。二時間ほどかかった訳である。あまり面白くもないが、とにかく斯んな晩に、一気に読ませたのは筆者の腕であろう、——もっとも斯んな晩だから、なるべく憂鬱の種になるようなものは、読みたくなかった、丁度斯んな小説がよろしいのである。

何か読んでいないと、いろいろ考え込むに違いない。一人でこの深夜、日本の終末を考えるのは恐ろしい。

犬が庭にいる気配だ。鯉が時々跳ねる。

物音がドキンと心臓へ響く。

作者の大下君は、嘗て丸ノ内の某所（たしか毎日新聞の五階かで催された〝くろがね会の席上）で、交る交る立って意見を述べた時「日本人はもっと敵米英を憎まなくてはいけない」という説を主張したことがある。今夜あたり、彼は何を考えているだろう。既に、吾々と同様無条件降伏を知っているだろうか？

なかなか寝つかれない、雲の如くいろいろの想いが起るのである。

——既ニ東部軍管区内ニ侵入セル敵ハ百八十機ニシテF6F並ビニF4Uナリ

寝坊して六時半頃目をさますと、右の情報である。何処かのラジオのブザーが聴える。はてなと思って起きてスイッチを入れて見ると、おやおや停戦協定は成立しなかったのか、決裂？　それとも成立前の一もめに対する示威？　それとも八百長？

次の報道を聴くと福島方面の飛行場を攻撃しているらしい。台所をしながら聴いていると、第二波、第三波と這入ってくるらしい。

新聞を見ると、昨十二日午前中も戦爆連合二百機が九州へ来て、熊本、佐賀、長崎、宮崎、大分と全面的にやっている（沖縄基地の敵である）。また同じく戦爆八十五機が四国方面へ来て、松山市を焼爆している。その前日は、芦屋上空でＰ51を撃墜、伊豆大島上空ではＰＢ４Ｙを撃墜している。

ポツポツ戦争は継続されているようだ。それでいて、十日以前のような凄味が少しも感じられない。親分同士で手打ちの交渉中、下っ端の子分どもが、肩を怒らして、時々怒鳴り合う風景と同じなのかもしれない。

火鉢に小薪を焚き湯を沸かし、昨夜の出がらしの支那茶を飲んでいると、第四波が九十九里から入り、栃木地区に侵入中の敵は茨城を経て退去中である。相模湾からも侵入しつつあるようだ。放送員も至極気ぬけのようにやっているので、どうもムキになって攻撃に来た敵とは受けとれない。やはり一種の威力偵察なのであろうか。

どれラジオを切って、南瓜の交配でもすることにしよう。庭へ出て見ると、今朝は雌花二輪。

隣家のラジオは頻りに敵機の行動を伝えている。なアに八百長さ、と思っているうちに、南方の空に爆音は近づき、近所の高射砲が二発ほど鳴った。

茶の間に帰り、下煮しておいた雑炊の鍋を、薪の火にかけ、また庭へ出て韮の化の莟をとり、青紫蘇の葉をとってくる。花の莟はそのままぶちこみ、青紫蘇は刻んであとでかきまぜる。美味い雑炊である。冷蔵庫から茄子の煮たのを出して食う。これも素敵だ。

雑炊を味いつつ、「朝日新聞」を見る。〝ソ連は不都合〟とも書いてなければ〝必勝〟の文字も見えない。社説には〝綜合配給制を急げ〟という論文が載り、〝稲平年作は確実〟と題した記事には「日本人のすべてがその全力をあげて国体を護持し民族の名誉を操持せんとする真実最後の一線に立ち到ってる」云々などと書いてある。下段の小さな記事に「ス・宋第二次会談」「アイゼンハウアー露都へ」などという重大記事がある。

斯うした間にも、敵機は縦横に関東各方面を行動し、時々間のぬけたような高射砲が聴え、半鐘が鳴り、救急自動車がサイレンを鳴らしつつ前の大道を行く。

1　長野北部に一コ編隊
2　関東北部に四機の一コ編隊
3　霞ケ浦付近に一コ編隊
4　印旛沼付近に一コ編隊
5　九十九里浜付近に一コ編隊
6　房総南端付近に一コ編隊

右は九時三十分頃の敵状である。一体何をしているんだろう、敵も味方も？　一向気乗りがしないので、私は再びスイッチを切った。そして、昨夜壊したガラス戸に板を当て修繕したりしていた。大分して空襲警報みたいなものが聴えた。

1　成田付近に十機

2　千葉付近に十機
3　宇都宮付近に十機
4　館山付近に凡そ八機
5　下館付近に凡そ若干機
6　相模湾に若干機

右は十一時十五分頃の敵状である。敵の行動は、吾が飛行基地の監視にあるらしく思われる。吾制空部隊の活躍は、まるで放送されない。

十一時三十分頃になると、小型機の他にB29が一機静岡地区へ侵入して来た。「一機と雖も油断するな」など注意せず。それから二十分ほどすると、またB29一機、これは下田付近から侵入、何時の間にか八王子付近を東北進中とある。（この時半鐘が鳴る。半鐘係は何も知らずに任務を果しているらしい。）原子爆弾の注意なし。

B29は西方から帝都に近接して来た。それから川越西方を北進し始めた。

この放送を聴きつつ、「朝日」一記者の、

——聖慮を安んじ奉る途は一つ一億の団結

という記事を読む。

——一機帝都に侵入ついに空襲警報の鳴り響くのを聴かなければならなくなった事実は人類の絶滅を意味する

と、この記者も私と同じ意見である。

ラジオ曰く——長野北部に空襲警報発令。
坊やたちはこの警報で、如何にしているであろうか?
十二時四十五分現在——
霞ケ浦東方凡そ十一機
下館西方十二機
土浦付近九機
群馬地区十機
千葉、茨城、栃木、群馬、長野、神奈川、横須賀、埼玉は空襲警報発令中。
相変らず敵が勝手に動き、それを放送は、事務的に報告するのみだ。注意の言葉もなく、激励の文句もなく、戦闘模様の報告もないのである。味方機は一機も飛んでいないのではあるまいか。
若鷲たちは、口惜し涙を流しているのであろう。空しく敵機の跳梁をながめて、何うすることも許されないのであろう。
十四時十分頃、南の空に編隊の音がする。ラジオは平気で黙っていたが、やがて敵少数機帝都上空を北に向いつつあり、と報じた。無事通過かと思っていると、爆弾の音らしき響きあり、硝子がビリビリと鳴った。何か戦闘みたいな事をやってるにはやってる。
私は豆七分の、雑炊三分の割りで、遅い昼飯を喰う。豆を気永に気永に嚙む。この食事は長くかかり、退屈しのぎになる。

川越付近六機
赤城山付近十一機
土浦付近四機
上田付近若干機
関東北東部に四発一機
右は十四時三十分頃の敵状。
次々に新手の編隊が来ては、交替で吾が飛行基地を見張っているらしい。基地があるのか今日は長野北部を敵は盛んに窺っている。
十二時の報道もなく、十五時の報道もなく、専ら敵の行動を親切に報告するばかり、甚だヘンテコなものである。近所の女房連も問題にせず昼寝でもしているらしい。
空は、曇ったり、晴れたり、浅黄色と薄鼠色のぼかし模様。一寸暑い、三十一度ばかりある。
座敷と茶の間を掃いて、さっぱりした。油蟬が四囲で鳴き、蜻蛉は相変らず電話線にじっとしている。ラジオを止めて、私も昼寝でもするとしよう。
　風呂敷を足の蚊帳なる昼寝かな
たしかに爆弾の音と思われる響きが、連続的に聴えた、するとラジオは、
〰〰新タナル敵編隊ノ行動ハ主トシテ飛行基地ソノ他軍事施設ナルモ、交通機関ソノ他ニ機銃掃射並ニ爆弾ヲ投下シツツアルニツキ、長時間ニ亘ル攻撃ニ用意セラレタシ……

と言う。オヤ、これは少々オカシいぞ、さては決裂か？　うっかり昼寝もしていられなくなった。（十五時四十五分）

便所に這入る。正面の壁にある世界地図、ビルマ、フィリッピン、マレイ、スマトラ、ジャバ、セレベスなど、赤線の輪郭がつけてある――吾が占領地帯である。未だこれらの地方には、吾軍が頑張っている。妙なものだ。嘗ては毎日好い心もちに眺めていたこの図であるが、そのうちに見るに忍びない日が来るであろう。

十六時頃の敵状は、関東北部、長野北部、霞ケ浦北部に残存編隊があるきり、他に敵機の影はない、とある。

忘れることの出来ない、悲しい一日であった。それでいて、時々、堪らない幸福感に似たせつなさを覚える。何故だろう？

のぶが死んだのは、八月三十一日であって、丁度今頃は、毎日毎日悲しい日々を送っていた。たまたま妻や娘たちが多摩の山に行って、私一人でいることなどから、或はその頃の心の痕が、回想の懐しさとなって感覚されるのであろうか。

〜〜〜新タナル目標東方海上ヨリ本土ニ近接シツツアリ

御苦労なことだ、いくらでも来るが好い。命の危険なく、日本見物が出来ようという訳か？

空に、暗澹たる雲が出て来た。爆撃の煙のようでもあるので、通りへ出て見たが、やはり雲である。東の空は青く晴れている。

駅の方から、学徒の産業戦士たちが疲れきった風で歩いてくる。

庭へ帰り、南瓜を見ていたら、椿井組長が来て、明日御醬油の配給があります、と通達した。私一人ではとりに行けない。近所の誰かを頼まずばなるまい。

ブラリブラリ裸足で庭を往ったり来たりする。自分の孤独な姿が自分に見える。寂しい。

不思議な幸福感は、実はこれが正体だったのかと思われる。が、ただ寂しいだけではない。寂しさにじっと堪えている自分が可哀そうなのである。女たちを避難さして自分一人で家にいる、という悲壮感、英雄感、それもあるようだ。

大きな南瓜は大きいなりに、小さな南瓜は小さいなりに、ふくらみかけて萎れた雌花も、テラテラと張り切ってこれから大きくなろうとしてる南瓜の赤ン坊も、みなそれなりに寂しさがある。

風呂でも焚こう。火を燃やすことは心が開けるものだ。なるべく上等の薪は使わずに、廃物で水を温めよう。沸かなくても宜しい、ぬるま湯で沢山だ。

明治牛乳の箱の、朽ちたのを割り、これだけで済まそうと決心する。鉈《なた》で、箱板を細かくしていると、Bらしい音が響いて来た。高射砲が鳴る、爆弾が響く。どうも分らない。原子弾を落したら、浴衣一枚の私はすぐ黒焦になる。少々不安で足を洗い、茶の間に来て、一服する。浅草の楽屋で教わった、木を灰に生けて炭にする法の、残り火でまず紙をいぶし、吹いて焔とし、朝鮮煙管の火をつける――マッチを無駄にしないためだ。マッチは今一箱五円であるという、一本が十銭ぐらいにつこう。

牛乳の箱よく燃える。竹の根ッ子一本、坊やのお船一隻、つけ加える。お船を見ると私は悲しい気がする。この悲しみは懐しみである。捨てられた玩具はあわれ深いもの。

この風呂焚きをやっている間に、警報解除となる。運送屋の細君が、野菜の配給をもってくる、白瓜二本ばかりと、萎れた菜葉数本と。

大王松の葉を拾い集め、蚊いぶしにする。

十九時の報道を聴くと、今日は関東地方にノベ八百機来ている。十数機撃墜しているのである。はてな、どうも分らない。

この報道の終りに原子爆弾のことを言い、吾々はあくまで国体護持に、如何なる事態に立ち到ろうとも、努力しなければならない、〝もし国体の維持が出来なければ、一億死に絶ゆるとも悔ゆるところでない〟と結んでいた。どうも交渉行き悩みであるらしい。

一億死に絶ゆる！

これもまた結構である！

冷蔵庫から、丼飯を出し、冷奴と、茄子の煮たので夕飯を食う。冷奴は、青紫蘇を刻んで薬味にした。

市川八百蔵の物語「元禄忠臣蔵」を聴く。内匠頭切腹の件と、早飛脚馳けつけの条とである。私は物語を、うわの空で聴きつつ〝忠臣蔵〟なる事件の価値を考え、武士道なる道義の可否を考えた。この二つとも、原子爆弾と結びつけて再検討すべきである。

一体、自分が禄を食んだからと言って、その主人のために、家来たちが復讐するということ、そんなに立派な行為であろうか？　これを今日の時代においてよく考える必要がある。私は昔からこの事件を、あまり尊敬した気もちで見ていない。

そして、この復讐行為が、武士道に一から十まで適っているかどうか？　これが武士道そのものだ、という人があったら、武士道なんて底の浅いものだと私は言ってやる。

敵側の放送に曰く（昨年あたり濠州よりの南方占領地日本向け放送）、

——日本は武士道で亡ぼされます。

十四日

（火曜　曇）

七時半頃迄に二度もB29が上空を通過、高射砲が轟く。雲がたれこめているから、原子爆弾の熱線は相当弱まるであろう。

今、湯を沸かし支那茶を飲んだところ。その前に飯を炊き、その間に南瓜一輪交配する。一家五人分の夜の飯を一人で四度に平げた形なので、昨日は三度とも満腹し、今朝は食慾がない。

間もなくBは印旛沼の方へ去って了ったのに、未だドカンドカンとやっている。高射砲でなく、Bの落した爆弾かもしれない。

八時半またも警報が出、またもB29が一機相模湾からやって来た。

正午ごろ、静枝と明子が多摩の山から帰って来た。

――日本の申出では蹴られたんですって。いよいよ大変なことになるんですって。死ぬなら親子一緒の方が好いから、一雄を呼び戻そうと思うのよ。

といったような静枝の報告である。私は出来るだけ平静に聴いていたが、厭な心もちになった。

三人で昼飯の卓を囲む。飯は今朝私が出鱈目の水加減で炊いたやつ、――割りによく炊けていた。冷蔵庫から豆腐、きらず煮、トマトなど出して喰う。

俊子から静枝に来た手紙によると、疎開先の村人たちが、目に見えて彼女たちを冷遇して来たらしい。一雄なども〝町人〟と呼ばれて苛められているという。事の起りは食料の不足であるらしい。即ち戦争は愈々ダメで、その上この秋の収穫に原子爆弾でも喰うとなれば、米は全然穫れないし、その悲境を、都会の人間に喰い込まれてはやりきれない、という田舎人らしき自己保全本能から、疎開者を邪魔にするのであろう。

何しろ、ぼやぼやしてはいられない。とにかく頭山秀三君にでも会って、打診して見ようと思った。

電車の中で、白柳秀湖の「坂本竜馬」を読みながら考える。尊王攘夷、佐幕開港派の争いは、型をかえて現在の平和派と主戦派とになっている。そんな気がした。どっちかが保守的で、どっちかが進歩的なのである。

ところで、坂本竜馬どころでない、愈々という羽目になった時、私は坊やを生かしておくか殺すかという事だ。私の立場から考えず、坊やの立場から考えなければいけない。

——坊やが青酸加里を飲まされる。

——坊やが絞め殺される。

こんな景を想像すると、私は呼吸が止りそうになる。到底、私などには出来そうもない。一体親に、子を殺す権利があるだろうか？　そんなものはない！

では、子が苦しむのを防ぐため、子を殺すということが、親に許されるだろうか？　これも問題である。

みすみす、死ぬときまっている業病で、子が苦しんでる場合でも、安死術を施すことは疑問がある。

況んや、今回のことたる、果して子は苦しめられるかどうか分らないのである。国が亡びて、夷狄《いてき》のため子供が精神的に侮辱され、物質的に虐遇される、——としても、その苦しみは親が想像するのと、当人にとっては別である。案外子供自身の主観としては、幸福に暮せるのかもしれない。

——子供は、親の意志で生れたものでない、自然の成果である。子供は人類の、また民族の一つの単位として、動かすべからざる必然の中に生れたのである。それを、親の限られたる知により、意により、情によって、この生命を絶つという事は、自然に反する。

少くとも、子供は、生物の本能として、死にたくないに定っている。これは重大なことである。これを無視することは罪悪である。で、私は、頭山家で子供を皆殺す場合にも、こちらは独自の立場から善処すればよろしいのである。

例えば、敵が坊やを捕えて、なぶり殺しにでもしようとしている場合、私の手で一思いに殺せたら、——これは殺してやるべきだ。斯うした場合以外は、坊やの生命は尊重しなければならない。

だから、私は坊やを殺さない！

と電車が走る間に、決心がついた。そしていくらか胸が軽くなったのである。

有楽町駅前の荒地で、女が本を並べて売っていた。日劇の壁に「勝」と書いたビラが貼ってある。責任者は新宿駅前二幸右壕内としてあるから秀三一派である。何ういう訳か、このビラ英字新聞を逆さにして、その上に文句が書いてある。

銀座も築地も、焼跡の感は森閑としていた。欄干の鉄材が、一昨年の暮あたり供出されて、橋の名が「祝橋」とある。何が「祝」だ。

築地警察は焼け残っている。警官が至極ていねいに「みやこ」という宿屋を教えてくれた。（後で分ったが、この旅館の主婦は上海で凄腕を振った女だそうだ。）

二階へ通される。十二畳の間には、先客が一人来ていた。贅沢な部屋である。何から何まで戦争前と変りなく備えられている。

暫く待ち、こちらから催促して、秀三氏に遇う。

——軍は既に全く戦意がない事。

——目下専ら軍を激励し、面と向ってこきおろしているところ。

——自分としても、まさか日本が戦争に勝つとは思わないが、敗けるにしても敗けかたがある。

——目下主戦論を唱えているのは自分らだけであるが、これによって日本人の魂に、或る大切な根を植えつけておく。

——白虎隊の如く日本全国民に死んで貰いたいという運動ではない。

——大臣が自分に対し、三国宣言を受諾したが、御意見は如何と言うが、自分の意見は交戦に定ってるから、訊ねるだけ無駄でしょう、と自分（秀三）は答えた。

——原子爆弾は全部で十六個しかないと言う。長崎に落ちた二発は不発弾であった。

——敵に兵器を引渡す前に、自分らに兵器を渡してくれんか、そうしたら自分らだけで戦う、と軍に言ってやった。

——日本の軍組織と政治組織がいけなかった。日露戦争時代の組織そのままであったのだ。

——一両日うちにハッキリきまるから、あなた（私である）も浅川へ行っておられてはどうですか。

大体、秀三氏の語るところは右様のものであった。結局、秀三氏一派が如何に主張しようとも、日本は手をあげる事になろう、という見通しであった。

そこで私は「みやこ」を辞した。東劇には猿之助の看板が出ていた。新橋演舞場の罹災ぶりは凄いものだった。

東宝映画が焼残っているので、一寸寄って見たが重役連は一人もいなかった。

放送局文芸部を訪ねる。ここでも原子爆弾の話だ。今夜は防護団全員当直の命令が出ていると言う。

やがて、副部長がいつもと至極違った表情で現れて、

「今夜、六時からの演芸は中止」

と言う。はて？

部長は蒼ざめきった顔色で現れた。二人とも今まで重大会議に列席していたのであろう。これまで観察すれば、もう長居は無用、私は外へ出た。

新橋駅へ行く途中で、情報局の御役人に会った。背の高い、肥った美丈夫だった彼が、爺さんの如くに瘦せて、力なく歩いていた。

「あなたにも大活躍をして貰おうと思って、素敵な計画があったんですが、だめになって了いました」

と溜息と共に彼は言う。本当は未だ役所にいなければならないのだが、同役が皆放送局へ行って了ったあと、一人でいるのは、寂しくてやりきれなくなり、これから鎌倉へ帰るところだ、と言う。

秀三氏との会見、放送局打診、情報局役人の態度、これらから判断して、日本は降伏と確定したこと、今夜の放送で何等かのそれに関する発表があることを予想した。

十八時半頃帰宅、静枝に向って、坊やを殺すような事態には立到りそうもないと語った。

（重慶側で発表された、——或は誰かに内示されたのかその辺は分らないが、——とにかく日本の

戦争犯罪人の名簿に、秀三氏は第三人目の位置を占めているそうだ。頗る私は疑問に思う。）

果せるかな、夜九時の報道劈頭に、明日正午重大発表がある旨放送された。

重大発表とだけで内容は何等示されていないけれど、戦争続行の重大発表ならは、演芸放送を急に全部抹殺という筈がないと思う。

それに何よりも、次のビラである。これは私が秀三氏に会いに行ってる留守、小島一美君が置いて行ったもの。昨夜あたり（或は今朝あたり）Ｂのやつが撒いたものであろうが、これを見るにいつもの謀略ビラと態度が異なっている。国体については、認めるとも認めないとも直接明言してない。これが暗雲かかる一点である。

〔夜九時の報道〕
――正午（明日）重大発表アリ
――農商省デ藁工品増産ヲ計ル
――司法官試補弁護士試補ノ発表
――第三回割増定期預金ノ割増金ノ発表ハ延期
――（ストックホルム電）佐藤大使自由抑留ノ件
――（リスボン電）ロッキード会社発表ＰＶ２新型爆撃機発表
――（リスボン電）原子爆弾ニ関スル大統領トルーマンノ発表
――原子爆発ノ説明
――明日正午重大ナ発表ガアリマス、昼間配電ノ無イ所ニモ此時間ハ配電サレル事ニナッ

日本の皆様

私共は本日皆様に爆弾を投下するために來たのではありません。お國の政府が申込んだ降服條件をアメリカ、イギリス支那並にソビエット聯邦を代表してアメリカ政府が送りました回答を皆様にお知らせするために、このビラを投下します。戦争を直ちにやめるか否かはかかってお國の政府にあります。皆様は次の二通の公式通告をお讀みになれば、どうすれば戦争をやめる事が出來るかがお判りになります。

合合日本政府より聯合國 國政府への通告 英文よりの翻訳

世界平和の大義増進を常に念慮し給ひまた世界平和の大義確現を衷心より念せられ戦争の継続により斯くる悲惨より人類を救済さるべく戦争の早期終局を衷心より願望せらるる陛下の御詔を畏みて日本政府は數週間前當時中立関係にありしソ聯政府に對し諸敵國との平和克服の斡旋方を依頼せり。

不幸にして、平和のための右努力は失敗したるを以て日本政府は平和を恢復し莫大なる戦争の災害を出來るだけ早く終結せしめよとの聖上の御希望に副ふべく以下の決定をなせり。

日本政府は一九四五年七月二十六日ポツダムにて米國・英國支那及び後に記名加入したるソ聯邦の諸政府首脳者によって共同宣言されたる諸條件を受諾の用意あり。但し同宣言は君主統治者としての陛下の大權を損ずるが如き如何なる要求も包含せざるものとの諒解の下に申し込むものなり。日本政府は右の諒解が妥當なる事を衷心より希望するものであり且つその妥當なる事を認める返事が確實迅速になされん事を切望するものである。

No 2117

アメリカ合衆國、大英帝國、ソビエット聯邦及び中華民國を代表して、米國々務長官より日本政府へ傳達したメッセーヂの全文。(八月十一日)

「ポツダム宣言が君主としての日本皇帝の統治權を侵害する如何なる要求をも含有しない」と言ふ諒解を挿入して該ポツダム宣言の條件を受理すると言ふ日本政府の通告に答へ我々は次の如くその立場を闡明するものである。

降服と同時に、日本皇帝及び日本政府の統治權は降服條件實施に適當と思惟する措置を採る所の聯合國最高司令官の下におかれるのである。我々は日本皇帝にポツダム宣言を實施するに必要な降服條件について日本政府及び日本の大本營による署名に權威を與へ、且つこれを保證する事を要求し、日本皇帝は日本の陸海空軍當局を始めその支配下のあらゆる地域に所在する總ての軍隊にむかひ軍事行動を停止すべく命令を發し、その外最高司令官が降服條件を實施するに要するすべての他の命令を布告する様に要請されるのである。

降服と同時に日本政府は指定された如く捕虜及び非戦闘員收容者を速かに聯合國運送船に乗船させ得る安全なる場所に移送する事を要する。

ポツダム宣言の條項た則り究極に於ける日本政府の政體が自由に表明された日本國民の意思に副って定めらるべきである。

聯合國の軍隊はポツダム宣言に於て規定された目的が達成される迄、日本に駐屯するのである。

テオリマス

　放送員の声も沈みきって聴える。重大発表を何度もくり返す。九時三十分、敵大型ラシキ一機銚子方面ヨリ侵入、と放送あり、次に、敵ハ鹿島灘ヲ海岸線ニ沿イ北ニ向イツツアリ、と言う。伝単でも撒きに来たのか、――何んでも宜しい、もう寝ることにしよう。

　ところが中々寝るという訳に行かない。最後の（?）防空情報を聴きながら、静枝と、とりとめもなく語る。――皇室につき、原子爆弾につき、国内暴動につき、色々語る。

　既にB29はあとからあとから八目標ぐらい来た。

　油蟬が飛んで来て、電燈の廻りをブンブン飛んでいたが、電燈直上のコードにとまり、寝言みたいにジージーと鳴き出した。蚊やり線香の煙に酔っぱらったのか。

　妻台所から、籠を持ち来り吾家の胡瓜の収穫を見せる。大六本小七本、青色見事也。三日ほど採らずにいたので、非常に大きなのが出来た、最長は八寸もあり。

　二十三時、警報発令。私たちは燈を消した。静枝は蚊をこぼしながら寝室へ退く。私は暗やみで煙草など喫い尚も情報を聴いていた。

〰〰本日来襲ノ敵目的ハ明ラカナラザルモ断ジテ恐ルル要ナシ（妙な言葉だ）

〰〰本日ノ敵機ノ来襲ハ長時間ニ亘ルベキヲ以ッテ長時間ノ態勢ニ遺憾ナキヲ期セラレタシ

〰〰平付近ヨリ福島地区ニ侵入セル敵ハ三十目標ナリ（二十三時五十分）

〜〜本日ノ敵ノ来襲ハ尚長時間続クヲ以テ覚悟セラレ……

右の如き情報が次々に放送せられ、いつ果つべしとも思われぬ。

想うに敵のやつ、吾が航空基地を勝ち誇って監視しているか、咄嗟に使用出来ぬよう（勇猛なる若鷲が憤慨して降伏の命に反き飛び立とうとする場合）飛行場を破壊しているか、全国にビラを撒いているか、そんなところであろう。

私は情報をそのままにしておいて、寝室へ退き床に就いた。ガラス戸を透して尚も情報は聴えてくる。いつしかうとうとと寝入って了った。とは言え夢ともなく、うつつともなく、耳だけはラジオに向いていた。

この放送は翌日の三時迄続いた。放送員は最後にしみじみとした調子で、

〜〜さて皆さん、長い間大変御苦労様でありました。

とつけ加えた。私もしみじみした気もちでスイッチを切った。

十五日

（水曜　晴　暑）

朝五時頃、警報発令、空中ノ小競合ヤマズ。日本種南瓜、子供ノ拳ホドノ落ツ。味噌汁ノ実ニスル、美味シ。

正午、天皇陛下ノ御放送アリ。

昼飯、豆ヲスリ、残リノ味噌汁ト混ゼ、青紫蘇ヲ入レル。

十四時ヨリノ首相放送ハ聞カズ、疲レテ眠ル。

静枝ト二人デ、米国ミシンヲ地下ヨリ上グ、苦笑也。コノミシンノ国、原子爆弾デ戦争ノ方式ヲ一変セシム。

妻ト南瓜ヲ数ウ。大南瓜十二個ホドアリ。万歳！　トマトモ本格ニナリ始ム。トマトヲ剪ラントシテ手ヲ切ル。

省線、常ニ変ラヌ音タテテ走ル。

夕食、飯一杯、運送屋ヨリ貰イシ漬物、矢鱈食ウ。

宮田重亭、小島氏トイウ染物技士ヲ連レ来ル。少シ遅レテ大森啓介画伯夫妻来ル。

高子、富士子等、浅川ヨリ帰ル。

○

数日前から、急に艶を消して了った、吾が菜園唯一の日本南瓜の、径一寸ほどになったウラナリの実が、今朝見るとホロリ、地に落ちていた。その上の方についている、同じくらいのウラナリも、色が悪くなっているから、試みに少し揺すぶってみたら、脆くも蔕《へた》から離れ落ちた。

ここまで大きくして、甚だ残念である。

モトナリの一個は径六寸ほどになり、逆さに植木鉢の上に、どっしりと鎮座し、これは異状なく見える。

この日本種南瓜は、私が播いた種から生じたのでなく、おそらく去年、拙宅で食べた南瓜の、種が自然とここへ落ちて、芽を出したものであろう。一時は十個以上も生《な》りそうな勢いで、他の西洋南瓜を尻目にかける景観だったが、それが結局、どの雌花も成功せず、竟にモトナリ一つと相成った。

時も時だ。日本は結局、本州、四国、九州、北海道とモトナリだけになって了ったが、吾家の日本南瓜も、今朝、台湾、樺太のウラナリが落ち、その前に満州、北支、中支、南支、仏印、マレイ、ビルマ、フィリッピン、スマトラ、ジャバ、セレベス、ボルネオ、ニューギニアなど、雌花はつけたが、結局、モノにならず散り去った。

さて問題は、あれほど勢威隆々たるかに見えた日本南瓜が、なぜ急にヘナヘナとなって、あわれモトナリ一つになったかという、その原因である。

第一に、生る上に鈴生りにしようとて、八月四日に追肥をしたが、これがいけなかったか？　原則として南瓜に追肥は無用ということになってる。（アンマリ戦果ヲ慾張リ過ギタノガイケナカッタ。）

第二に、数日前のこと、根元の方から出ている蔓を全部切ってしまったが、これがいけなかったか？　そうすれば実の方にだけ養分が行ってよかろうと私は思った。（軍ダケニ養分ヲ集中シタツモリ、コレガイケナカッタ。）

第三に、モトナリ南瓜があまり大きくなったので、自分の蔓の力では持ちきれまい、と思ったので植木鉢の上に据えてやった。それがため、彼自身を支える力が無用となり、その力を急に他へふりむけた、それがいけなかったか？（特権ニ甘ヤカサレテ、軍ガノサバリ、ソレデ他ノ機関ハ駄目ニナッタ。）

まア、素人百姓が考える理由は、右の三カ条ぐらいだが、実はこの三つとも真の原因でなく、もっと重大な理由が、かくれて存在するのかもしれない。

そこで私は気がついた。たかが南瓜のことさえ容易に分らない。況んや一国が敗戦におちこんだ理由など、却々もって分る筈がないではないか。

○

……霞ケ浦上空ニ於テ吾ガ戦闘機ハ四機ヲ撃墜、一機ヲ撃破セリ

……吾ガ戦闘機ハ相模湾ヲ遁走中ノ敵ヲ追撃シ、コレニ猛射ヲ浴セツツアリ

こうした放送が行われてる最中、実に以て意外な放送があった。正午に重大発表のあることは、承知していたが、、、、、、

……畏クモ本日正午御自ラ御放送遊バサレマス、国民ハ一人残ラズ謹シンデ拝シマスルヨウ

これは空前のことだ！

空前のことに非ざれば、納まりのつかない空前の場合なのであろう。

八時三十二分、一旦、警報は解除されたが、再びブザーが鳴り出した。

……霞ケ浦ニアリシ敵二機ハ、目下鹿島灘ニアリ（以上十一時四十分）

正午までは、あますところ僅かに二十分なのに、まだこんな放送が行われている。もしかしたら、とっくに談判は決裂しているのではないか？

この時、陽は輝いたり曇ったり、なんとなく物々しい気配である。油蝉が、ジジジと何か呟いている。

……東部防衛司令部、横須賀鎮守府司令部発表。1、敵艦上機二百五十機ハ三波ニ分レ二時間ニ亘リ、主トシテ飛行場、一部交通機関、市街地ニ対シ攻撃ヲ加エタリ。2、十一時迄ニ判明セル戦果、撃墜九機、撃破二機ナリ（以上十一時五十五分）

あと五分しかないのに右の始末だ。一体どうなってるんだろう。

……目下、千葉、茨城ノ上空ニ敵機ヲ認メズ（以上十一時五十九分）

……千葉茨城両地区、関東海面ハ警報発令中ナルモ、東部防空情報一時中止ス

正午の時報がコツコツと始まる。

これよりさき、私は自分の座蒲団を外し、花梨《かりん》の机に正座し、机に置かれた懐中時計を（この時計がなんとアメリカ製のウォルサムなのである！）見つめていた。明子は私の背後、斜め右三尺のところに正座、静枝は同じく斜め左六尺ばかりのところに正座、三人とも息を殺して御待ちする。

コーン……正午である。

――コレヨリ畏クモ天皇陛下ノ御放送デアリマス、謹シンデ拝シマスルヨウ

――起立ッ！

号令が放送されたので、私たちは其場で、畳の上に直立不動となる。

続いて「君が代」の奏楽が流れ出す。この国歌、曲が作られてこの方、こんな悲しい時に

奏されたことはあるまい。私は、全身にその節調が、大いなる悲しみの波となって、浸みわたるを感じた。

曲は終る。愈々、固唾をのむ。

○

玉音が聴え始めた。

その第御一声を耳にした時の、肉体的感動。全身の細胞ことごとく震えた。

……朕深ク世界ノ大勢ト帝国ノ現状トニ鑑ミ非常ノ措置ヲ以テ時局ヲ収拾セムト欲シ……

……而モ尚交戦ヲ継続セムカ、終ニ我ガ民族ノ滅亡ヲ招来……

……然レドモ朕ハ時運ノ趨ク所堪エ難キヲ堪エ、忍ビ難キヲ忍ビ……

何という清らかな御声であるか。

有難さが毛筋の果てまで滲み透る。

再び「君が代」である。

足元の畳に、大きな音をたてて、私の涙が落ちて行った。

私など或る意味に於て、最も不逞なる臣民の一人である。その私にして斯くの如し。

全日本の各家庭、各学校、各会社、各工場、各官庁、各兵営、等しく静まりかえって、これを拝したことであろう。斯くの如き君主が、斯くの如き国民がまたと世界にあろうか、と私は思った。

この佳き国は永遠に亡びない！　直観的に私はそう感じた。

万々一亡びると仮定せよ。しかも私は全人類の歴史にありし、如何なる国よりも、この国に生れた光栄を喜ぶであろう。

日本亡ぶるの時、それは人類の美しき歴史亡ぶるの時だ！　あとには唯物の味気なき歴史が、残るばかりである。

とは言え私は痛感する。唯心だけでもいけない、唯物だけでもいけない、物心一如の境地にこそ真の道は存する。

口元で精神のみふりかざしていた日本の指導者たちは浅慮の徒であった、唯物一点張りの徒、もとよりまた浅慮である。

心に深く止めよ。

今日の妙なる玉音を。

あれこそ、人間至高の心が、声帯の物質を通じてなされたる妙音、即ち真の道を示す天来の響きなのである。

日本敗るるの時、この天子を戴いていたことは、なんたる幸福であったろうか。私は歴代の天皇の中で、この方ほど好もしきお人がらはないと信ずる。

今上は皇太子の頃より、御渡欧映画その他で民衆に親しまれている。卒直に言って、私はこのお方のファンなのである。歴代の天皇の中で、これほどヨキ人はなかったに違いないと私は思う。

至尊を、とやかくアゲツラウのは慎しむべきであろうが、しかし歴史の文字にも〝英明の君〟とか〝剛毅の帝〟とか見うけられるのだから、私も、せめて日記にぐらいは、正直なところを記しておく。

今上は、所謂英雄ではなかった。武断的な方では勿論ない。が〝仁君〟にわたらせられる。いともやさしく、うるわしきお人ガラのお方である。

その〝仁君〟の御宇、唯物的国の使用した原子爆弾で、日本は戦争に敗れた。いや、今日までの戦争常識では、広義の〝戦争休止〟状態と言えるかもしれない。

とにかく唯物科学の最高武器により、唯物崇拝の徒の日本は全敗した。それだからこそ日本はめでたい。もしも日本が原子爆弾を有していたなら、平然として軍人どもはこれを使用し、世界制覇をしていたかもしれない。が、それは日本の精神的自殺である。現在日本にいる大部分のバカ軍人、バカ政治家どもは、愈々大得意になって世界を地獄にしていたであろう。

これで好かったのである。日本民族は近世において、勝つことしか知らなかった。近代兵器による戦争で、日本人は初めてハッキリ敗けたということを覚らされた。勝つことも敗けることもある。両方を知らない民族はまだ青い青い。やっと一人前になったと考えよう。

とは言え、今日の私は、言いようもない悲しみが、密雲の如く閉している感じだ。

吾家の庭を見ても、今迄の庭とはまるで違って見える。今年の百日紅が、ちっとも花をもたないということまで改めて寂しく眺めるのであった。
○

「寂しいから、やってきたよ」

と、富田重亭画伯は、私と顔が合ったとたんに、そう言った。なんとも妙な笑い顔である。一緒に来たのは小島さんとかいう染物師で、私とは初対面だ。

誰か、然るべき男の人と、今夜は語り合いたい、そう思ってるところへ、画伯は、やってきた。彼の方でもやっぱり、そうだったのであった。

私は、ここ当分の間、何か用件の突発しない限り、世間へ顔出しをすまいと決心していた。稼業がら、顔があまりにも売れている。電車へ乗るにしても、街を歩くにしても、すぐ私は注目される。その時における、私の態度表情がとても厄介だ。あんまり悄気ていても、なんとか言われるだろうし、あんまり快活に振舞っても無論いけない。

私自身、興奮しているのだから、到底、虚心坦懐なんて顔つきは出来ない。いや、うっかり虚心坦懐ヅラなどしていると、こいつ、非国民だ、なんて言われそうだ。世間は百人百色だ、そして勝手な見方をするものだ。まずまずこういう時には、目立たないようにしているのが無事だ。

「そうだよ。だから俺も蟄居謹慎しているのさ」と重亭も同じ心境だ。

さて私は、昨日来の私の行動を語った。重亭は本日の田無工場（註、中島飛行機工場の一つ）の模様を語った。

重亭は院長として一場の訓示をしたが、どうも涙がこみあげて喋れなかったそうだ。

それは、まことに日本人として立派であるが、だんだん話すうち、

「あのね、病院には泥棒が充満してるよ。病院の戸棚にある、薬用ブドー酒や、橙皮シロップが、いつのまにか盗まれてしまうんだよ。ねえ、そこで僕も考えたね、どうせ他人に盗まれるものなら、院長がいっそカッパラおうか、とね」

「ふふむ、なるほど、ソリャそうだな」

と私も賛成して、沈んだ吾が家の茶の間に、初めて笑い声らしい笑い声が起った。

「どうせね、工場の資材は敵が没収してしまうんだ。そんなら今のうちに、吾々の手で何かと処分した方が好いかもしれん。どうだ、ゼラルミンで、鍋でも造らせようか」

私も大いに賛成して、出来上ったらその鍋を一枚もらいたいと思った。まことに浅間しき限りだが、マッカーサーの奴が乗りこんできて、工場が敵軍の手に管理される前にその一部をこっちのモノに化けさせておくのは、あながち非国民でもあるまい。

「そりゃそうと、杉並区は何処の軍が占領するのかな？　噂によると重慶軍がやってきやがるというが、どうも重慶はイヤだねえ」

「まったく、重慶はイヤだね。いっそもうアメリカ軍にしてもらいたいよ」

と私も言った。いっそ、毛唐なら毛唐で諦めがつく。

よく日支は兄弟というが、こんな場合は、肉親に財産を横領されるより、他人様相手の方が苦痛は少い。血の近い、嫌悪というやつであろう。

○

談論風発してるところへ大森啓介画伯夫妻がやってきた。奥さんはフランス人だ。私は初対面の挨拶をした。静枝は既に先日のこと、夫妻が近所に越して来た挨拶に見えたので二度目だ。日本語がなかなか巧い。

重亭、大森画伯、画伯夫人との間に、フランス語が取りかわされる。私は全然ダメだから、少々困る。

大森画伯は大変な苦労性で、これからどうなるだろうと心配ばかりしている。重亭はこれと正反対で、まことに朗らかだ。悲観派と楽観派が揃ったわけだ。

「大森君はね、今年の暮れには五百万人の餓死者が出る、という説なんだ」

「五百万人？」

私はこの数字に驚いたが、如何なる根拠からであるかと訊ねたら、日本は一億の人口だ、その五パーセント餓死するとすれば、当然五百万人だというのである。

「いや、人間というものは、なかなか餓死するもんじゃありませんよ。純粋に人間が餓死したという記録は、殆んどないでしょう」

と、私は多少なぐさめるつもりで言うと、重亭は即座に、

「いやいや、それがあるんだよ」

と、ガダルカナルだったか、サイパンだったかの実例をあげて、私を脅かした。

即ち、腹が空りきって、草でもなんでも食うようになると、人間の身体は骨と皮ばかりになって、手足はガイ骨みたいに、腹部だけがポンポコのカンカチにふくらむのだそうだ。

「あの〝重美〟になってる餓鬼道の絵巻はね、実は、想像で描いたものでない。写生だった

んだなあ」

と、画家にして医者らしいところを示した。

この患者は、病院につれてこられると、夜中に看護婦の目を盗んで、食料の貯蔵所に這って行き、腹一杯食って、とたんに死んでしまうそうである。

「で、面白いことにね、解剖してみると、腸のヒラヒラ〝ファルク〟というがね、それが全然なくなって、ノッペラポーになっているそうだ。つまり退化しちまうんだねえ」

私が唸って感心してるところへ、富士子、高子たち四人の女が帰ってきた。四人とも山から下りてきたので、ひどく空腹らしい。あいにくと飯はもう一粒もない。彼女たちは台所で配給の大豆の煮たのを食った。

私は、ガツガツと豆を食ってる彼女たちの物音を聞き、もしも大森画伯の憂うるが如く五百万人もの餓死者が出る場合、彼女たちがそうなったらどうする？　私は苟くも一家の主人だ。いかなる法をとっても、彼女たちの腸壁がノッペラポーにならないよう、最善の努力をしなけりゃなるまい。

妻は残ったリプトンの敵性紅茶を入れ、ヤミの葡萄糖の塊りを割り、時ならぬお茶の会となった。

重亭の話術、巧妙を極め、工場の若き海軍監督官が、空襲の爆風で、三階の窓からフワリと地面にもっていかれ、微傷だに負わなかったという実見談を、仕方ばなしでやってのける。

その可笑しさ、娘たちは、キャアキャアと笑った。

「おいおい、あんまり派手に笑うなよ」
と私は注意した。とたんに重亭、時計を出して見て、
「あ、もうおそいや、帰ろう」
と急退却を開始した。時に、二十三時三十分であった。

十六日

（木曜）

南瓜ノ交配二輪。庭ニ今咲ケル花、睡蓮ノ黄ト白ト薄紅ト、疲レタル花魁草、干カラビタ矢車草、百合花、月見草、南瓜ノ花、胡瓜ノ花、トマトノ花、韮ノ花ナド。壕舎ヨリ字引類ノ包ミヲ出シ、以前ノ通リ机ノ上、床ノ間ナドニ並ベル。池ノ端ノシャム仏ハ、静枝ガ寝室ニ安置ス。

昼飯ハ豆ヲ煎リ、ボリボリ嚙ミツツ飯ヲ喰ウ。屋根ノ上ノ赤キ南瓜、静枝ハ切ランコトヲ主張ス、暫ク待テト私ハ答ウ。

午後二階デ昼寝、トロリトロリト異様ナル眠リ。起キテ茶ヲ飲ミ、葡萄糖ヲ舐メル。

高子会社ヨリ帰リテ、憂鬱ニナリイル。社員ミナ殺気立チ居ル由。中島知久平大社長、大声ニ怒鳴リイタリト。

貫太郎首相ノ家焼打サルト。銚子方面デ敵軍ト吾軍対戦中トイウ、信ジラレズ。

省電ハ常ノ如ク通リ、郵便モ恙ナク配達サル。十三日ノハガキガ今日着クナド案外ニ早

シ。

　夕食ハ肉入り焼飯、軽ク二杯也。

（東久邇宮稔彦王殿下組閣ノ大命ヲ拝セラル。）

考えても考えてもやりきれないことは、マッカーサーが来て、一時的にもせよ、吾が皇室の上におかれるということだ。陛下は忍び難きを忍ぶと仰せられた。況んや吾々は何んな辛いことでも、忍ぶのが当然であるが、これだけは何としても辛い。

まったく猿飛佐助になりたい。一人の猿飛あらば、マッカーサーだろうと、ニミッツだろうと、いくらでも悩ましてやることが出来るのである。

十七日

（金曜　晴　朝夕涼）

寝ツカレナイノデ二時頃マデ「氷川清話」ヲ読ム。

六時起。末成南瓜ノ色ノ変ッタヲモギ、味噌汁ノ実トス。

亀兄来、みがき鰊ノ土産、早速刻ミテ朝食ノ膳ニ添エル。

飛行機ガ警視庁ノ上アタリニびらヲ撒布シタ。「吾等降伏セズ」トイウ日本側ノ伝単デアル。王子航空ハ農具ノ工場トナルカ。

十時四十五分警戒警報発。間モナクBノ音ガ聴エ始メタ。勝手ニシロデアル。十一時五分警報解除。

裏ノ伊馬鵜平ノ母堂ト、唄ノ上手ナ娘サンノ母サント二人ニ南瓜ヲ見セ嘆賞ヲ博ス。静枝モケンソンシナガラ大得意デ語ル。

昼飯ハ味噌汁ノ残リニ南瓜ノ葉柄ヲ入レ、豆ト馬鈴薯ノ煮タノデ、飯一半杯。大満腹デ大満足。二階ニ上リ十二時半ヨリ二時間昼寝スル。

戦闘機十機ホド家ノ上空ヲ乱レ飛ブ。本日亀兄ノ持参セル双眼鏡（竜夫少佐ノ遺品）デ早速見ル、敵カ味方カ分ラズ。黒ク塗リテアルヨウニ見エタリ。

竿ノ先ニ剃刀ヲツケ、南瓜ノ蔓ヲ切ル。乾パン、葡萄糖デ茶ヲ飲ム。入浴。飯一杯、うどん二杯、豆一杯、刻ミ胡瓜ノ夕食。

首相宮殿下ノ放送ヲ聴ク、御声三十位ノ如シ。陸海軍大臣ノ訓示放送サル。軍ハ大分騒イデイル様子、無理モナイ。

（東久邇宮内閣成立ス。）

運命という事を考える。

私が若し海軍恤兵映画のため山陰へ行っていたら、十五日の発表を聴いて、狼狽てて帰宅したのは、恐らく今日あたりであったろう。旅行先であの放送を聴きたくなかった。あれは吾が家で、吾が妻や子と共に、魂にまで聴くべきものであった。吾家にいたことは、実に有難いと思う。

所が、私をして山陰に行かざらしめたものは、豊川海軍工廠の爆撃という出来事で、これにより十日過迄豊川にいる筈が、八日に一旦帰宅することになって了った、もし爆撃なくば私は豊川から直接舞鶴鎮守府へ行く予定であったのだ。

豊川の爆撃は吾等一行が乗り込む、二時間ほど前であった。もし吾等が予定通り六日に到着していて、工廠に泊り込んで居たら、命を果していた公算大なりだ。これを免れたのは、五日吾等の乗った列車の、一つ前を行った列車がP51にやられ夥しい死傷者を出したお蔭なのである。P51が、即ち吾等の豊川に於ける生命を助けた事になる。もっとも、豊川着が七日になったのは、もう一つ因があるとも思える。それは坊やを疎開さしてある田畑村の存在である。これあるがため、吾等は私の主張で、塩尻乗換をやめて、伊那線廻りとしたからである。すると坊やが私の生命を助けてくれたという論もなりたつ。

まったく、何が如何なる結果を呼ぶか分ったものでない。原子爆弾は日本の無条件降伏の最大の理由となったが、これがまた将来、日本民族の生命を護る因となるかもしれないのである。

人間は、斯うした将来を見透すだけの高級品でないのである。善因善果など言うが、これは四半面だけ。悪因善果の場合もあり、善因悪果の場合もあり、悪因悪果の場合もある。然り而して、人間は現在を素直に受けて、将来を素直に待つべきだ。過去はこれ、総て懐かしく回想すべきものである。

蟬和尚精一杯に勤行かな
蟬和尚生れながらに解脱せり
蟬和尚の大往生に学べかし

蟬和尚無念無想に唱さるる
蟬和尚の大合唱を胸に聴け
蟬時雨南瓜の花も常の如し
悠久の大義とは何蟬時雨
断食のまま高らかに蟬唄ふ

昨日、このあたりの上空を飛び廻った飛行機三機は、三機とも大尉が乗っており、三機とも自爆したという。この世の思い出に、心ゆくまで帝都の空を飛んで、さよならと自爆したのであろう。

敵艦への体当りの代り、敗北精神への体当りである。とやかくと、言えば言える行為であろうが、然し、その心情は私にもうなずける。敵艦への体当り以上、壮烈悲烈であると言える。

十八日

（土曜　曇）

六時半起。朝霧タチコメタリ。わかめノ味噌汁、飯一杯。
二階ノ机ノアタリヲ片ヅケル。字引類ヲ目前カラ去ラシム。
七月二十日ニ交配セル南瓜今日デ一カ月目ナルヲ試ミニ採ル、蔕未ダ青々トシテ未熟ノ感アリ。青磁ニ暁ノ色ヲボカセル肌ノ美シサ！

二階縁側ノ本棚ヲ修理。郵便箱ニ一本ノ信、舟木君ヨリ。小島一美君来ル、新宿ニテ志るこ屋ナド始メント言ウ。彼ノ談ニヨレバ横浜市ハ婦女子ノ避難デゴッタ返シオル由。少壮軍人ガ平沼邸ニ自爆セル噂アリ。今日モB29二機、B24一機ウロウロト来ル。

昼飯ニ今朝ノ南瓜ヲ喰ウ、未ダ味イ淡々タリ。二階デ二時間半昼寝、横ニナルヤ引キズリ込マレル如ク眠リニ入ル。

トマトノ支柱ヲ直シ、ずべりびょうヲ一カ所ニ集ム。

夕食肉入うどん三杯、肉イカレテ材木ノ如シ。明子蟋蟀ノ如ク笑イタルガキッカケニテ、家内中大口アケテ笑ウ。

二十二時頃散歩ニ出ル、半月半天ニアリ、楓並木黒々トシテ稀レニ通ル人ノ顔白シ。中島飛行機ノ前マデ行カントセシガ面倒ニナリ止メル。

蚤カじんましんカ、両肩両足チクリチクリトシテ眠レズ。

　やは色のまだ早かりし南瓜剪る
　干きたる土に断腸の流るるよ
　暑き陽に半身あてて暑からず
　敵に渡すべき飛行機や秋の風
　御破算でやり直しなる浴衣かな
　　（風呂屋の主人と語りて）

思ひきや大和島根に秋の風
おこたりし手入れの松に秋の風
（この松の自然と型よくなる日幾年後ぞ）
降伏ときまりておもき昼寝かな

○

筑紫の海に殉職して
海底に沈みたるままの若き少佐の遺品
吾れドイツより買ひ来りし双眼鏡
ピントを合はせて今や何を見る
一人の老婆鋪装道路の草むらに
雑草のやは葉採りて袋に
いとも真剣なる面もちもて入るるを

吾れピントを更に合はせてその草の
何なるやを知らんとす
嘗ての朝鮮人の妻の如く今や
日本のこの老婆は真剣に草を漁る
想へその朝鮮人どもは

十五日正午吾ら泣ける時
万歳と日本語にて叫べるなり

吾れ三度びピントを合はせて
その草の何たるかを知らんとす
吾れまたその草を喰ふべき日
あるべしと思ふにや

妻は台所の外の土竈に
代用食のうどん煮つつあり
その煙濛々として入り
部屋といふ部屋にくまなし
敵機と共に呪はしき貯水槽の
蚊軍この煙を喫へ

娘一人は俎に胡瓜を刻む
この胡瓜吾庭の戦時菜園に
いと清らけく実りし逸物

トントントンと刻む音
うどん煮る煙に乗りて
新秋の夕の曲を奏す

娘一人は風呂焚きつけつ
燃やすべき古新聞を読めり
昭和十九年五月の新聞
この月皇軍大作戦洛陽陥つ
誰か想はん広島の原子爆弾
況んや重慶軍の東京進駐をや

娘一人はバケツの水もて雑巾がけ
このバケツ厳しき防空訓練のリレーに
町内中の握手を受けし勇士なり
敵機乱入猛炎天に赤き夜
門柱のもと頼もしく待機してありしか
今やただ雑巾専用の職に戻れり

さて主人たる吾輩は悠然
熱きうどんを韮の薬味に啜り
やがて新聞もて温めたる風呂に入る前
雑巾がけに艶けき縁側に座し
亡びたる盟邦産の望遠鏡もて
冷然たる月面の凸凹を看たり
月を見て嘆くは人のおろかなり

十九日

〔日曜　曇　涼〕
六時半起。床ノ中ニ蚤二匹ヲ逃ス。山茶花ノ南瓜何故ニヤ、数日前ヨリ萎レタリ、依ッテ腐ラヌウチ実ヲ採リ汁ノ実トナス。径三寸蔕ヲ中心ニ、球ノ半部、暁色ニ染マレリ、昨日ノ南瓜ヨリ味イヨロシ。
諸方ニハガキヲ書ク。久シブリ也。黄楊ノ大南瓜落チタリ。
今暁数時間ノ睡リヲトリシノミ、時ヲ計リテ昼寝セント思イ居タリシガ、次々ニ客来リテ遂ニ果サズ。
〔白磁菩薩〕
これぞこれ真白き地の太陽

焔と水の間に生れたる女神
如何なる美女《たおやめ》の快よき曲線も
このふくやけき南瓜のそれに及ばじ

団々といと高き黄楊の棚枝に
うるはしのこれ女軽業師
その乳房の如く尻の如く
大らかに年頃となりかけしが
重量のバランス破れて
あはれ忽然として墜ちたり

象牙よりも白く
白磁よりも爽かに
薄緑の線を縦にぼかし
蔕のあたりには紅の微光
径二十一センチメートル
重量約四キログラム
吾れ国宝の如くこれを抱き

葬送行進曲の静けき足どり
床の間の釈迦牟尼仏を移し
その座にこの生ける屍を安置す
妻娘ども讃嘆して拝すれば
南瓜大菩薩微笑み給へるが如し

〇本日の来客名簿〇

1 矢島――自十一時半　至十二時頃
無精髭芒々ト伸バシ、田舎ノ方ハ敵ノ上陸騒ギデ大変トイウ報告、無条件降伏ノコトモット早ク分ッテ居タラ食料ヲ集メテオキシニト悔ユルコト頻リ。

2 水谷正夫――自十二時頃　至十三時頃
四十二歳ノ初年兵、入隊後始メテノ来訪。芸能家ハ駄目ト思ワレマイガタメ大イニ務メオル由。十五日夜、隊ノ空気甚ダ沈静ナルヲ嘆ク。中々元気ナレドモ後姿ハ老ヲ白状ス。僅々数カ月ノ間ニ言葉ガスッカリ軍隊調ニナリ居ルハ面白シ。

3 森田亀雄――自十二時半頃　至十九時頃
飛行機デ北海道ニ帰ル筈ナリシモ、ウマク行カヌ由。若キ飛行将校低空飛行ヲ競イ電線ノ下ノ潜リクラベヲヤリオル由。浴衣ヲ着テ夕食マデ居ル。魔法ノ箱ニアリタルサントリー十二年ヲ開ケ、彼モチョッピリト飲ム。

4
頭山秀三――自十三時頃　自十五時頃
亀雄兄ヨリ少シ遅レテ来ル。愛嬢左股ノ淋巴腺ヲハラシ、医者ニ見セルタメ浅川ノ山ヨリダットサンデ乗リ込ミシナリ。先日ト別人ノ如ク戦局前途ヲ穏ヤカニ語ル。明日重光外相テ会イテ話スコトニナッテイル故、改メテソノ報告ニ来ラント言ウ。

5
同　松子――泊リ込ミ
十四歳ナレドモ背丈ハ恐ロシク伸ビタリ。相変ラズツント怒ッタヨウナ顔也。
彼女ノタメ富士子高子ハ電話ヲカケ、静枝ハ使ニ走リ大変ナリ。結局中島田無病院長宮田博士ニ来テ貰エリ。

6
田中――頭山ト同ジ
頭山家ノ運転手、五十アマリノ老人、私ノ疎開本ヲ山奥マデ運ンデクレクリ、忠僕トイウ感ジナリ。

7
関根先生――十六時頃
歯科医ナレドモ静枝ノ招キニ応ジ一応松子ノ腫物ヲ診察ニ来ル。飯能ノ前天沼一丁目南町会長鈴木吟亮氏ヲ訪レテ、帰ッテ来タバカリ。氷屋サンノ主人ミタイナ恰好デ来ル。

8
阿野春枝――第一回十三時頃　第二回十九時頃
前後二回来ル、始メ何ヤラ打合セニ来り（ヤミ品ニツキテナルベシ）、次ニソノ品ノ世話人ヲ連レテ来ル、上等酒二本手ニ入リタリ。本日俄カニウィスキート日本酒共ニアリ。

9　阿野知人
二回目ニ阿野女史ト来り、飯ヲ喰ベテ行ク。

10　宮田重雄――自二十時頃　至二十二時頃
ヘントウ腺ト聴キ違エソノ支度ヲシテ来ル。中島飛行機会社ハ鍋釜製作ナドニ頃転向スルヤ？　敵ヲヤッツケルト出撃スル若鷲ヲ、今ソンナ事ヲシテハイカントト他ノ若鷲ガ追イカケ、味方同士ノ空中戦トナリシ話。

11　その夫人

12　その令嬢

右の如く一旦客が来るとなると、押すな押すなの盛況となる。

八月八日より昨日まで、酒無しで暮していたが、本日になりて忽ち日本酒一升、サントリー十二年という豪華さである。

久しぶりで（実は久しぶりでもなんでもないのだが）編隊の爆音が聴える。双眼鏡を出して見る。もしや米機の示威かもしれないと思ったが、味方のそれであった。暗緑色に日の丸の印、甲虫のような熊ン蜂のような、逞ましい型である。それが颯爽とした飛び方で、南の空から来り、西の方へ旋回して行く。

敵の編隊とそっくりの運動をしている。今まで見た味方機は、如何にものんびりした飛び方で、時には歯がゆくなるくらいであった。日本の飛行機は、総じて速力が出ないのかと想わせられていた。それがどうだ、この快速力は！

想うに、今までは飛行機を大切に扱っていたのであろう。それが、武装解除で近々にこれらの優秀機を敵にそのまま引き渡さねばならない、という事になって、そんなら今のうちにブンブン乗り廻しておけ、——という訳らしい。

私が見ていてさえ、これらの飛行機を、そっくり敵の手へ渡すという事、惜しくてならない気がする。況んや、直接それを手がけている若鷲たちや、整備兵たちは、残念で残念で諦めきれないと思う。

今日、柿の葉と南瓜の葉の間に、干されてある蒲団を二階から見て、私はつくづくその貴重さを感じた。以前なら、こんな蒲団は、ただうっとうしい代物である。それが、過去数カ月の空襲の経験から、蒲団というものが、私の眼には此上もなく大切な品として見えるようになった。

あとで聴くと、この蒲団は富士子の品だそうだが、単純な紅と白との染めぬき模様までが、非常な美術品のように見える。斯んな蒲団にして然り、ましてや出来たてのパリパリの飛行機が、これを失わねばならないとなった時、如何にその価値を増大するか、想像の外であろう。

二十日

（月曜　晴　暑）

七時頃起。食慾ナケレバ朝食ハトラズ。庭へ出テ身体ヲ動カス。もっこく樹ノ下ニ無残ナ姿トナリイル盆栽、エッサエッサト抱エテ陽ノ当ル石ノ上ニ置キ手入レヲシテヤル。神楽坂ノ夜店デ買ッタ頃ハ、実ニ見事ナモノデアリシガ、今ヤアワレ極マル見スボラシサ。ボツボツ手入レシテ復興サセンカナ！

盆栽ヲ置ク邪魔ニナルノデ茗荷ヲ引キヌキタルニ、花三コホド出ル、コレヲ味噌汁ニ入レテ昼飯ヲ美味ク喰ウ。

二階デ女枕ヲシテ昼寝ス、三時頃マデ一気ニ眠リ過ス。静枝モ富士子モ昼寝、松子モ寝テイル。

松沢ヨリ手紙来ル。一緒ニ農業ヲヤリ、老後ヲ安楽ニ暮ソウトイウ計画ヲススメ来ル。コノ夕、リリアン来ル、信州行ノ切符ヲ持参。

富士子ニ胡瓜ノ収穫ヲ見セラレテ驚ク、大小八本ノ大ハ八寸モアリ。コノ胡瓜ヲ脂デイタメテ夕食。海苔罐詰ヲアケル。

二階デ「穴仙人の手記」ヲ読ンデイルト、高山令嬢ガヤッテ来テ、丸山定夫君ノ死ヲ報ジタ。

原子爆弾恐ル可シ！

二十一時頃カラ薪ヲ燃ヤシ、酒ノ燗ヲシテ、チビチビトヤル。

マッカーサーが二十三日に飛行機で乗りこみ、旧前田侯邸（中島飛行機本社）へ納まるということは昨日高子から聴いた。

マッカーサーの得意想うべしである。彼は如何なる人間か、これから分るであろう。好き意味のアメリカ人であってくれればいいと思ってる。今日まで吾々に与えられた印象は、新聞雑誌の憎悪と軽蔑と敵意に満ちた記事から得たものしかない訳で、どうも面白くない野郎ということになっている。然し、一時はルーズベルト以上の人気を博したという人物、次の大統領候補者にも擬せられた男であるから、相当の人物には違いあるまい。

この際、吾々は甘い希望的観測は慎しまねばならない。彼が典型的アメリカ人であればあるほど、日本人にとっては堪え難い、様々の行動をとるのかもしれない。映画で見たアメリカ紳士を彼にあてはめて、いろいろ予想することは危険であろう。

動物の生存競争には、愛もなければ情もありはしない、血も涙もあるべき筈がない。然し、異種の動物にも、或は動物と植物との間にも、微妙なる共存共栄の相互扶助的現象が見られる。

案外、戦争から除外された日本が、戦争専門国となったアメリカと、うまく行くかもしれない。が、そんな希望は止めろ止めろ。鬼でも仏でも、何んでも出るがいい。何が出ても驚かなければよろしい。

さて、マッカーサーの乗りこみ一足さきに、中島飛行機会社は、解体ということになったらしく、高子も目出度く本日クビになり、いろいろと御土産を貰って来た。支給されたのは今日であったが、運ぶのに翌日もかかる。

○シャツ上下○洋服地一着分○職工服一着○靴下二ダース半○靴底平ゴム一足○靴踵一足○椅子カケレース五枚○椅子カケ布四枚○瓶詰食料七個○罐詰一個○フリカケ食二個○茶碗七○灰皿一○電球六個○スリッパ二足○ちり紙四綴○大ハトロン袋六枚○鉛筆四打○庭箒一本○座敷箒一本○蚊とり線香一箱○蚤とり粉一箱○南京虫退治四個

〔右ヲヤミ相場デ概算シテ見ルト合計九百円以上ナリ。〕

富士子もクビになり、明子も明日あたり、ハッキリクビになる筈。これによって吾家は、朝から晩まで娘三人がウヨウヨしていることになる。

戦場からは、多くの青年が、武装解除でゾロゾロ帰って来るであろう。このゾロゾロの中から、早くウヨウヨ娘たちの婿殿を見つけなければなるまい。

子々孫々、根強く生きよ！

○

丸山定夫君が死んだ。

原子爆弾の犠牲である！

丸山君の他に六人ほど座員が死んだ。三人ほど負傷して目下苦しんでいる。牧村君のみ所用あって東京に帰っていたので、これだけが無事、あとは全滅の形だ。

もっとも、丸山君はピカリと来て即死ではなかった。肋膜炎を患っていて、患部の水をとる手術をして、安静にしていたところだったという。即死でないだけに尚更悲惨である。珊瑚座が宮島に疎開していたので、そこへ引取られ手当をうけ、そこで息絶えた。

園井恵子君、仲君の両女性、高山のショウちゃん、いずれも火傷か内臓をやられて、目下療養中であるという。

即死者は、六体の骸骨となって、粉砕された宿舎の跡にあったという。大映から臨時に応援に来ていた女優二人、牧村夫人、島木母子など即死だ。

島木の娘は殊にあわれな気がする。苦楽座公演の「夢の巣」で、藤原鶏太扮する貧乏音楽家の娘に扮し、いとも可憐なる演技を示したものだ。北陸から九州へかけての巡業では、村の娘に扮し舞台の袖で、ニコニコしながら唄をうたっていた。お母さんはどんな人だったか鳥渡《ちよつと》想い出せないが、母子で原子爆弾にやられるとは、よくよくである。

これらの人々、いずれも苦楽座なかりせば、斯の如き惨たる目には逢わなかったであろう。考えようによると、臨時に雇われて行った大映の女優さんが、一番気の毒でもある。

丸山定夫君に、最後に会ったのは何時であったろう？

四月二十二日の午前、この日は故森田竜夫少佐の葬儀があった日で、静枝は一足さきに柿木坂へ行き、そこへ丸山君が来て、玄関で立話をして別れた。なんでも二カ月ぐらいの予定で九州へ行かないか、という相談であったが、私は断った。あの頃、二カ月も東京をあけることは、到底出来なかったのである。この時の立話が、最後の会見であったかもしれない。

この春ごろ、劇団がそれぞれ地方へ集団疎開をする時、苦楽座は信州方面か、広島方面と二ツの方向があった。私なぞは信州の方を好ましいと思ったが、丸山君は広島の方を採用した。

選りに選って敵は地球上の広島という一点に原子爆弾を落したが、丸山君はまた選りに選って広島へ疎開したのである。

六月中旬に高山家から使者あり「丸山君が広島行につき壮行会を催すから」という口上であった。そのまま何の連絡もなく、六月十二日に清水町の高山家を探ね歩いたが、終に分らずであった。あとで聴くと、酒が手に入らなかったので、壮行会は延び延びになっていたと言う。

広島へ出発する際も、列車の都合悪く、何度も東京駅まで行っては、高山家に引き返していたらしい。その後、肋膜炎で寝込んだという話を聴いていたが、それから遂に原子爆弾である。

「守銭奴」のアルパゴンを想い出す。名演技であった。「富島松五郎伝」の松五郎を想い出す。東宝映画「坊っちゃん」の山嵐、同じく「頬白先生」の高利貸、大映映画「決戦」の頑固重役、それぞれに印象が深い。

「夢の巣」では、彼の扮する不良少年と、私の扮する爺とが格闘をした。「永遠の天」では彼の扮する泣男と、私の扮する宮崎滔天とが、お互に謎みたいな台辞《せりふ》を並べ合った。

然し、舞台よりも映画よりも、強く印象に残っているのは楽屋に於ける彼である。実に五月蝿《うるさ》い男であった。実に熱心な男であった。実に親切な男であった。小さな問題を、恐ろしく大袈裟に論ずる男であった。無茶苦茶なことを言い出す男であった。そして、聊か露出狂であった。

平常、私の家なぞへ訪ねてくると、世にも礼儀正しき、気弱な、愛すべき紳士であった。酒を出すと、恐縮しながら、さもうまそうに飲み、すぐ上機嫌になった。酒がなくて、水のような葡萄酒を供した時も、結構酔っ払って上々の御機嫌になってくれた。

私が、菓子箱の蓋で将棋盤を造っているのを見ると、自分の家からわざわざ本物の盤を持って来て私に贈った。盤の裏には筆太に丸山家云々と書いてある品だ。それが斯うなると名優丸山定夫の佳きかたみとなった訳だ。

名優丸山定夫――然り彼は名優であった。

私はこの名優と、幾度か舞台を共にした事を、私が俳優としての歴史に、一つの光栄を加うるものであると信ずる。

二十一日

（火曜　晴　暑　夜涼）

五時半起、家内中未ダ寝テイル。落チカケノ末成リ南瓜ヲ採リ味噌汁ノ実ヲツクル。昨日関根サンニ貰ッタ紫色ノ唐モロコシモシゴイテ入レル。

吉岡トイウ青年来ル、私ヲ「オジサン」ト馴々シク呼ブハ面白クナイ。最近（十五日以後デアル）帰還シタ士官デアルガ、早大理工科出身ダケニ大分肌合ガ違ウ。ソコヘ邦高君ガ来ル。乾パンヲ噛リ大イニ時局ヲ論ズ。国体護持トイウ事ニツキ、私ハ私自身ノ見解ヲ述ベル、理工士官大イニ悟ルトコロアリト感服。邦高君モ、ニョモニョセト例ノ如ク何カ言ウ。

英子来ル、姑娘《クーニャン》ミタイナ恰好ヲシテル。彼女ノ家ニ居ル海軍大佐モ全然悄気テ居ル由。昼飯ヲ喰イテ二階ニ上リ寝ル。今日モ十五時頃マデグッスリ也。「穴仙人の手記」竜頭蛇尾也。含マレタル虚無思想モ甚ダ浅シ。今日ハ明子ガ解散配給ヲ貰ッテ来ル。

夜宮田ドクトル大森画伯ト共ニ来ル。松子ノ腫物未ダ化膿セズ。画伯夫人トドクトル令嬢来リ、大イニ賑ヤカトナル。日本酒ヲ燗シ客ニモ一杯ズツ供ス。鱒燻製イード美味シ。

十五日、あの放送のあと、その放送を取消す放送をするのだというので、少壮軍人がトラックで放送局へ乗りつけた。然し放送局では巧みにこれを扱って、遂にその放送をさせなかった、という。畏くも陛下の放送あって後、それを軍人たるものが取消す放送をしようとするなど、何ういう料簡であろうか？

就中強硬意見を有するのが、陸士出の連中だそうだ。成る程、無理もないところもあると思う。彼等は軍人専門に育てられ、言わば戦争の外に能のない人間である。それが、日本は武装解除となり、軍人というものが存在しなくなるとすれば、単に今後の生活問題から考えても由々しき事態である。

ケンコン一テキ――なら勝敗を決する訳だが、これは何う暴れたところで、敗々を重ねるだけのものだ——、とにかく生きて甲斐なき人生ならば、敵に一泡ふかせて、いやそれも難かしければ味方になりと一泡ふかせて、という気もちになるのであろう。

無理もない。然し困ったもんだ。

決行すべしと意気込んだ士官たちを、まア待てと止めた為、殺された司令官があるという話だ。梅津大将が殺された、という話もある。

放送によると、横須賀鎮守府司令長官の名で、三浦半島一帯の住民に「不心得な軍人があって、司令の名により流言を飛ばし、民心を惑わしているが、そんな連中の言う事を信じないよう」という布告が為されている。

中部軍管区と、も一つ何所とかの軍管区では、今だに徹底抗戦を持して下らないでいるそうだ。これら血気にはやる連中は、原子爆弾というものの威力を、よく知らないのではないかと思われる。それを知って尚且そんな行動に出ているとすると、自分たちの冥途の道連れに、日本全民族を亡ぼそうという料簡なのであろう。

玉砕という言葉、いかにも日本人の好きそうな勇ましき言葉である。然し、時と場合による。全民族の玉砕など、愚の骨頂である。生物の大道に反するものだ。そんなのは玉砕に非ずして瓦砕である。斯かる玉砕が、やはり武士道精神の決着点であるというなら、そんな武士道はこの際、時代遅れの古衣裳として、奇麗に脱ぎすてるべしである。

七生報国なぞ、楠正成時代の思想文化に於てこそ適わしく、忠臣の最高道義を表わす言葉であろうが、今日の時代に於て、これを大真面目で（七度生れ替ることを信じて）唱えるとすれば、それは正気の沙汰ではない。七生報国は白髪三千丈式の形容である。

B29が時速六百キロで、富士山を目標に飛んで来て、放送局を無線燈台にして、一晩に大都市を灰にしようという時代に、全国民楠公運動なぞ滑稽千万であった。そんな運動をしている間に、防空作業でも強化させるとか、お藷の増産でも計るべきであった。

六日に原子爆弾が広島に落され、九日に長崎が同様の目に遇い、同日当方から降伏申入れをしているというに、十三日夜の放送を聴くと「忠臣蔵」をやっている。これも武士道物語だが、そんなことだから近代兵器で日本は敗かされたのだ。

長州征伐の時に、鎧甲に身をかためた幕軍が、筒ッポーの長州軍に散々敗れた、あれと同様の失敗を日本がやらかしたのである。

武士道武士道と一人で偉がっていたのは好いが、つまり精神上の鎧甲であった訳だ。

武士道のブの字も知らなくたって、アメリカの鼻たらし小僧が、上空でピカリとやれば、楠正成や大石良雄が十万人居たって、即死して了うのである。

まったく、武士道鼓吹の浪花節を最高の芸術と考えているような、軍人政治家どもが、日本を引きずり廻して滅茶滅茶にして了ったのだ。

○

十九日には荻窪上空にピカリが行われるところであったことを記しておく。これはこの前重亭が来た時聴いた話であるが、思えば吾々も危ないところであった。

こちらの全権軍使は梅津大将と聴いていたが、何時の間にか人が違っている。妙だと思っているると果せるかな、梅津大将の乗っていた飛行機が出航しようとする時、特攻隊の一機が体当りして、大将を殺したらしい。

どうも特攻隊の鼻息が馬鹿に荒々しく、この連中が何としても納まらないという。若桜が潔よく散り損うと、斯んなバカ桜になるのであろうか。それとも、始めの頃の特攻隊みたいに、優秀な人々でなくなったのであろうか。

宮城の上空を、魚雷を抱えた飛行機が、縦横に飛び廻るなど、狂気の沙汰である。鈴木貫太郎大将始め、重臣が皆宮城内にいるというから、それを脅かすつもりであろうが、何たる没義道のことだ！

○

秋風に南瓜揺るるの時
吾が妻の腕は太く逞しく
顔は干からび痩せて
白髪はいとど殖えたり
その白きを掩ひて紫紺のタバン
頭のみギリシヤの女神めき
アッパッパの羅物を召し給ふ
あはれ今ぞ長き戦さ終りぬ

二十二日

（水曜　朝曇　午後雨）

五時起、皆未ダ眠リオリ。風呂場カラ裸足ニナリ、庭ヲ廻リ大通リニ出ル。駅ノ電燈未ダ灯リオル。豆生田家ノラジオ重大発表ヲヤリオリ、六時ヲ待チテ聴ク、即チ二十六日ニアメリカ軍神奈川県方面ニ進駐ノ事。

南瓜末ナリノ萎レタノ一コ、青トマト一コ、薄紅トマト一コヲ味噌汁ノ実ニスル。

北東ノ方角カラ男声「君が代」ノ合唱聴エ来ル。桜ノ詩ヲ作リ、トマトノ支柱ヲ強化、久方ブリノ天気予報放送ヲ聴キ二階ニ上レバ、合唱ハ「海行かば」トナル。

昼飯、茄子油煎リ味噌、胡瓜もみ酢ナシ、美味シ。昼寝、夕五時迄。妻ト明子いんぎんヲ採ル。胡瓜ヲ採ル。豪雨トナル。

「外人の見たる日本国民性」ヲ読ム。日本精神ノ再吟味ヲ思ウ折カラ甚ダ参考ニナル。

芳年、国周ナドノ浮世絵集ヲ眺メツ、晩酌ヲトル。嵐段々猛烈トナル。

早起きの年齢となりたるへボ胡瓜
朝霧の中寝ぼけたる蟬の声
（や寝言の如き蟬の声）
（に呟やきをりぬ蟬二匹）
わくら葉の相模野敵は進駐す

敵兵を笑みて迎へよ女郎花
青トマト汁戦敗の味なれや
末なりの南瓜の味を知る秋ぞ
青柿のさゆれて雨の気配かな
君が代の秋風さむく聴ゆなり

相変らず夢を見ない眠りというものが、私には与えられない。相変らずのことなので、記す気にもなれない。また、近来あまりまとまった夢を見なかった事も事実である。しかし今朝の夢は一寸面白いから記しておく。

——半鐘ガ盛ンニ鳴ル、三ツ番ノヨウナ叩キ方、空襲デアル！ ハテ、モウ空襲ハナイ筈ダッタノニト私ハ面喰ウ。敵ノ通牒ニヨルト「受ケル損害高ノ七割ヲ支払エバ空襲ヲヒカエル」トイウ条件。私ノ居ル所ハ東横ビルノ裏ノ妙ナ工場ノヨウナ汚ナラシイ家デアッタ。

——地面ヲシャベルデ掘ッテイルト、卵ガ地中ニ在ル。細長イ、黄味ノ多イ、殻ノ軟ラカナ卵デ、最初ノ一ツハ完全ニ掘レタケレドモ、アトノ数コハ、シャベルノ刃デ切断サレテ出テ来ル。

右の他にも無論いろいろとあったけれど、あまり下らなかったり、とりとめもなかったり、思い出せなかったりである。

第一の夢は、私が内心、敵との交渉が如何になるかと怖れているせいである。

第二の夢は、前夜運送屋の主人が、生みたて卵を一つ、松子の見舞に持参したこと、一昨日、茗荷を石の背後から採った時の印象など、原因となっている。

この卵の切り口の具合は、昨朝味噌汁の実にした末成り南瓜の切り口の、ねばりと色とに似ていた。

　ともかくも平和めでたし秋灯
　（燈火管制解カレシ、ビル街ノ写真ヲ見テ）
敗戦の大合唱や秋の風
蜩の多き秋なり祖国敗る
茶を入れて蟬時雨きく幸はあり
颱風もうれしあまりの照りつゞき
父親の力尽きたる昼寝かな

○

この桜樹、吾れ枯らして薪にせばやと、幹の根元一尺あまりの所、ぐるりと鋸を入れ、鉈もて五寸幅に皮を削ぎ、白き木肌骨の如きを露わにせり。時しも化の落ちて葉の出ずる候なりしが、なかなかに梢の気勢衰えず、これはこれ根元よりの糧道絶たれたれども、幹の内に蔵せる養分もて、自給せるならんと、次に枝という枝を剪り払い、高さ四間の丸坊主となす。

これを一国に例うれば、軍備を剝脱し、重工業を禁じ、その民族の自滅を待てるものの如し、とや言わん。

然るに、桜樹なかなかに枯れず。Y字型の丸坊主より、無数の小枝を生やし、苦難に堪えて頑張るさま、悲壮というもおろか也。

七月下旬よりは連日、燃ゆる太陽容赦なくこのかぼそき枝葉を焦がし、一日の雨もあらず。流石の強情我慢も、この期に於て息絶ゆるべし、と吾れは想いぬ。

然るに、再び然るに！　陽陰のあたり聊かの病葉は出せるも、十重二十重に繁れる葉は、益々強靱の度を加え、今や秋風に抗し気強くサヤサヤと鳴れり。

驚くべし、吾れ知らざる間に、削りたる根元の幹には、ささくれし皮上下より慕いより、荒き縞目となりて、辛くも皮を連絡しあり。このままに捨ておかば、この縞目漸次その幅を濃かにして、やがて従前に近き血脈の態をなすに到らんか。

吾ら敗戦の国たみも、この桜樹にこそ学ぶべけれ。

〇

高子が会社で渡されて来た、日本の娘たちに与える注意のガリ版を読む。何カ条かの文章いずれも日本ムスメがヤンキーに弄ばれざるよう、部屋に這入ったら背後の扉を開けておけだの、一人操縦の自動車に乗せて貰うなだの、物を貰ってはいけないだの、の類なり。

第一次世界大戦後、ドイツの某地に、仏蘭西《フランス》黒人部隊駐屯して、その地に黒白の混血児数十万生れた、という話を吾が娘たちに聴かせ、父親として釘をさしておく。

教養低きヤンキー兵ども、舌なめずりしつつ、日本ムスメをモノにせんと、張り切りて来るのかと思うと、甚だ屈辱を感ずる。

所で、女性の一つの特性として、異人種に興味を持つもの。この注意書を読みて、彼女たちは恐らく、フンガイと好奇心とを半々に感ずるならん。

時と場合によっては、クーパーの如き、パワーの如き、ゲーブルの如き男に、情交を迫らるるもまた、宜しからずやなど、思わざるや否や？

いっそ世界中が全部、混血児になるなら、それもまた恒久平和のため、一つの道なるやも知れず！

なんにしても、娘の父親たるものは、この際、妙てけれんな圧迫を感ずるなり。

ヤンキー相手の悲劇と喜劇、これより日本本土に充満するならん。

敗戦国の父親の味、冷然として吾は迎えばや。

二十三日

（木曜　颱風去　曇　晴　夜雨）

朝飯前ニトマトノ支柱ヲ直シ、梅樹ノ南瓜ニ吊リ床ヲ作ル。電気モ水道モ停ッテイル。

吾家ノ大王松ガオ隣リノ加藤家ノ屋根ニ寄リカカリ、瓦ヲ十数枚グラツカセテ了ッタ。

午前中ハコノ屋根ノ修繕ト、大王松ノ処分デオシマイトナル。

配給ノさつま揚ミタイナモノデ昼飯ヲ喰ウ、コノ頃ハ何デモ不味イモノナシ也。

鈴木リリアン事務所ノ使デ来ル。明日ヨリ浅草金竜館ニ出演ノ件ダガ、断ワル。米軍進駐ガ一段落ツクマデハ漫談ナドヤル気ニナレヌ。

吉岡青年来リ、大王松ノ処分ヲ手伝ッテクレル。壊レタ板塀ノ修繕、作物ノ手入レナドデ十五時頃マデカカル。

電気ガ来ナイノデ閉口スル。水道ハ来タ。明子製作ノ電池燈デ入浴。蠟燭ノ火デ卓ヲ照ラシ、鰊ヲ食イ、ウィスキーヲ飲ム。

泣きっ面に蜂というが、敗戦国に颱風と来た。庭は滅茶滅茶になって了った。南瓜の蔓など、見るも無惨の有様になっている。トマトの支柱も押し倒されて、胡瓜の蔓と絡み合い、手もつけられぬ乱態となる。

見事な青柿が、これはと驚くほど落ちている——今年は休年だから、斯んなに成って居ようとは思わなかった——、それだけに惜しい。

この颱風め、世が世なら「神風」ともなって、B29の大編隊を吹き墜す訳なのだが、目下のところ何もかも日本に不利の勢いだ。

泣きっ面に蜂というが、私自身は別に泣きっ面をしているのでない。むしろニコニコものだ。屋根の修繕をしながら、大王松に鋸《のこぎり》をかけながら、大いに楽しかった。生れて始めて屋根やさんをやって見たが、危なっかしい腰つきながら、どうやら瓦をチャンと組み納めた時は、非常に得意で満足であった。相当に太い大王松の枝が、双手鋏でチョキンと剪れるのは快感である。細腕で使う鋸が、切れ味よろしく幹に喰い込むのも快感である。

長さ二間半ばかりの幹には、縄をかけたり梯子を使ったり、少々もてあましたが、このもてあましがまた自分で楽しかった。何うしてこの難物を退治るかと、工夫の楽しさがあるのである。

倒れたトマトの柵を起し、実の重さで折れた枝先を、真直ぐにして支柱に縛ってやる作業も、負傷の手当をする喜びがある。手先に触れるトマトの冷たさが、何か私に訴えるようである。

南瓜の蔓は滅茶滅茶の乱髪となったので、これは刈り込みをやる。庖丁でソキソキと空洞になってる葉柄を剪り、無駄に絡んでいる蔓を力まかせに引きずり出す、これもなんとなく清々する作業だ。

幸いにして南瓜の吹き落されたのは唯の一個だけであった。梅の樹に絡んでブラ下っていた凸凹の変り種である。これ一コで済んだことは幸いと思うが、これが落ちたことは、甚だ残念である。二十個あまり成っている中で、私が最も贔屓にしていた南瓜だ。

他の南瓜は皆、キリリと引き緊った線があるのであるが、この先生だけは勝手放題の凸凹で、粘土を出鱈目にこね上げた塊りみたいである。そして色は、ただ知恵もなく濃い緑色なのである。毎朝私は、この南瓜を見上げるのが楽しみであった。

それが今や、縁側の履脱《くつぬぎ》石の上に鎮座しているのであるが、よく見ると、この出鱈目の線が、ちゃんと全体として正確な五角型にまとまっているには意外であった。どうして出鱈目どころか、これは名人作る楽焼の逸品であり、名人描く南画の傑作であり、名人踊る田舎舞の妙手であった。

さて、ここで想うことは、もしこの颱風が、平和の時であったら、ただ無暗に忌まわしき惨害を感ずるのみであったろう。然るに、B29で鍛えられ、敗戦の焼印を額に押された今日では、この颱風ごときは、惨害を感ぜしむる力がないのである。惨害は惨害たることに違いないが、それを惨害としてのみこちらで受取らないのである。その中にいくらでも、楽しさを見出し、喜びを見出すのである。無論、意識的にそうするのでなく、至極あたりまえにそうなるのである。私だけでなく、吾家全体の者が、近所全体の人々がそうなるのである。

富士子が隣組長椿井氏の印を無くなしたという騒ぎ、私は彼女の困っているのを見かね、蠟石に「福徳○満」と刻ったやつを、鋸で切り、それを更に半分に切って、「椿井」という印を大急ぎで作った。あまり好き出来でないが、とにかくこれを一時、間に合せに供しておき、改めて印形屋に誂えて弁償するつもりであった。

ところが、印が出来上ると同時に、椿井家から紛失した品が出て来た（お互いの思い違いだった）ので、私の即製判は無駄になった。

そこでその無駄を償うべく、残りの石で「含宙」なる印を彫った。これは、この四月頃から時々用いている私の号である。

含宙、――即ち宇宙ヲ含ムという意もあるが、実は「癌中」の意である。つまり私という男は、いずれ胃癌か中気で死ぬであろうという公算大ナリなので、自らその二つの病気を号にしたのである。

一つには、斯うして自分で名のっていると、癌にも中気にもならぬであろう、という禁厭《きんえん》のつもりもある。

○

癌と言えば、その治療にラジウムの放射線を使用するのであるが、この使用が中々難かしい。放射線が癌を破壊すると同時に、他の健全なる細胞にも作用して、飛んでもない結果を招く。

ところが、今回の原子爆弾であるが、こいつが、恐るべき或種の放射能を有するらしく、爆風と熱風の破壊力から、どうやら免かれた連中も、あとになって段々身体の調子が変になり、次々に死んで行くという話だ。何しろ、地中の微生物まで死んで了って、その土地は今後十年間、草も生えないだろうと言われるくらいだから、人間の身体だって目に見えない破壊を受けるに違いない。

睾丸なり、卵巣なりにレントゲンをあてると、人間の生殖能力は失われるのであるが、広島や長崎の人の中には、自分は無事のつもりでも、子供の出来なくなった男女が沢山いるであろう。

国井恵子や仲みどりや、もと苦楽座の、それこそ文字通り私と苦楽を共にした人たちが、この放射能のため、そのうち死ぬかと思うと可哀そうでならない。殊に、高山徳右衛門君の令息ショウちゃんは気の毒である。高山夫妻蒼惶《そうこう》として広島へ馳けつけたようだが、今頃どうしているか。

関東大震災大火災の時は、知人で死んだのはたしか一人しかいなかった。

此度の空襲で死んだ知人（口を利いた事のある人）は、一竜斎貞山、天野喜久代、李彩、野村無名庵、武田正憲、丸山定夫、島木母子（原子爆弾では園井恵子、仲みどり、高山象三など加わる）、まだ他にもあり、十名は下るまい。親戚では天野雉彦、林の叔父、稲垣玄苗叔父など。

昭和十二年以来軍人として死んだ知人は、友田恭助、中田元慶応投手、そして義弟森田竜夫少佐など。

二十四日

（金曜　時々豪雨　寸晴寸雨　明月）

五時起、二階デ日記ツケル内豪雨来、暗クナリ筆ヲ擱ク。

高子昨夜寄宿舎ニ泊リ、リュックニ沢山土産ヲ持チテ今朝帰ル。米、うどん、味噌、醤油、乾パン、塩ナド皆貴重品、乾パンヲ味噌汁ニ浮カセテ試食、アマリ美味ナラズ。

松竹演芸部ノ人来リ、金竜館出演ヲ切ニ依頼ス。目下ノ吾ガ心境ヲ語リ切ニ断ワル。

大津三郎君突然訪ネ来ル。何所カデ日本酒ヲ飲ミ来リ、話ス中プンプント香ル。最近セロヲ手ニ入レ、ドレミファヨリ始メタリト。

高山家ニ行ク為、久シブリデ背広ヲ着ケ家ヲ出ル。外へ出ルコト実ニ十四日以来ノコト也。道ヲ行キ面映ユキ感アリ。

高山家ニテ焼香。アルコール製ウィスキーナド出デ、蚊ニ喰ワレツツ親セキノ人々モ交リテ語ル。話題ハ原子爆弾デ持チキリ也。「御無理をお願いしまして」ト高山夫人言ウ、何カ私ニハ分ラズ（牛肉ノコト也シ）。

　雨上リノ青梅街道ハ月光ヲ映シテ大河ノ如シ。ホロ酔イニテ行ケバ、仙術ヲ以テ河上ヲ歩ム如シ。黒々タル楓ノ並木、駅前ノ広々トシタ菜園、何所カ他国ニ行ケル感アリ。

　帰宅、サントリー四、五杯、一級酒コップ二杯飲ム。電気竟ニ来ラズ。

原子爆弾の恐ろしさを、今日また新たにした。

高山徳右衛門君が、息子さんと、園井恵子嬢の遺骨を持って駅まで帰り、雨が降ってるので私の家に傘を借りに来た、――その時の報告は正しく戦慄すべきものであった。

この遺骨の当人たちは、自分たちは助かったと思い、大した元気で神戸までやって来たらしい。息子さんの方は、手の指に少々傷があり、園井嬢の方は足の方に少しの傷がある程度で、あとは全身何ともなかったという。

それが、だんだんとヘンになって、まず息子さんが死に、続いて園井嬢が死んだ。

この二十日に高山夫妻は出発したのだから、神戸着は二十一日であった。その時は既に息子さんは死んでいた。二十日に死んだとして、六日のピカリに打たれて二週間生きていた訳である。

　園井嬢の方は、夫妻が到着した時分は未だ比較的元気であって、高山君の顔を見ると、高山サン京都ニ居タノ？　など口を利いたそうだ。彼女は左の腕に自分で注射をした針の跡が、そこを中心にして紫色に壊疽《えそ》を起していた。

死ぬ前には両人とも血便を洩らした。

高山君は両人のデスマスクをとるつもりであったが、息子さんの方はもう焼場に廻っていて、焔がかけられ肋骨が見え始めていたので諦めた。園井嬢の方はちゃんと採ることが出来た、と言う。（あとでこのデス・マスクは石膏でなく鉛筆のデッサンと分る。）

邦楽座の「夢の巣」では、私の扮する卒倒した爺の看護を、彼女は木賃宿の娘に扮して、毎日熱心にしてくれた。築地では私の扮する宮崎滔天に、彼女の扮する下谷の芸妓が、濃厚な悲恋を毎夜捧げてくれた。邦楽座及び地方巡業の「無法松の一生」では、彼女は吉岡夫人に扮して、匂うような美しさを数カ月に亘り見せてくれた。

その彼女が、今や白骨となり荻窪駅に到着したのである。

両人とも一旦助かったつもりで、大喜びであっただけに一層あわれ深い。

仲みどり嬢は東京まで帰り寝込んでいたそうだが、恐らく今頃は死んでいよう。

仲嬢は台所で食事の支度か何かしているところを、やられた。背後にあった明りとりの窓ガラスが微塵に砕けて、彼女の背中に叩きつけられたのである。わっと驚いて両手で顔を押えたので、顔は唇が裂けたのみであったが、殆んど全身に無数の傷を負うた。

高山君が見舞に行くと、背中の傷痕がザクロのように開いていた。

「でも、斯んな傷は何んでもないんですよ。それよりも此所のところが……」

と、腹部を堪らなそうに押えていた。

余程苦しいものらしい。

丸山定夫君は、後頭部から肩へかけて、大きな打撲傷を受け、病院で起き上る時は両手で自分の頭を押さえ、動かないようにして歩いたという。

「いかにもガンさんらしい話ですが……」

と高山君の語るところによると、もう死も間近に迫り、非常な重態であったのに、丸山君は立ち上り湯殿に行って、冷水を浴びたという。身体中が焼ける感じで、そうせずにいられなかったのであろう。

私は思い出す——小倉でガンさんが歯を腫らし、顔は半分腫れ上り、熱は四十度近くもあるのに、皆が止めるのも聴かず、舞台を勤めた頑張りを。その頑張りで、水を浴びたに相違ない。

原子爆弾のピカリを、ガラス越しに見たものは焼けどしなかったが、これもやはり暫らくすると身体がヘンになってくるという。

その日ピカリに触れたものは全部、あとで死ぬらしい。凄い殺人光線である。

いや、その日だけでなく、それから後の日でも、太陽の光に照らされると、地面から再び（地中に含まれた）放射線が逆に出て来て、これにあたると、いけないらしい。

何にしても大変なものが、現れたものである。人類始まって以来の、超殺人兵器である。

それが選りに選って、日本国民の頭上に、第一発の実験がなされたのである。

己れやれと憎む感情よりも、寧ろ呆れる方がさきである。

恐るべき威力が、次々と分明するにつれ、私は国民的恐怖以上の恐れを直感する。

――人類の滅亡近きにあり！

己レニ出デテ己レニ返ル、という諺が真ならば、右の結論は当然である。だが、この最終大団円の前に、アメリカに出でし原子爆弾は、早晩アメリカ自身に返るという一幕があるとも思われる。

自由の国アメリカの事である、早晩ギャングがこれを手に入れるであろう。これさえあれば、数十人のギャング団が、優に一国の政府に対抗出来る。

両方でピカリを用い、両方無くなる、という大喜劇の一幕が、見られるかもしれない。

夕方、高山家に行き、二ツ置かれた遺骨に慎んで焼香した。

ショーちゃんと呼ぶだけで、ショーは正なのか庄なのか分らずにいたが、始めて「象」という字と分る。背後に白象に乗った菩薩の軸が懸けてあった。

園井恵子の遺骨には「袴田トミ子」と本名が書いてあった。高山君が鉛筆で写した死顔の画が立てかけてあった。髪の毛が脱落して所謂オイワ様みたいになっていたのだが、それではあまり悲惨なので、毛は適当に描いておいたという話。

一人息子の死である、しかも斯様な死に方である。母親たる高山夫人の嘆きは、大変であった。

「象ちゃんの死は、大勢の命を助けたことになりますよ。もし原子爆弾が現れなければ、日本は飽くまで抗戦して、恐らく何百万何千万という死者を出したに相違ありません。それが、象ちゃんたちの犠牲によって、戦争が終ったのですから、象ちゃん一人の生命が、幾百人、幾千人を助けたのです」

と私は慰めた。

「佳いことを聴きました。それを伺って胸がずっと軽くなりました」

と彼女は喜んでいた。

私が辞する頃、本日十二時四十五分、仲みどり嬢が息を引取った、という報告があった。これであの時広島にいた座員は、全部死んで了った訳だ。

仲嬢の死体は、帝大で解剖に付したというが、私は心配するのである、もしや死体に手を触れたドクトルたちが、患者の放射能にあてられて、後日発病するようなことがありはしないか、と。

万一そんな風だと、この災害は何時までも止まることを知らず、広島と長崎の放射能が、次々に伝播されて、結局、日本全国に拡がり、近き将来に皆死に絶えて了う、――まさか、そんな馬鹿なこともあるまいが。

二十五日

（土曜　晴曇雨交々）

四時半頃一度起キル。静枝ト高子信州行。送リ出シ、一杯飲ンデ眠ル。九時頃起。

十一時頃家出。省電ハ兵隊復員輸送ノ為一般乗客制限。割リニ空イテイル。

都電ヲ築地終点デ降リ、始メテ移動演劇（移転後ノ）事務所ニ行ク。伊藤熹朔氏ソノ他ニ会イ、さくら隊慰霊祭ノ件ニツキ相談ス。会場ハ築地本願寺ガ適当ナラント。「みやこ」旅館ニ秀三氏ヲ訪イ、松子手術ノ事ヲ告グ。明夜秀三氏放送スルニツキ下読ミヲ聴ク。放送ニツイテ二三注意スル。話声ガ聴エナクナルホド敵機ガ低空ヲ飛ブ。

東宝社ニ寄リ秦、那波、寺本、坂間ナドノ重役連ト大イニ語ル。原子爆弾映画製作ノ事ヲ話シタルモ、コノ重役タチハ相手ニシテクレズ。

十八時頃帰宅。入浴。日本酒二合ホド飲ミテ眠ル。夜中ニ眼ガ醒メ残リヲ枕元ニ持チ来リ、山本有三随筆ヲ読ミツツ飲ミ尽ス。

紺の機体に白く星を描いた、敵機が頭上を低く、スイスイと飛ぶ。監視飛行だ。廃墟の東京駅、黒ずんだ煉瓦の壁と、ボロボロに焼けた花崗岩の窓わく、屋根のない凸凹のプラットフォーム。その歩廊には復員の兵たち、いずれも持てるだけの荷物を、背負ったり抱えたり、見るからにあわれで浅間しい。剣も鉄砲も持たず、階級を表わす襟章もなく、心から戦意をぬき去られた彼等は、ただの卑しげな人夫と化した。

敗けたので斯んな姿になったのか、もともと斯んな連中だったので敗けたのか？　私は想い出そう、昭南で見た敵捕虜の、だらしなき姿を。敗けるとああなるのだ。

闘犬場で、勝った犬と、負けた犬とでは、まるで種類が異なるかと思われるほど、一方は颯爽、一方はあわれで卑しく見えよう。

犬ならば無理もない。人間がそれと同じで好いのか？

何故、敗けても、もっと毅然たる姿を保っていられないのか。それが私には無念であり、腹立たしくもある。

頭上を、軽快に敵機は飛ぶ。これら敗残の日本兵を、気持よげに監視しつつ、後から後から飛んで行く。

畜生！　静かな怒りをこめて、私は心の中でそう叫ぶ。何気ない顔つきで、敵機の影をじっと見送りながら、何度でもチ・キ・シ ョ・ウと心で叫ぶ。

二十六日

（日曜　荒模様　雨頻々）

六時頃起。朝うどん代用食。天気予報ヲ聴キッ南瓜ニ吊リス。岩田豊雄、岩佐東一郎、正岡容、飯田俊子ナドへ画ハガキ出ス。岩田以外ハ本日来書アリタル返事也。郵便到着速クナル。

昼食、飯一杯ト馬鈴薯。矢島氏ヨリ蕎麦ヲ貰ウ。蕎麦ノ御礼ニトイウ訳デナイガ、原子爆弾説明ヲシテヤル。

私自身原子爆弾ニツキモット知リタシト思イ百科事典「原子」ノ部ヲ見タリ、竹内時男著「理学新風景」ヲ読ンダリスル。事典ハ昭和七年発行、竹内著ハ昭和十年発行、ソレデモ中性子ノ事ハ書イテアリ。

夕方高山家ニ行ク。僧ノ勤行始マルトコロ。祭壇立派ナリ。伊藤熹朔氏、八田元夫氏ナドト別室デ相談。私ハ葬儀委員トイウ事ニナル。杯御馳走ニナリ、二十時頃帰宅。留守中ニ宮田博士来ッテ松子ノ手術ヲ済マセタリ、膿ガ大コップニ八分目ホド出タリト。
昨夜宮田氏ヨリ貰ッタ牛肉ヲ刺身庖丁デ切リ、火鉢ノ金網デ焼イテ、ウィスキーノ残リ飲ミ了ス。

富士子が㊥牛肉代三百数十円（一貫目代）を高山家に届けて、帰って来る。この肉悪臭あり酷いものであった。無理に買わされた形であった。そこで今後もあること、もし高山家でこの悪臭を知らずにいたとすると、一応注意すべきであろう、という静枝の意見で、富士子は代金を渡したあとで言うつもりであったが、二つ並んだ遺骨の箱を見、高山夫人の涙を見ると、とても言う気になれずに帰って来たと言う。それでよろしいと私は思う。始めの院号は坊さんの方でつけるから、お父さんに丸山さんの戒名をつけてくれと言ってました。

「高山さんが、お父さんに丸山さんの戒名をつけてくれと言ってました。あとの方の二字を考えて下さいって……」

と富士子は使から帰って私に言った。

戒名を頼まれたのは生れて始めてである。厄介なようでもあり、面白いようでもある。ガンさんの戒名を考える人は、他に適当な人物もあろうが、ガンさんの旧い親友たるトウさんから頼まれてみると、断るのもよくないような気がする。

——故丸山定夫之霊。

とこれだけで十分、いやこれが一番好いと私には思えるのだが、とにかく頼まれたのだから一応考えてみた。

——××院×誉○○居士。

右の内〇〇の所が私の受けもちだ。ガンさんが通称であったから、

――巌燦居士。

など伺うかと考える。丸山君の舞台は、さながら巌がサンとして輝く如しと、大いに故人を絶讃した意味である。然し、そんな洒落みたいな戒名はイカンと抗議される怖れがあるにはある。

芸道に一貫したのだから、

――一貫居士。

なども、伺うかと考える。

いっそ、本名をここへ使って、

――定夫居士。

などが好いかもしれない。

いろいろ考えた末、高山家に私は出かけ、坊さんの御経を聴き、合同慰霊祭の打合せをすまして、さて戒名の件ですがと切り出したら、傍にいた八田元夫君が、

「戒名は出来ていますよ」

と××院××居士と、スラスラ言った。果然これが「定夫居士」である。宮島で部屋を借りたお寺の坊さんがつけたのだそうだ。

折角ついてるものなら、それで好いではありませんか、と一同の議が定まる。

いろいろと考えたことが、私としては無駄であったような気もするが、偶然、私の考えていた所と一致している節もあるので、満更無駄に頭を使ったというでもあるまい。

伊藤熹朔氏に頼まれて、合同葬の委員を私は引き受けた。これも私などより適任があると思われたが、苦楽座の同人として、私以外に居ない訳だから、こいつは当然であろう。

即ち同人五人のうち、丸山君は仏様だし、高山君は仏様の父親だし、八田尚之、藤原鶏太の両君は東京に住んでいないのだから、どうしても私ということになる。

この葬儀委員というやつが、やはり私としては生れて始めての経験である。

丸山定夫、園井恵子、高山象三、島木つや子その他で、霊位が十二も並ぶ合同葬、社団法人移動演劇連盟主催、場所は築地の本願寺、而して私が友人代表として葬儀委員を相勤める。成り行きというものは妙なものである。

八月二日に放送をしたぎりで、今月は仕事というものがまるで無かった。今日放送局から女の人が使いに来て、二十八、二十九両日放送してくれと言う。喜んで引き受ける。今のところ大衆を前に漫談をやる気にはなれないが、本の朗読ならよろしい。依頼された台本は、菊池寛作「恩讐の彼方へ」である。時節柄、この題名は、あんまりピッタリしすぎて、なんだか迎合的で、少々恥かしい。だが、内容は決して迎合的でもなく、また別にアメリカに御世辞を使ってる訳でもないから、よろしかろう。

追っかけて電報が来た。久しぶりで受取った電報、敗戦後始めて仕事をやる記念に、ここへ貼りつけておく。

〔至急私報〕
一六九
ウナ　五九　シバ　　七三四　コ五
アマヌマ一ノ一三八」
トクガ　ハムセイ

二八、二九ヒゴ　七ジ　二五モノガ　タリ（オンシュウノカナタヘ）
ホウソウタノムヘンマツダ　イホンアリエンゲ　イブ　イトウ

コ一〇、〇ツ

放送と言えば、今夕七時半頃から頭山秀三氏の放送があったが、高山家でお経を聴いていたので聴き損って了った。娘たちの話によると、中々好い出来であったらしい。私の注意が効果を現わしたような気がして嬉しかった。

二十七日

（月曜　晴　狂風　暑）

六時半起。何時ノ間ニカ静枝ガ帰ッテ来テ居タ。信州ノ農民タチハ割合ニ冷静デアルトイウ、結構也。

朝飯ハ昨日矢島サンニ貰ッタ蕎麦、ソレニ味噌うどん腹一杯。今日ハF6Fナド盛ンニ杉並上空ヲ飛ブ。

池ニ乾パンヲ一ツ投ゲテヤッタラ、鯰和尚ガ現レル、懐カシイ。

昼飯ハ茄子味噌田楽デ二杯。

組長椿井氏、吾家ノ南瓜ヲ見ニ来ル。南瓜品評会ニ申込少ナキ故組長カラ吾家ノ南瓜品評ヲ申込ムラシ。

門前ノ防空用水槽、富士子ニ手伝ワセテ柿ノ木ノ下ニ並ベル。私ヨリ彼女ノ方ガ力アルラシ。早速、コノ中ニ堆肥ヲ入レル。ワイシャツ汗デグショトナル。

十七時頃宮田ドクトル、婦長ヲ連レテ来診。原子爆弾ノ報告ヲスル。松子ノ包帯トリ替エ。

牛肉ヲ焼イテ飯ヲ三杯喰イ腹一杯ニナッテ、十九時半過ギ家ヲ出ル。迷ッタ末、堀真琴氏ノ家へ辿リツイタノハ二十時頃。時局談。ココデ又御飯ガ出ル。

敗戦の秋の食卓そばうどん
颱風の晴れ間敵機の監視なる
敗戦のツクツク法師鳴き初めぬ
秋暑し押し転がすや防火槽

娘より力劣りて秋暑し
唐茄子の品評会や祖国《くに》敗る
街燈のともるはいつぞ秋の夜
敗戦の男女ひそひそ秋の月

松子の繃帯を取換えに来た宮田ドクトル、私の原子爆弾報告に戦慄し、曰く、
「十九日じゃないよ、十二日にやるところだったんだって、確報が入ったよ」と。
うわッ、とばかり私もセンリツした。

十二日と言えば、不穏の噂を聴いて、吾家の女たちを全部、浅川の山奥へ避難させた当日であった。そこで、或は女たちは助かっていたかとも思えるが、避難する前とか、東京都からあまり離れていない時とかにピカリと来ていれば、やはり彼女たちもやられていた訳だ。

この日の夜には、宮田博士と大森画伯とが吾家に来訪、冷やっこなど食いつつ、敗戦日本を語った。無論この三人は今頃は此の世にいなかった筈である。

なんでも杉並上空あたりで、五発破裂させる予定だったとか！　五発もピカピカと来ては堪らないを通り越して、一切是空だ。

東京のみか、京都をやり、金沢をやり、新潟をやる計画が次々に出来ていたと言う。

そうなれば、もう民族滅亡に近くなってくる。

京都を最後まで手つかずでおいたアメリカが、愈々これを粉砕する気になったということは、徹底した敵の意図を推察する鍵である。一国だけでは使用する度胸のなかったアメリカ

が、ポツダム会談でソ連、イギリス、支那の賛同を得て、

——よし、それなら日本を完全に無くなして了えッ。あとで中立の弱国などから少しぐらい文句が出たって、四国で一白眼《ひとにら》みすればウヤムヤに葬り去られる。

とばかり、冷静にソロバンをたてて、とりかかった仕事である。

これを「毒ガスは惨酷である」程度の国際道義から考えると、実に惨酷も惨酷、無情も無情、御話にならないソロバンである。

然し、こちらも冷静に考えなければいけない。この種の惨酷さは日本だって持ち合せていない訳ではない。

「支那人を皆殺しにしなければ、支那問題は解決しない」

右のような論が、日支事変中に日本人の一部で行われたことがある。無論これは、実行不可能のことで、ただ言うだけの問題に過ぎなかったけれど、吾々にもそういう考え方があるということは事実である。

支那の各地や、ジョホールに於ける、支那人の始末は、何うであったか。良民の虐殺も相当行われたようである。また、日本に原子爆弾が与えられた場合を想像するが宜しい。アメリカのやり方と多少の相違はあったかもしれないが、とにかくこれを使用して大いに痛快を感ずるであろうことは、間違いあるまい。

そこで、今後吾々は、国際間のことに対しては、人間的道義というものを、一切考慮しないで、あくまで生物学的に見る必要があると思う。さもないと、無駄に自分の感情を刺戟し

て、貴重なエネルギーを消耗させるばかりだ。

二十八日

（火曜　晴　烈風）〔放送「恩讐の彼方へ」第一夜〕

六時起。近所ノ婆サン、オワイヲ汲ンデ私ノ家ノ庭へ生垣ノ根元カラゴボゴボゴボト流シコンデイナサル。トマト二ツ収穫。

朝飯、豆入二杯、味噌汁馬鈴薯。放送台本下読ミスル。

B29カB24カ上空ヲ絶エズ数機旋回シアリ。原子爆弾以来、四発機ノ唸リ声ガ無気味ナリ。

静枝庭デ鋏ヲ鳴ラス。堆肥ノ材料ガ沢山出来ル。茗荷収穫沢山。高子静枝ノ手伝イ、明子洗濯、富士子昼飯支度、松子寝テアリ。

昼飯ハ牛肉煎飯、トマト、胡瓜もみ。

松竹演芸ノ駒田氏来、三十一日ヨリ十日間新宿出演ノ事依頼。明日マデ返事ヲ保留スル。

税金モ払イ月ダシ、ソロソロ稼グ必要ガアル。

昼寝。平尾郁次氏来、森岩雄君ノ丸山定夫葬式ニ対スル意ヲ伝ウ。

夕食、豆飯ト鮭入胡瓜もみ。

十九時四十分ヨリ放送、熱演シタガ、アマリ面白クハ聴イテ貰エナカッタロウ。

高瀬上等兵（現在ノ高原駿雄）放送室ニ訪ネ来リ、隊デ映画ヲヤリタシト言ウ。高射砲隊ナゾ未ダ復員ニナッテオラズ。

丸山音楽部長ト一緒ニ帰ル。グルー大使ノ話ヲ聴ク。

帰宅スルト頭山秀三、宮田一家ナド来客沢山。乾パン、葡萄糖デ語ル。

昼寝をしていると、飛行機の音が近くなり、すぐ上空を通って、次々に往く。誰か二階に来るなと思って、うとうとしていると、明子が双眼鏡をとりに来たのであった。

爆音が尚も、近づき遠ざかりするので、私もハッキリ眼をさまし階下に降りた。

娘三人は物干台に登り、見物していたが、段々双眼鏡の取り合いか何かで、派手な笑い声が聴える。近所の手前もあるし、私は「あんまりキャーキャー言うな」と穏かに注意を与えた。

本日、マッカーサーの部隊第一陣が、本土進駐神奈川県厚木に空からやってくるので、これらの飛行機は朝早くから、監視と示威とをかねて帝都上空を飛び廻ってる訳だ。

本来ならば、これらの飛行機に対し、私どもは切歯《せっし》扼腕《やくわん》、拳を振り上げて、憎悪の瞳で白眼みつける場合であろう。

それがどうだ。都民の平静なる！　平静どころか、吾家の娘たちは、大いに喜んでいるかのような態度で、これを迎えているのだ。

平静の一人であった私も、この笑い声を聴いた時、少し厭な気もちがした。何故彼女たちは、嬉しそうなのであるか、考えて見た。
A　まず何よりも、戦争終結ということで、彼女たちの憂愁が払いのけられていること。

Ｂ　戦争というものが彼女たちにハッキリ判っていなかったこと。
Ｃ　従って敵愾心なるものが、もともとそんなに根強いものでなかったこと。
Ｄ　そこへもってきて、十五日以来新聞その他の論調が、敗けたことを素直に認め、寧ろ進駐軍を大切に迎えよ、という風になっていること。

いろいろと、それらしき理由は沢山にあるようだ。ところで、も一つ、大きな理由があるのである。

Ｅ　娘らしい単純さで、アメリカの大型飛行機を、憧れ迎える、ということ。

これが一番どうも、考えようによると深刻である。私と雖も、好い年齢をして今日のＢ29には好奇心をもち、朝から何回双眼鏡をとり上げたか分らない。だから、そこまでは私も彼女たちも同じであるが、或る点まで来ると、私と彼女たちはまるで違った方向へ行くのである。男性と、女性との相違が、そこから先の方角を決定する。

卒直に言うと、娘たちは意識するとしないとに拘らず、Ｂ29を透して、戦勝国アメリカの男性に憧れているのである。

どうも父親として、日本の男性として、こいつは甚だ以って不愉快千万であるが、それが女性たるものの、もって生れた生物本来のありかたであって見れば仕方がない。

Ｂ29は、次から次へ、低空を飛んで東から西へ行く。烈風が吹いているので、少々斜めになりながら、速力を成るべくおとして、ゆっくりと、誇らかに行く。私が見ても中々立派で、勇ましい。この荒模様の中を、えらいものだと感服する。敵愾心などは、その烈日に輝く機体を見ている間は、何所かへ消し飛んで了うのである。

——怪しからん話だ。

と自分でも思う。何故もっと、これに憎悪を感じないのか、と自分を責める。

だから、彼女たちが、浮き浮きした顔つきで、これを迎えたからといって、私には叱りつける資格がないような気もする。然し、どうも心の底に、やりきれない厭さが、もやもやするのである。あまりに敵愾心がなさすぎる。

ここが、若い者と老人との差であろうか？　若人に比べると老人の方は、頭の切り替えが難かしい、という一つの例なのであるか？　或は若い者は老人よりも軽薄なり、という一つの例なのであるか？

それならまだよろしいが、ここが男性と女性との差である、ということになると問題は日本の男性にとって由々しきことだ。

二十九日

（水曜　晴　大暑）

十時半家出。吾家ヲ出テ小田急ニ乗リ込ム迄ニ一時間カカル。空爆ノ災デ途中ノ駅ガ数カ所廃止ニナッテイルノデ小田急ハ割合ニ速クナッテイル。森所長ニ面会、丸山定夫葬儀ニ付相談。

十四時頃帰宅。飯ヲ食イテ昼寝。身体トテモダルイ。

十六時半起、台本ヲ読ム。十七時半家出。十九時四十分頃ヨリ放送、七点位ノ出来カ。大森洪太氏ガ私ノ次ニ放送、控室カラ顔ヲ出サレ挨拶サル。前田璣君ニ遇ウ。牛ビール御馳走ニナル。

二十二時頃帰宅。裕彦君復員シテ泊ル。宮田博士ト首相宮殿下ノ御意見ヲ大イニ礼讃スル。焼牛肉ヲ肴ニ飲ム。

今日東宝撮影所の所長室で遇った人々。

1　大沢善夫社長――見るからに頭脳の好さそうな、鋭さのある、瀟洒たる紳士。

2　森岩雄所長――有名な美男、明快そのもの、坊主刈りも精気満ちたり。

3　森田信義課長――もの優しき紳士。

4　平尾郁次君――女に見まほしき、細面の美男。

5　押山保明君――色浅黒けれど、スタイルよろしく、なかなか好男子。

右五人とも、紐育《ニューヨーク》に連れて行っても、倫敦《ロンドン》を歩かせても恥かしくない。マッカーサー部隊の将兵に見せたいくらいなもの。斯ういうことは最近珍しい現象である。電車に乗っても、街を歩いても、この頃の日本人の顔は、実に情けなくなる。チンパンジーとそっくりの爺だとか、虫みたいな顔をした産業戦士とか、ボラみたいな女房とか、どう見ても戦争に勝つ国の顔でないのが充満している。まさに劣等民族であるという気がしてならないのである。

それが、今日所長室にいる間は、一流民族であるという自信をとり戻したのである。

してみると、この頃の日本人の顔を見て、私が情けなくなっていたのは、確かにこれらの顔を透して、日本の戦敗を直感していたのであった。

日本人の顔が厭でならない、ということは、自分が日本人であるくせに、甚だ怪しからんことである。だが、日本のものは何でも最高である、という盲目的自信が、日本を戦敗に導いたのであると思う。

私の目は案外、確かであった。これはこの最近数カ月のことだが、国民の顔に現れた感じを見て、ああこれはもうイケナイと嘆息させられたのであった。これで勝てたら不思議だという気がしていたのである。

三十日

（木曜　晴暑）


香典五十円高山家三君霊前に供ウ。今日ハ息子サンノ告別式、明後日ハ丸山定夫、園井恵子ノ告別式、高山家モ大変ナリ。飾壇ノ損料一日三百円トハ馬鹿馬鹿シイ。予定ヨリ延ビルト五割増トハ愈々葬儀社ノ貪慾ブリ憎ムベシ。

古川君来ト電話アリ、即チ辞ス。宮田夫人ト遇イ、八田元夫君ト遇ウ。

古川君ハ目下家ヲ探シテイル由。丸山定夫追悼劇ノ話ナド出ル。

日本政府発表ノ、国民ヲ愚ニシタ嘘ツキヲ聴キ、呆レ返ル。

頭山ノ息子二人、運転手田中老ニ連レラレテ来ル。二、三日泊ル由。弟少年ノとび火ヲ手当シテヤル。

夕食ニ風デ落チタル南瓜ヲ牛肉トスチューニス。コノ南瓜中々味良シ、半分高山家ニ持ッテ行ク。石黒達也、佐々木孝丸ノ諸君ト記念碑建立、パンフレット発行ノ事ナド話ス。冷凍蜜柑沢山。佐々木氏ハ左眼既ニ失明、右眼も段々イケナクナリ、コノ十日頃手術ヲスル由。

帰宅、残リノ日本酒ヲ飲ミ始メル。肴ハ鰑也。

宮田博士来診。二十三時頃マデ語ル。

大本営発表が嘘八百だったという話、――こんな話は信じたくないが、そうかもしれないという気がしなくもない。嘘八百とまで行かないにしても、嘘四百ぐらいには行ってるかもしれない。

なるほど嘘は報道されないにしても、報道すべき真実を、半分しか言わなければ、やはり嘘四百（消極的嘘だが）である。例えば、敵艦八隻轟撃沈と発表して、これは真実としても、吾方の損害八隻を黙っていれば、やはり半分嘘みたいなものだ。全然、発表しなければよろしい。発表して軍艦マーチを全国に放送し、国民を有頂天にさせる以上、味方の損害を秘しているることは罪である。

それでも、発表された数字が、敵の損害に関する限り正しければ、まだしもよろしい、――国民を喜ばせて、戦意昂揚をさせようという、軍の親心というか、軍の民に対する愛国的謀略というか、まだ宥すべき点がある。

この数字にサバがあったとすると、吾々は実に白痴扱いにされていた訳で、腹の立つこと夥しい。

真珠湾で敵戦艦殆んど全部轟撃沈という発表は、今日まで吾々の信ずるところであったが、実はアリゾナ一隻しか完全には沈んでいないというではないか！　この戦争を通じて、アメリカの航空母艦は、たった四隻しか沈んでいないというではないか！　大本営発表によれば、空母などは既に幾十も海底に消え失せている筈だ。それがたった四隻！

国民に真相を知らせないで（だけならまだ宜しい、嘘八百を並べて）、国民を引きずり戦争に勝とう、なぞというやり方は、支那の「三国志」時代か、日本の戦国時代か、更に下ってバクチ打ちの喧嘩時代の戦法である。

そんな料簡でいたもんだから、航空機が主役の近代戦で、株式会社みたいな国家に負かされて了ったのだ。

日本精神は、比いなく立派なものである、――これは間違いないと思う。何故なら私は日本人であるから、理屈は第二として、まず左様に信ずる。

ところで戦争は敗けたのである。これも間違いのない事実だ。

然らば、日本精神はダメだったのか、というと、そんな事は絶対にない。

日本の指導者どもは、何かと言うと、日本は精神の国、アメリカは物量の国、精神が勝つか、物量が勝つか、などと神がかりみたいなことを言って、国民を鞭打っていたが、この鞭打ち方に飛んだ誤りがあったのである。彼等の言うところによると、まるで、精神関《ぜき》と物量関とが、土俵の上で角力をとって、勝負が定るような印象を与える。
日本精神がこっちにあれば、先方にはアメリカ精神があるのである。なるほど、物量の多寡で勝敗は定らないだろうが、精神だけで勝敗の定るものでも勿論あるまい。それを精神だけで勝てるというような、馬鹿げたことを飽きずに叫んでいた、日本の指導者たちなのである。叫んでいただけならまだよろしいが、原子爆弾が使用された当日、某隊では竹槍の猛訓練をやっていた、という始末だ。斯んな部隊長は竹槍も物量だということすら念頭になかったのであろう。
アメリカ精神なんてものは、あったとしても、日本精神に比べれば、雲泥の相違だ、問題にならんと、仰言る連中もあろう。どっちが雲で、どっちが泥であるかは、本当のところ第三国の人でなければ言う資格はないのだが、とにかく私は日本人として、日本精神がアメリカ精神より、遥かに高いものであると思っている。
で、仮りにこれを数字に現わして見て、
日本精神……………百　点
アメリカ精神……五十点
ぐらいとする。神がかり党に言わせると、アメリカ精神などは五点ぐらいにしか記けないだろうが、私は五十点を与える。実は、五十点では気の毒だが（八十点ぐらいか？）、論を分り易くするため、点を辛く一応しておく。

次に、物量を数字に現わして見て、
日本物量……………三十点
アメリカ物量……百　点
ぐらいとする。これなぞは日本に対し点の甘いこと夥しいもので、実はこれこそ三十点どころか、五点も怪しいのだが、せいぜい日本をエコ贔屓《ひいき》して点をよくする。
さて、戦争の勝敗は、精神と物量の総和であるとすると、
日本…………百三十点
アメリカ……百五十点
で、明らかに敗けである。況んや、戦争というものは、寄せ算でなく、掛け算でやるべきものと考えると、
日本…………三千点
アメリカ……五千点
で、まるで勝負にならない。
この勝負にならない戦争を、とにかく最後の御詔勅の日まで、日本が勝つと思いこましていた（国民の大多数に）腕前は、まさしくエラいと言えばエラい。がまた、ヒドいと言えばヒドい。そのインチキさ加減は、大道のテキ屋以上である。
ポツポツと責任上切腹する軍人があるが、今更切腹したところで、何になるんだと申したい。

三十一日

〔金曜　荒模様　暑〕〔新宿松竹第一日〕

十一時築地移動演劇連盟ニ到リ「さくら隊」合同葬ニツキ会場、新聞広告、記念碑ノ事ナド相談。

十三時半頃新宿松竹館着到、爆焼後ノ建物ヲタダ片ヅケタノミ、舞台一幕ヲ張リ、電球ヲブラ下ゲ、客席ニハ木製縁台ヲ二十脚ホド並べ、アトハコンクリートノ焼跡ガ座席、コンナ所デ開場スルトハ呆レタモノ也。出演者ハ円歌、右女助、千太万吉、春楽、馬楽、貞鏡、浪曲某。私ガ真打也。

一回終リテ帰宅、昼飯ヲ喰ウ。身体ガだるクテ堪ラズ、原子爆弾ノ放射ニヤラレタルガ如シ。

十八時半頃二回目ヲ終リテ帰宅。上着マデグッショリト汗透ル。裕彦君信州へ出立。

「ざまア見やがれ、ていう気もちだな」

と、安藤君は言った。私もまったく、それと同じ言葉を、心の中に叫んでいたのだ。

この頃の（殊に疎開騒ぎが始まって以来の）電車の中で、乗客どもの顔を見てると、私は腹が立ってならなかった。それらの顔には、少しの知的な輝きもなく、少しの情的の美しさもなく、ただあるのは獣的な我利我利意慾のみが、くすぶっていたり、燃えていたりするだけであった。こんなのが一等国民であって堪るものか、と私は思っていた。いっそ、滅茶滅茶に敗けるが好い、と私は思った。だから、日本が愈々敗けとなった時、私の心には、これらの面に対して、ザマアミヤガレ、という言葉が浮んだのである。

私が異常心理者でなかった証拠に、今日も一人の同感者を見出した。

もし今度の戦争が、何かの間違いで勝っていたとすると、斯ういう顔をした人間どもが、何所まで自惚れるか、それこそ救い難いものになっていたであろう。

敗けるということ、時には大必要である。

解　説「水木ラバウル敗戦記」

水木しげる

僕はラバウルで終戦を迎えた。ラバウルには、日本兵が十万くらい、行っていたが、実際に戦闘をしたのは僕たちの部隊を含めて、実はそんなに多くはなかった。ほかは意外にノンビリしたものだった。もちろん、四六時中、敵機が上空を旋回していたり、たまに低空飛行して爆弾を投下したり、機銃掃射をしかけてくるわけだから、今思えば、いつ死んでもおかしくないような状況だったのだけれど、南の島の色鮮やかな自然が、まるで天国のように感じられた。

天国って言っても、何しろ軍隊ってところは、とっても厳しいところで、何かというと上等兵のビンタが飛んでくるわけだから、地獄に感じた人の方が断然、多かったと思う。ただ、僕の場合は、体が人一倍丈夫だったこと、胃袋も家系なのか、すこぶる丈夫だったから、他人よりはずっとマシだったのだと思う。それに僕はその時はなにしろ若くて元気だったし、少々のビンタくらいは、平気だった。

ちょっと、日記風に僕のラバウルでの体験を紹介してみる。

某月某日
ラバウルに上陸。いきなりビンタを喰らう。「ここはどこですか」という質問をしたのがいけなかったらしい。

某月某日
椰子林の中の水場で一生懸命、洗濯をしていると、パンパンと音がして上を見る。敵機と友軍機の空中戦。これは面白いと眺めていると、機関砲の弾がバラバラと落ちてくる。慌てて防空壕に逃げ込む。

某月某日
ココボというところに行ったあと、遺書を書くように命じられる。

某月某日
部隊長という偉そうな大佐が訓示。やたら決死、決死と口走る。お次に異様に張り切った大尉が訓示。今度はやたら玉砕、玉砕と口走る。

某月某日

今日も一日、穴掘り作業。夜はぐったり疲れ果て、眠り込んでいたが、突如、真夜中に目が覚める。クソが肛門まぎわまで来ていた。あわてて便所へ突進。足をふみはずして片足をクソの中に突っ込んでしまう。（糞といっても水分はなく、餅《もち》のようなもの）

某月某日

僕は同僚と海へ魚とりに。手榴弾を海に投げ込み、魚を気絶させ、手づかみで捕まえる。同僚の松田は欲張って、両手に二、三尾ずつつかんだ上にさらに口に魚をくわえた。ところが、魚が急に息を吹き返し、松田ののどにつまってしまった。僕がそのことに気づいた時には手遅れで、松田は窒息死してしまった。（オソロシイことです）

某月某日

僕は決死隊の一人に選ばれる。チョビ髭の兵長が分隊長となって、総勢十人でバイエンを目指す。バイエンは、ラバウルの端の端。一週間ほどかかってバイエンに着く。

某月某日

兵舎作りを手伝ってくれたりしていた現地人が急にいなくなる。これは妙だというわけで、警戒態勢に入る。全員で交代で不寝番につく。僕は一番最後の夜明けまぎわの担当となる。僕の順番になって夜明けを迎え、この世とは思えないほど、美しい情景と、美しい南洋の鳥たちにうっとりしているうちに、起床時刻となる。みんなを起こさなくては、と思った時、パラパラと自動小銃の音が響いた。僕が背にしている海面にピシピシと水音があがる。兵舎から仲間の兵隊が逃げ出してきては、撃たれて倒れる。僕は崖まで飛ぶように走って、崖から海に飛び込んだ。

こんな具合だと、どこが天国かと思うかもしれないが、確かに命からがらだったわけだけど、僕はラバウルの自然や風土が好きだった。他の兵隊たちは、みんな痩せていたが、僕は、現地の人たちと大の仲良しになってしまったから、意外と食糧には困らず、結構肥っていたもんである。

とにかく、そんなわけで戦争は突然、終わって生き残った兵隊たちは、みんな捕虜収容所に入れられた。収容所はやっぱり快適というわけにはいかなかったが、とにかく命の心配はしなくていいし、一応屋根のある建物の下で眠ることができるようになっただけでもマシだった。

でも、なかなか日本には帰れなかった。それはなぜかと言うと、ラバウルにはまだ十万の兵隊が残っていたから、船が足りなくて順番を待つことになったのだ。だから戦争が終わっても、日本にも帰れず、ラバウルの収容所で食糧確保のため、開墾作業を一日中やっていた。

僕は、片腕を失っていたが、五体満足の者にも負けない気で、みんなと同じように作業を行っていた。

昭和二十一年三月。遂に、日本に向かって帰る日がやって来た。突如、駆逐艦の「雪風」が、引き上げ船として到着したのだ。さすがに「雪風」に乗ってラバウルの港を出港する時は、感無量だった。ここでの体験は、五十年以上たった今でも忘れない。

日本に帰った後も、僕はすぐに社会復帰できたわけではない。まずは、腕の手術をするために、第三陸軍病院に入った。戦地での応急手術は行ったが、やっぱりもう一度、本格的な手術が必要と言われたのだ。ところが、ここでも順番待ちだった。なぜなら、とにかく患者が多かったからだ。だから病院に籍は置いていて、郷里の境港に、一時帰ったりもした。

病院を出たあとは、武蔵野美術学校というところへ入学して、絵の勉強をすることにした。好きな絵を描いて食べていけたらこんな幸せなことはない、と考えたわけだが、やはり世の中はそんなに甘くはなかった。その後、僕は魚屋、リンタク屋、街頭募金などをやったりもした。とにかく、貧乏だった。

ところがそんな頃、僕の生涯を決定的にする仕事と出会うことになった。その仕事が紙芝居絵かきだった。たまたま、僕の住んでいたアパート〝水木荘〟の住人に久保田という紙芝居絵かきがいたのだった。それで僕は紙芝居絵かきとなり、貸本マンガ家となり、漫画家となったのだ。

本当に人生は何が起こるかわからない。

さて、徳川夢声氏であるが、実は僕は戦前の夢声のことは、実はまったく知らなかった。でも戦後、夢声氏の声を聞いて、その名調子に関心したものである。紙芝居の世界でも紙芝居屋のおじさんの名調子を、よく「夢声ばりの」というふうに言ったものである。

そんな夢声氏が書き綴った本書は、僕には、とても新鮮に感じられた。何しろこちらは、南の島のジャングルの中をはいずり回っていたのだから、当時、東京がどんな様子だったかは知る由もないわけで、それがこれほど詳細な日録となっているということに、とにかく感心させられた。

人間の記憶というものは、やはりいい加減なもので、細部まではっきり覚えていることもあれば、ぼんやりしてしまったり、あるいはきれいさっぱり忘れてしまうこともある。貴重な記憶は記録として、長く後世の人々に伝え遺したいものである。

水木しげる（みずき・しげる）
大正十一年、鳥取県境港市生まれ。武蔵野美術大学中退。太平洋戦争中、ラバウルで片腕を失う。復員後、漫画家を志し、昭和四十年『テレビくん』で講談社漫画賞を受賞。代表作に『悪魔くん』『河童の三平』など。また、文章による著作に『娘に語るお父さんの戦記』『水木しげるのラバウル戦記』『ねぼけ人生』などがある。妖怪研究家でもある。

『夢声戦争日記』全五巻　一九六〇年七月～十一月、中央公論社刊。
本書は『夢声戦争日記』（中公文庫全七巻、一九七七年八月～十一月刊）の第六巻、第七巻より、昭和二十年四月一日から八月三十一日までの日記を収録し、改題したものです。

今日の人権意識に照らして、不適切な語句や表現がありますが、著作者が物故しており、当時の時代背景と作品の文化的価値に鑑みて、原文のまま掲載致しました。

中公文庫

夢声戦争日記《むせいせんそうにっき》　抄《しょう》
――敗戦《はいせん》の記《き》

2001年10月25日　初版発行
2013年5月10日　3刷発行

著　者　徳川《とくがわ》　夢声《むせい》

発行者　小林敬和

発行所　中央公論新社
〒104-8320　東京都中央区京橋2-8-7
電話　販売　03-3563-1431　編集　03-3563-3692
URL http://www.chuko.co.jp/

印　刷　三晃印刷
製　本　小泉製本

Published by CHUOKORON-SHINSHA, INC.
Printed in Japan　ISBN4-12-203921-5 C1123

中公文庫既刊より

各書目の下段の数字はＩＳＢＮコードです。978－4－12が省略してあります。

み-11-3
ラバウル従軍後記　トペトロとの50年　水木しげる
漫画界の鬼才、水木しげるが戦時中ラバウルで出会った現地人トペトロ。彼は「鬼太郎」だった……。死が分かつまでの50年の交流をカラー画で綴る。
204058-8

あ-1-1
アーロン収容所　会田雄次
ビルマ英軍収容所に強制労働の日々を送った歴史家の鋭利な観察と筆。西欧観を一変させ、今日の日本人論ブームを誘発させた名著。〈解説〉村上兵衛
200046-9

う-9-7
東京焼盡《しょうじん》　內田百閒
空襲に明け暮れる太平洋戦争末期の日々を、文学の目と現実の目をないまぜつつ綴る日録。詩精神あふれる稀有の東京空襲体験記。
204340-4

お-2-2
レイテ戦記（上）　大岡昇平
太平洋戦争の天王山・レイテ島での死闘を再現し戦争と人間を鋭く追求した戦記文学の金字塔。本巻では「一　第十六師団」から「十三　リモン峠」までを収録。
200132-9

お-2-3
レイテ戦記（中）　大岡昇平
レイテ島での日米両軍の死闘を、厖大な資料を駆使し精細に活写した戦記文学の金字塔。本巻では「十四　軍旗」より「二十五　第六十八旅団」までを収録。
200141-1

お-2-4
レイテ戦記（下）　大岡昇平
レイテ島での死闘を巨視的に活写し、戦争と人間の問題を鎮魂の祈りをこめて描いた戦記文学の金字塔。地名・人名・部隊名索引付。〈解説〉菅野昭正
200152-7

た-30-48
月と狂言師　谷崎潤一郎
昭和二十年代に発表された随筆に、「疎開日記」を加えた全七篇。空爆をさけ疎開していた日々のなかできれぎれに思いかえされる風雅なよろこび。〈解説〉千葉俊二
204615-3

の-3-13
戦争童話集
野坂昭如

戦後を放浪しつづける著者が、戦争の悲惨な極限に生まれえた非現実の愛とその終わりを「八月十五日」に集約して描く、万人のための、鎮魂の童話集。

204165-3

ふ-18-1
旅路
藤原てい

戦後の超ベストセラー『流れる星は生きている』の著者が、三十年の後に、激しい試練に立ち向かって生きた人生を辿る感動の半生記。〈解説〉角田房子

201337-7

ふ-18-5
流れる星は生きている
藤原てい

昭和二十年八月、ソ連参戦の夜、夫と引き裂かれた妻と愛児三人の壮絶なる脱出行が始まった。敗戦下の苦難に耐えて生き抜いた一人の女性の厳粛な記録。

204063-2

か-18-7
どくろ杯
金子光晴

『こがね蟲』で詩壇に登場した詩人は、その輝きを残し、夫人と中国に渡る。長い放浪の旅が始まった――青春と詩を描く自伝。〈解説〉中野孝次

204406-7

か-18-8
マレー蘭印紀行
金子光晴

昭和初年、夫人三千代とともに流浪する詩人の旅はいつ果てるともなくつづく。東南アジアの自然の色彩と生きるものの営為を描く。〈解説〉松本亮

204448-7

か-18-9
ねむれ巴里
金子光晴

深い傷心を抱きつつ、夫人三千代と日本を脱出した詩人はヨーロッパをあてどなく流浪する。『どくろ杯』につづく自伝第二部。〈解説〉中野孝次

204541-5

か-18-10
西ひがし
金子光晴

暗い時代を予感しながら、喧噪渦巻く東南アジアにさまよう詩人の終りのない旅。『どくろ杯』『ねむれ巴里』につづく放浪の自伝。〈解説〉中野孝次

204952-9

か-18-11
世界見世物づくし
金子光晴

放浪の詩人金子光晴。長崎・上海・ジャワ・巴里へと至るそれぞれの土地を透徹な目で眺めしきた漂泊の詩人が綴るエッセイ。

205041-9

各書目の下段の数字はISBNコードです。978－4－12が省略してあります。

い-16-1
城下の人 石光真清の手記 一
石光 真清
明治元年熊本城下に生れた著者は、神風連・西南役の動乱中に少年期を送り、長じて日清戦争で台湾に遠征、ロシア研究の必要を痛感する。波瀾の開幕。
200550-1

い-16-2
曠野の花 石光真清の手記 二
石光 真清
明治三十二年八月、ウラジオストックに上陸、黒竜江の奥地に入る。諜報活動中にも曠野に散る人情に厚い馬賊や日本娘たちがある。波瀾万丈の第二部。
200582-2

い-16-3
望郷の歌 石光真清の手記 三
石光 真清
遼陽、沙河と、日露両軍の凄惨な死闘の記憶は、凱旋の後も消えない。放浪の末の失意の帰国、郊外閑居。そして思い出深い明治は終った。手記第三部。
200602-7

い-16-4
誰のために 石光真清の手記 四
石光 真清
錦州の事業の安定も束の間、またもや密命により革命に揺れるアムールにとび、シベリア出兵へ。明治人波瀾の生涯——四部作完結。〈解説〉森 銑三
200689-8

い-108-1
昭和16年夏の敗戦
猪瀬 直樹
開戦直前の夏、若手エリートで構成された模擬内閣が出した結論は〈日本必敗〉だった。だが……。知られざる秘話から日本の意思決定のあり様を探る。
205330-4

い-108-2
黒船の世紀（上）あの頃、アメリカは仮想敵国だった
猪瀬 直樹
日露戦争に勝利した日本は、太平洋を挟んでアメリカと対峙する。戦争の幻想は「日米未来戦記」という形でふくれあがり、やがて歴史を動かしていく。
205493-6

い-108-3
黒船の世紀（下）あの頃、アメリカは仮想敵国だった
猪瀬 直樹
戦前の日本でアメリカで、そして英国でも夥しく書かれた「日米未来戦記」。その源流となった黒船幻想。日本人の精神史をダイナミックに描いた傑作。
205494-3

い-108-4
天皇の影法師
猪瀬 直樹
天皇崩御そして代替わり。その時何が起こるのか。天皇という日本独自のシステムを〈元号〉を突破口に徹底取材。著者の処女作、待望の復刊。〈解説〉網野善彦
205631-2